U0102836

2022中国年度散文

王剑冰　　选编

漓江出版社
·桂林·

图书在版编目（CIP）数据

2022中国年度散文 / 王剑冰选编 . -- 桂林：漓江
出版社，2023.4

ISBN 978-7-5407-9404-0

Ⅰ. ① 2… Ⅱ. ① 王… Ⅲ. ① 散文集—中国—当代
Ⅳ. ① I267

中国国家版本馆 CIP 数据核字（2023）第 042484 号

2022 ZHONGGUO NIANDU SANWEN

2022 中国年度散文

王剑冰　选编

出版人：刘迪才
责任编辑：黄彦
书籍设计：石绍康
责任监印：张璐

出版发行：漓江出版社有限公司
社址：广西桂林市南环路 22 号　邮编：541002
发行电话：010-85891290　0773-2582200
邮购热线：0773-2582200
网址：www.lijiangbooks.com
微信公众号：lijiangpress
印制：香河县闻泰印刷包装有限公司
　　[河北省廊坊市香河县安平镇二街　邮编：065402]
开本：690 mm × 1000 mm　1/16
印张：19.5　字数：268 千字
版次：2023 年 4 月第 1 版
印次：2023 年 4 月第 1 次印刷
书号：ISBN 978-7-5407-9404-0
定价：45.00 元

目录
contents

辑 一

辑 二

辑　三

辑　四

辑　五

辑 一

2019年，自吕梁而下

李敬泽

此山自黄土高原站起，左手按下去一个晋中盆地，跨晋中，向太行；右手隔黄河指陕西，黄河浩荡犁开黄土，奔赴壶口而去。

这是吕梁山，一山断秦晋，分出西北华北。

关于吕梁山，我知道什么？

我知道吕梁，儿时看过连环画《吕梁英雄传》，后来读过马烽、西戎的《吕梁英雄传》。

吕梁是山西一个地级市。

由《吕梁英雄传》，我知道，抗日战争中，这里是日军所抵的最西之地，在这里，吕梁英雄拦住了他们，再不能向西。

马烽是文学史上山药蛋派的代表性作家，上世纪80年代末他自山西来京，任中国作协党组书记，我曾在不同场合远远见过他。

吕梁有好酒，汾酒。

有好酒处必有一条好水，汾水。

汾水之南有汾阳，现在是吕梁辖下一个县级市。

汾阳有郭子仪。郭子仪平安史之乱，功比天高赏无可赏，最后封了汾阳郡王，"好一条老汉他本是关中人，救唐王平天下他封在汾阳"。

汾阳姓郭的人必定不少，比如郭德纲，祖籍汾阳，不知从哪一代离了汾阳去天津，生了个小儿子就叫郭汾阳。

汾阳有贾樟柯。贾樟柯的电影里，汾阳是宇宙的中心，飞机、火车、长途客车、大卡车、小汽车、自行车，来来往往载着人在世上奔忙，自汾阳出走，向汾阳归来。

最后，我到了汾阳才知道，汾阳有个贾家庄。贾家庄本不是贾樟柯的庄，但贾樟柯现在以此为家，办一个活动叫吕梁文学季。此来正是为此。

这一晚，贾家庄里上演山西梆子《打金枝》。

广场上，黑地里站满了人，男男女女，指指点点，忽然风翻荷叶，笑成一片，有孩子骑在大人脖子上仰天看月。此情景仿佛贾樟柯的《站台》。《站台》里的野台子是在遥远的、无限遥远的上世纪之末，台上台下鼓荡着野地般荒凉的欲望和苦闷，眼下这台戏却已到2019年，鲜花烈火、富丽堂皇。

锣鼓起，大幕开，汾阳郡王把寿筵摆。

郭子仪今日庆寿诞，金玉满堂好儿孙一双一双上前拜，偏剩下小儿子形单影只名叫郭暧，却原来，郭暧的妻唐王的女升平公主她摆起了架子不肯来。

小郭暧，气冲冲，回宫找到公主说明白。说明白就说明白，天下事有黑就有白，公主道：君是君来臣是臣，哪里有为君的倒把臣来拜！

郭暧闻听气冲斗，没有我老郭家卖命，哪有你老李家的江山来！

——这个破韵押不下去了，总之，郭暧急了怒了，一抬手，打了公主一巴掌。

打老婆啊，这是家暴！今天下午几位女作家女学者刚刚在村里另一个台子上讨论了女性地位和女性权利，晚上这个台子上就一耳光打出了父权夫权和男权的威风，郭暧这厮是不是觉得他是个男人就比皇帝还大就比天还大，他这是要用一巴掌来宣布世界是他们的，归根结底还是他们的。他这是丧心病狂啊！他就是比封建皇帝还大的反动派！

但台子上下，戏照唱，戏照看，男男女女并不肯就此翻脸。我们之所以在寒风中看戏，不是因为我们没看过，《打金枝》谁没看过呢？中国的戏看的就是熟人熟戏熟悉，人生如戏，戏如人生，我们就是要在戏里把我们熟悉的人生温习一遍，神州不会陆沉，天下不会大乱，打金枝不会闹成打离婚，因为熟悉，所以安然。

一出《打金枝》，根本要义就是三个字，北方话叫和稀泥，八级泥瓦匠，南方话叫捣糨糊，上海老阿姨。南北同心，天下同理，说的就是一个过日子难得糊涂。戏台上，郭暧和公主青春、明亮照人。年轻，所以遇事要分明，公主论君臣，郭暧讲父子，忠和孝针尖麦芒；公主论名分，郭暧摆功劳，名与实如火如水，这日子过不下去了，这世界眼看就要翻车。谢天谢地，还有唐王，有郭子仪，年纪一大把，胡子一大把，早知道这个理讲不清，这个架打不得，我大唐靠的是老郭家拼命冲杀，老郭家反大唐又得拼命冲杀，这个架打起来，就要从家里的坛坛罐罐打到山河破碎一地，一场安史之乱，总人口减少三分之二，难不成再减三分之二？于是，唐王骂闺女，郭子仪捆儿子，哄得小两口重归于好，从此和和美美过日子，红红火火，地久天长。

此时月朗星稀，台上台下的人，最终都是笑了。这戏唱了几百年，从封建主义的明清唱到半封建半殖民地的民国，唱到了新中国。山西梆子唱，京剧唱，几乎所有地方戏都唱，唱遍天下州府，所唱的就是时间中的智慧、老生老旦长须白发的持重稳当。

——倒也不仅是中国，自有人类大抵如此。山洞里走出一个人，一抬头，前边还有一个人，两个人往前走，前边又有一个人，三人围兔总好过一人逐兔，于是合作打兔子。但三人行必要吵架，打到兔子烤熟了必有四条兔腿三张嘴的分配难题。那就谈，比一比谁的功劳大。谈好了，继续一块儿打兔子，蛋白质供应充足；谈崩了，分道扬镳，各追各的兔子，忙几天各自追不到，眼看要饿死，人类文明危乎殆哉。荷马史诗《伊利亚特》里，阿基琉斯就狂怒了，宣布兔子不打了，自己要回山洞了，因为他作为强者未能公平地得到强者的报偿。这个小郭暧，也是个阿基琉斯啊，打老婆当然是绝对错误，但是，他真正怒气冲冲提出的问题是，郭家为王朝立下了如此巨大的功劳，我们是否得到了公平。

年轻人的血气和冲动把这出戏把世界推到了悬崖边上：你要的是什么公平呢？莫非你要当村长当皇帝不成？唐王和郭子仪必须把这个悬崖上的问题糊涂到平地上去。所有胡子长的人包括孔子、柏拉图、亚里士多德，他们都站在唐王和郭子仪一边，他们接受世界的不完善，他们深思熟虑、老奸巨猾，他们通过《打金枝》宣传推广老年的、安静的德性。

戏散了，贾家庄的路上清辉如霜，路两边是高树，早春疏朗的枝杈印在幽蓝的天上。回到住处，是几幢仿建的老式洋房：徽因水坊、焕章别墅、正清金屋等。徽因是林徽因，焕章是冯玉祥，正清是费正清，他们都曾来过汾阳，他们来过贾家庄吗？应该来过的吧。现在，吕梁山下，中国的肘腋之地，他们毗邻而居，可以开会了。

我本一俗人，当然希望住到林徽因家，白日里被人领着一路走来，一抬头，却是站在冯先生家门前。我真的不想住在他家，我是文人书生，与冯相处不安，想地久天长、一夜安眠还是得住在林家。1934年，梁思成、林徽因与费正清夫妇相偕来到汾阳考察古建筑，彼时伪满洲国已经成立，希特勒已经上台，五洲震荡，天下欲沸，他们却注视着那些老的、旧的事物，那些在岁月中经受磨损经历风雨、地震、兵火而依然幸存依然屹立的事物，那些不变的、具有长须白发的恒久品性的事物。而冯先生，很难想象他对此有什么兴趣，1930年，风云突变，军阀重开战，蒋介石一方，阎锡山、冯玉祥和桂系一方大战中原，阎冯战败，冯借阎一角地暂且容身。这个人注定不能在吕梁山下安居，他身上有洪荒之力，他的天命就是破坏一个旧世界。1924年北京政变，冯先生大闹一场，到最后出其不意、声东击西，一把撕毁1911年的《清室优待条件》，驱赶溥仪出宫。戏不是这么唱的呀，台下众人大惊。对！老子要的就是你们这大吃一惊，《打金枝》的戏散了吧，不再有悬而未决，不再有犹豫留恋，不再有揖让和糊涂，从此白刃相见、水落石出。这个民族正面临生死存亡的危机，在危机中把一切视为例外，更何况不过是一纸《优待条件》。

这座房子小了，这张床也小。冯先生会撑破这间卧室。我不知道他的确切身高，我看过照片，他比合影者高出一大截，他是巨人猛虎，这个人必对他周围所有的人形成威迫，他在乱世中啸聚起庞杂的大军，他会在暴怒或故作暴怒中狠抽部将的耳光，耳光啪啪响亮，将军立正站好，然后他会命令将军在他的卧室外彻夜站岗。现在，我的房门外可能就站着这样一个倒霉的将军，《打金枝》的世界不复存在，他心中一千架渔阳鼙鼓一起擂响，安史之乱正动地而来。

忽然想起，多年前读陈公博回忆录，上世纪三十年代，中国被日本迫上悬崖，汪精卫、陈公博等结成"低调俱乐部"，他们认为他们有"理性"，世界大势了然于胸，他们断定中国无法与日本对抗，中国太弱了，必须寻求妥协。但是，冯玉祥这个"莽夫"，他坚决认为必须打，只有打，陈公博在回忆录中带着蔑视，带着秀才遇见兵的无奈写道，每次谈到中国所面临的种种不可能时，冯大爷根本不听，只有一句话：打！打到胜利！

——历史站在这高昂壮硕的血性汉子一边，把那群整洁消瘦、彬彬有礼、"体面""理性"的绅士扫进了垃圾堆。在危机状态中，历史由血气翻腾的激情和决断所写定。1924年，冯玉祥把溥仪轰出紫禁城，绅士们莫名惊诧，他们被冯的决绝鲁莽吓住了，胡适甚至说：这真是民国史上的一件最不名誉的事。后有鼠目寸光者看大事，以为没有当年的仓皇出宫，或许就不会有后来的伪满洲国，其实只要脑筋稍微转个弯就能想到，假如溥仪仍留在北平故宫，在日本掇弄下难保不会搞出更大的烂事。在1924年，胡适见不及此，冯先生自己也没想那么多，胡适讲客气，冯先生则不管三七二十一掀了桌子。哪有什么地久天长，真要长久的话，皇帝如今还坐在宫里，时间猝然提速，世界轰鸣，欲绝尘而去，现在，需要一个鲁莽无畏的人来解决这个BUG，他一抬手就解决了它，顺便以绝对的轻蔑，宣布了那个长须白发、请客吃饭的温良恭俭让的旧世界的完蛋。胡适吓了一跳，王国维吓了一大跳，吓得都不想活了，他们未必多么爱大清爱溥仪，他们只是深刻意识到了这件事背后的逻辑。

在这个太行与黄河之间、吕梁之下的村庄里，林徽因、梁思成、费正清和冯玉祥成为邻居，他们被博物馆化了，被从各自的世界中提取出来，如安放在玻璃柜中的藏品，各自被灯光聚焦、照亮，各有各的心事。现在，冯玉祥从这幢房子走出去，在花园里，碰见了深夜未眠的梁思成和林徽因，他们会谈些什么？在1930或1934年，他们或许无话可说，道不同不相为谋，话不投机半句多。但如果再过些年呢？比如1944年，林徽因千里流亡，僻居宜宾李庄，卧病在床，据说，她的儿子梁从诫曾经问她：如果日本人打进四川怎么办？林徽因说："中国念书人总还有一条后路嘛，我们家门口不就是扬子江吗？"

—— 此时这一腔血，林和冯是一样的。

再过五年，1949年，冯玉祥昔日的部将傅作义签署了北平和平解放的协议，固然是兵临城下、大势不可当，但战场双方的商量何尝不是出于对这古都、这故宫，对民族生活的长久岁月和恒常价值的眷念和珍重。而此前一年，冯先生已殁于黑海的船上，彼时，他正满怀憧憬地奔赴新的中国。

贾家庄里，梁思成、林徽因、冯玉祥，见那边遥遥走来一个童子，走近了，却是马烽。1930年，马烽8岁；1934年，马烽12岁；1958年，马烽36岁，在贾家庄完成了《我们村里的年轻人》剧本初稿，1959年，电影在国庆10周年前夕上映。—— 夜里，我在冯玉祥的房间从电脑上搜出了这部电影，那是60年前的中国故事，2019年，我来到了这个故事的根基所在：贾家庄。这吕梁山下的村庄，千百年来贫困、孤独，4000亩可耕地中2800亩是盐碱地，它在封闭、脆弱的生存循环中耗尽全部能量。一代一代人老去，时间周而复始。但是现在，时间挺直了，时间获得了方向，这里有一群年轻人，他们要打开这个村庄，劈开两座大山，跨越三条深沟，从远方引来清水，洗去盐碱，让这里成为流淌奶与蜜的地方。

在网上，我读到了刘芳坤、田瑾瑜两位山西学者合写的论文，她们敏锐地注意到了剧本中一个意味深长的现象，尽管片名是"年轻人"，但在马烽的行文中，却始终贯穿着一个集体的、抽象的指称 ——"青年"："一伙青年正在锄地，一个个汗流浃背"，"青年们纷纷报名"，"歌声继续着，青年们在未打通的那段崖上和塌下来的巨石上打着炮眼"……在山西人的口语中，其实是不使用"青年"这个词的，这不是吕梁山和贾家庄的词，它来自北京，来自普遍性的现代汉语书面语，从梁思成的父亲梁启超的"少年"，到李大钊的"青春"，到陈独秀的"新青年"，青年是决绝地向未来、向现代而去，是血气、激情和梦想，是断裂然后创造，是旧邦的新命。必须是"青年"，不能是"一伙年轻人正在锄地，一个个汗流浃背"，"年轻人们纷纷报名"，"歌声继续着，年轻人们在未打通的那段崖上和塌下来的巨石上打着炮眼"，这其中隐含着一种老年视角，"年轻人"终将被收回自然的生命周期、周而复始的日子，而"青年"，这个使山西人、使贾家庄人感到陌生的、不自然的词，以它超出日常经验的光芒和生硬，拒绝被注视拒绝被收回，它喻指着，它本身就是宏大的历史主体，将这个村庄向着未来和现代打开。

——忽然想起，我其实是很近地见过马烽的。1990年底，我从被停刊的《小说选刊》调到《人民文学》，去八里庄鲁迅文学院的招待所和《人民文学》的主编程树榛见面。老程和马烽都是从京外调来，暂住招待所。马烽苍老，就是一个饱经风霜的老农，他和夫人正围着一个电炉子下面，山西人啊，想必是自己擀的面，像招呼一个年轻人一样，他说：来一碗？

我很后悔没有吃一碗马烽的面。

归去来兮，调到北京的马烽大部分时间仍在山西，过了几年终于彻底回去。这不是他第一次回去，新中国成立初期，他就在中国作协工作，1956年终于在34岁时回山西，挂职汾阳县委副书记，从此，他在贾家庄有了家。这里不是他的家乡，他的家乡在吕梁地区的孝义，但汾阳、贾家庄离吕梁山更近。在一张1980年的照片上，我看见马烽走在贾家庄的乡亲们中间，整个人明朗舒展，是走在他的风光、他的山川里。

天亮了，一群人去看马烽当年所居的小院。进得门来，迎面是马烽的坐像，他端坐在椅子上，依然老年形象。我忽然想，这是不对的，马烽是青年是新青年啊，他属于在20世纪塑造中国的青春洪流。22岁的马烽和比他小半岁的西戎写出了《吕梁英雄传》，来此之前我专门找了一本带上，这是一本多么粗糙的书，但正是这种粗糙令人震撼折服，事件与行动、抉择与战斗，密如疾风猛雨，作者和读者都不能停留，无暇沉吟，必须奔跑，在混乱的战场上拼死和求生，没时间，也不应该把这一切编织成严密周详熟练得包了浆的故事，战争和危机中的书写不是绣花，是立即开枪。

但在这一切的底部，有一个根本逻辑：生命、时间、历史的循环必须打破，为了使世界获得前行的动力，必须张扬身体的澎湃"血气"，老成持重、深思熟虑是怯懦的，糊涂和忍让是可耻的，悬崖之上，只有搏斗，再无苟活。吕梁英雄们秉青春之血气，雷石柱、康明理、孟二楞，这些康家寨的年轻人，说服、带动、反抗他们的长辈，义无反顾地把这个村庄推入了滚滚向前的历史。当青年们和强行入侵的日本鬼子干起来的时候，他们也就把康家寨打开了，从此这个村庄进入现代历史，奔向一个现代世界。直到《我们村里的年轻人》，决心创造新生活的高占武依然不得不与长须白发的高忠爷争辩，在后者看来，年轻人畅想的未来不过是少不更事、痴人说梦。而在影片上映的1959年，黄河那一边的柳青正在对《创业史》第一部做最后的修改。年轻的梁生宝力图打破祖祖辈辈的命运循环，在此地，走异路，变成别样的人们，但他的身上却不仅是血气，更多的是俄罗斯式的沉思、忧郁，甚至是马烽暮年的苍老……

现在，贾樟柯走进马烽的小院，马烽会对他说什么？以我的直觉，垂暮之年的马烽不是一个喜欢教导别人的人，很可能，他只是从大碗上抬起眼，说一句：来一碗？但是，如果是写《吕梁英雄传》的22岁的马烽、写《我们村里的年轻人》的34岁的马烽，贾樟柯碰见他、我碰见他，我们又会说什么？2019年，我55岁，贾樟柯49岁，我们已是比马烽更老的老人。

谁知道呢？贾樟柯的电影，终究也是关于"我们村里""我们县里"的年轻人，马烽在片名中使用"年轻人"或许是对口语、对日常经验、对恒常土地和岁月的妥协，而在贾樟柯这里，"年轻人"似乎正在从"青年"中离散出去，变成加速器中向着四面八方漫射的原子。

但谁知道呢？也许有些事仍然在，马烽把康家寨、把贾家庄置入广大的空间、广大的世界，历史不再是时间问题，不再是仅由时间标定的价值，他和柳青，他们把时间空间化，向着远方和远景、向着可能和不可能敞开和扩展。当马烽遇见贾樟柯，他会发现，空间仍在，但那已不是隐喻和转喻，那就是必须使用交通工具去跨越和抵达、去置身其中的地理空间，这不再是《伊利亚特》，这是《奥德赛》，奥德修斯们是否记得回家的路，还是，他们的家在路上？

在贾家庄，我待了两夜。第一夜，是《打金枝》，第二夜，是音乐会。

暮霭沉沉，钢琴在流淌弹跳飞翔。这不是音乐厅，这是幽蓝的天空之下，这是群山之间。乐声透明、饱满，似乎上空膨起一个巨大的玻璃的气泡，收拢着珍惜着所有的声音，让所有的声音闪闪发亮。

我忽然想到，此行竟不曾看见吕梁山。我想起上一次，也是第一次来到吕梁，那是二十多年以前，大概是1994年，由太原奔孝义，在孝义大醉，上车一路西行，醒来时，下车，唯见荒烟蔓草。余醉未消，我问，吕梁山何在？

我记得，同行者笑道：醉了醉了，脚下便是吕梁山。

刊于《十月》2022年第2期

凛凛高风访故园（节选）

王巨才

离开南泥湾机场，一路眺望延河两岸整洁的村庄、簇新的楼群和桃花飞红、群山绽绿的撩人景色，我又重回延安，回到暌违既久、时时念兹在兹的精神故园。

一

陕北高原，山河苍莽，地古天旷，中国共产党早期党员、西北红军和陕甘革命根据地创始人谢子长、刘志丹就诞生在这块血沃寒凝、正气沛然的土地上。

刘志丹将军出生入死，为劳苦大众翻身解放"一心要共产"，以及体恤民情、爱护战士、深受群众拥戴的故事，见诸党的文献和民间传说，已广为人知。而他在长期革命斗争和党内生活中襟怀坦白、光明磊落、顾全大局、屈己奉公的崇高风范和坚强党性，尤为令人敬佩。这次到志丹陵凭吊，顺路到毗邻的甘肃华池县参观了南梁革命纪念馆。纪念馆所在的荔园堡，正是当年陕甘边苏维埃政府建立的地方。

1936年4月，刘志丹率部东征时不幸牺牲。"有志竟成千古业，丹心一片付工农。"（续范亭）噩耗传来，军民痛悼。1942年，毛泽东曾深为惋惜地写道："我到陕北只和刘志丹同志见过一面，就知道他是一个很好的共产党员。他的英勇牺牲，出于意外，但他的忠心耿耿为党为国的精神永远留在党与人民中间，不会磨灭的。"

二

2019年5月8日，周三，晴，农历己亥年四月初四。

中央电视台《朝闻天下》头条新闻：革命圣地延安所有贫困县宣布"摘帽"，二百多万老区人民整体告别绝对贫困。当天《人民日报》和各大报纸都用大号标题刊登这一喜讯，字里行间，兴奋之情难抑。

是啊，这是一个需要特别记载的日子。从改变贫困面貌、解决温饱问题到实现整体脱贫、全面小康，数十年来不只延安人民砥砺前行自强不息，它同时也牵动全国上下多少人的神经，令他们时时记挂，寝食不安。

1949年10月26日，毛泽东主席给延安人民复电，希望延安和陕甘宁边区的人民继续团结一致，迅速恢复战争的创伤，发展经济建设和文化建设。

1973年6月9日，周恩来总理叮嘱延安地委、行署负责同志"要三年变面貌，五年粮食翻一番"，说你们粮食翻番了，我一定再来延安。

2015年2月13日，习近平总书记在延安主持陕甘宁革命老区脱贫致富座谈会，要求各级党委和政府聚精会神抓好扶贫攻坚工作，确保老区人民同全国人民一道进入全面小康社会……

记忆的屏幕上，与这些画面叠加闪过的，还有许多普通人的身影，一些平凡的共产党员，包括安全同志。

安全，陕西绥德人，1940年入党，1945年到鲁艺学习，先后在绥德分区文工团、延安陕北行署文工团、陕西省歌舞剧院、陕西省京剧院工作，是党一手培养下成长起来的文艺战士。1964年春，为汲取创作灵感和题材，他主动到延安县蟠龙公社纸坊沟大队深入生活，没想一进村竟被社员生活的极度贫困所震撼，被他们改变现状的强烈愿望所感染，从此一起摸爬滚打，一干二十多年，直至去世。

上世纪八十年代我在延安市工作，与老安有过几次不算深的接触。那时他五十左右年纪，身体壮实，待人热情，言谈举止带有文艺界人士惯常的爽直甚至单纯。有时来办公室聊天，谈到某些部门门难进脸难看事难办，他总觉得莫名其妙："政府机关，公仆嘛，咋能是这样呢！"考虑到他是省上下来的干部，县团级，有时进城办事没个落脚的地方，市委在办公大院为他安排了一孔窑洞，但很少见他住。有次我去蟠龙下乡，想带他一起去队上看看，他一听连连摆手，说我可不能坐你的小车，否则老乡会把我当外人看的，再说现也没甚看头，等真搞出个样样了，会请你们去检查。此后不久我便离开市上。及至这次专门去纸坊沟，听了原支部书记屈绳武等人的介绍，我才意识到过去对老安的了解何其浮泛，并对没能予他更多帮助深为内疚。

我不知安全把生活基地选在蟠龙是否与毛主席辗转陕北时指挥青化砭、羊马河、蟠龙三大战役取得重大胜利有关。而他去扎根的纸坊沟，是一条离蟠龙镇尚有十多华里的拐沟旮旯，全村三十八户人家，破门烂窗，沿沟散居，每家三亩地，亩产不到百斤，粮食根本不够吃，是全公社最穷的村子。把社员心力凝聚起来激发出来的，是安全因屙不出来三次洗肠仍与大家一同吃糠咽菜的行动，和"不改变面貌绝不回去，改变面貌更不会离开"的誓言。为了解决当时的困难，他一方面动员社员搓麻绳、砍镢把儿卖给供销社，一方面到城里搞回豆渣、麻渣，使全村通过生产自救度过严重春荒。

"为纸坊沟，老安可是把罪受扎了。"老支书屈绳武说，"他完全把老百姓的事当自家的事办，甚至顾不得身家性命。"1975年，安全把儿子安军也带到纸坊沟插队劳动。这一年，村上决定创办机械加工厂，老安带着安军和队里的另外六名年轻人去西安学习制造技术，为期半年多的时间里，他们就一直和老安的其他家人吃住在一起。老安的爱人白秉权也是西北文艺工作团走出来的著名歌唱家，不仅毫无怨言，还把自己的工作室腾让出来。建厂过程中，遇经费不足，他们又把女儿从部队复员时的安置费也贴补进去。

纸坊沟现任党支部书记李庆东就是那次去西安学习的七名青年中的一位。提起白秉权老师，他满脸敬重，说我们是亏欠着人家的。1980年前后，安全拿自己的工资和部分集资款给队上买回四匹马，经几年繁殖发展到二十多只，办起饲养场。有一次饲养场的一头骡子不见了，老安急得团团转，几天睡不着觉，村里村外到处想辙寻找。正在这时，他爱人病重住院，发电报要他火速回家。"队上出这么大的事，咋能说走就走。"老安给家里打电话，要孩子们精心服侍，并请单位暂时关照，等队上的事处理完马上回去。对此，他爱人和孩子们好长时间都埋怨他不近人情，老安除再三道歉之外，向他们解释：知道一头骡子多少钱吗，那可是队里一份贵重家当啊。

长期的艰苦操劳换来丰硕成果，也损伤了安全的健康。1993年7月，安全突发脑溢血在延安病逝，终年六十八岁，延安各界举行了隆重的告别仪式。遵照他生前意愿和群众请求，部分骨灰安葬纸坊沟，乡亲们自愿捐款，为他修建了陵园，竖立了塑像。成立于1938年，曾得到毛主席等中央领导高度赞扬和捐款支持的延安民众剧团，根据安全生平事迹创作了民歌剧《情系纸坊沟》，在城乡巡回演出，受到热烈欢迎。

三

那天回到宾馆，朋友带来一本《树魂》，说是黄根品写的。黄根品我当然知道，做过延安市郊林场场长、地区林业局副局长，说来也算熟人。当我躺在床上打开这本已被翻得很旧的书本随意浏览时，那些娓娓道来的翔实文字和文采斐然充满激情的笔调立刻抓住眼球，一个意气风发的建设年代、一种理想绽放的精彩人生展现眼底，竟让我联翩怀想，彻夜难眠。

由于自然灾害和战争破坏，解放初我国生态环境严重恶化，成为发展经济和社会事业的一大瓶颈。各地代表与延安青少年近万人在宝塔山、清凉山、凤凰山和杨家岭植树三万五千株，胡耀邦和时任林业部副部长的罗玉川、时任陕西省委书记的白治民等与青年们一起参加劳动。

黄根品原在杭州市园林管理处工作。从西子湖畔到黄土高原，生活环境和工作条件产生巨大落差，气候、饮食、风俗习惯等一时都难以适应。以往，延安山上的植被大多是灌木和荒草，每到冬季一片枯黄，见不到一点绿色。为着"让革命圣地四季常青"，他经过调研，提出从外地"冻土移植松柏"的建议，因此前从未干过，担心气候和土壤无法适应，遭到一些人的反对。为用事实说服大家，他顶风冒雪，去到二百公里外的黄龙山，在工人师傅帮助下钻进深山老林，挑选了三十三棵十年以上树龄的野生油松，经细心挖掘包扎，完好保留了根部冻土，然后装上马车昼夜兼程运回延安，分别栽种在杨家岭和宝塔山用镐头开挖的一米多深的树坑里，通过一个严冬和春旱考验，这三十三棵松树不仅异地扎根，而且长势喜人。此后他们又从富县购进人工培育的油松幼苗，就地繁育，获得成功。延安的松树栽植从此年复一年，数量不断增加，面积不断扩大。

冻土移植成功，鼓舞了黄根品开拓进取的士气，也赢得了同事们的信任。从1959年起，他又开始引种和培育名贵树木花卉的工作。延安市区的南门外原有一块二十亩的滩地，长期闲置，在地县领导支持下被辟为林业实验基地，黄根品和同事们经过多年努力，先后从南方引进银杏、雪松、水杉、七叶树、合欢、皂角、红枫等名贵品种，其间的酸甜苦辣自不待言。值得一提的是，那块地后来经简单规划设计，平整了地面，修建了温室和亭台廊道，成了延安第一个城市花园；再后来，又添置了游艺娱乐设施，成了延安第一个儿童公园。

黄根品1978年底调任林业部"三北"防护林建设局任副局长。离延前他办的最感满意的一件公务，是促成延安林校的创建。这件事五省（区）青年造林大会期间就定下了，一直未能落实。他利用罗玉川部长来延出差的机会，再次提出，终于在林业部和省委重视下，立项上马，于两年后建成开学，为延安的林业建设培养了大批人才。

熟悉情况的人都知道，在黄根品为理想奋斗不算平坦的人生历程中，无论工作还是生活，顺境还是逆境，都曾得到一个人无私的支持、鼓励和爱护。这个人就是胡耀邦同志。1956年那次大会宣读的浙江省委批复，就是他亲自打电话催促协调的结果。时隔四年，他又托人从北京给黄根品捎去一本纪念册，扉页上亲笔题字："谨将这本纪念册转赠给热爱祖国林业事业，1956年五省造林大会标兵，志愿留在革命圣地从事绿化工作，已经作出贡献并且定会作出更大贡献的战友和同志黄根品同志。"1964年，当得知黄根品身体不好时，他让人把他接到北京亚非学生疗养院疗养。1984年，黄给耀邦去信，提出因身体衰弱想调回浙江，并讲到如果干部调动能够做到既鼓励出去，又允许回来，就能鼓励更多年轻人去支援和参加边远贫困地区的建设。信是5月22日从杭州发出，6月6日便接到林业部电话，说已经看到耀邦同志批示，正加紧办理。黄根品后来看过批示复印件，非常具体，连回去的工作安排、待遇、住房等都提出建议，并请林业部报告办理结果。耀邦同志逝世后，黄根品在悼念文章中深情写道："从他身上我真正体会到党和国家领导人对青年一代的极大关注和爱护，体会到一个无产阶级革命家的宽阔胸怀。他赢得人民的爱戴和拥护是很自然的。"

与这个故事相关联的是，那次西北五省（区）青年造林大会还有一个附带收获，即我国当代文学史上脍炙人口的诗歌经典《回延安》。作为延安走出的诗人，贺敬之跟随耀邦一道去了延安，"白羊肚手巾红腰带，亲人们迎过延河来""十年来革命大发展，说不尽这三千六百天"都是他真实的见闻和感受。文学界同去的，还有青年作家萧也牧，他为大会写作的《少先队员献词》如一首优美的散文诗，激情澎湃，博得代表赞扬，也成了媒体宣传的一大亮点，至今常有人提起。

斗转星移，山河日新。六十多年前那次大会发出的"绿化黄土高原，控制水土流失""让祖国河山更加美丽"的倡议在延安已变为现实。这次回去走马观花看了六个县市，见到的同事和亲戚朋友都以延安现在的"天蓝地绿，山清水秀"深为自豪，并真心实意动员我"回来养老"，让我既欣喜，又感动。

做过安塞县副县长和宜川县委常委的市作协党组书记霍爱英有过一篇《有一种绿叫延安绿》的文章，里面写延安绿是"一镢一锹挖掘的绿，一山一峁织就的绿，一沟一壑连接的绿；一点一滴汇成的绿，一笔一画大写的绿，一年一月积攒的绿"。亲力亲为，语中肯綮，我自有同感，而且也像她一样深信：有了这种久久为功的毅力，在全面建设中国特色社会主义现代化国家的新征程中，延安一定会以更大的作为、更出色的成就为党争光，为时代添彩。

延安人民的生活一定会更幸福，更美好。

刊于《中国作家》2021年第7期

滇池巴水闻先生

刘醒龙

是昆明翠湖附近的一条名叫西仓坡的小巷。

对着一块肃穆的碑石，深深行了三番大礼。

在心里默默诵念闻先生的名字，这个时候，只能说闻先生是下巴河人，不必说自己是上巴河人。季节正值夏日中伏，故乡鄂东巴水两岸的气温达到近年来罕有的四十二摄氏度，高温高湿如同蒸笼，春城昆明翠湖四围的舒适让人敢说天堂也不过如此。有小雨似有似无地落着，齐眉的常青树枝不经意地遮住头顶。离碑石不到二十米的那家幼儿园大门紧闭，天使或神兽一律放了暑假，否则，让人很难面对一群花蕾般轻盈快活的孩子，在这浸透碧血亡灵的小巷里游乐嬉戏。

小巷幽幽，被故乡亲人珍藏在巴水侧畔那根染着鲜血的藤木手杖，仿佛仍在青石铺成的街面上敲着"笃笃"声响。若不如此，那几把罪恶的暗枪真有可能混淆在润滑的轻风里，那几个卑鄙的杀手也有可能获得树影的婆娑姿色。

黄昏到来的时间被小雨提早了许多。不是不舍，不是缱绻，不是徘徊，昆明本地两位朋友所说的话，自己多半没有听到心里去，那欲言又止，欲走还留的模样，就如巴水两岸的方言所说，像苕了一样!

终于退回到巷口，对着小巷深处拍照，两位正要从镜头前横穿过路的中年女子停下来谦让，自己赶紧将手机的拍摄键点了几下，同时与对方说，知道这条巷子吗? 她们摇了摇头。于是我说，这里叫西仓坡，是闻一多先生遇难的地方。两位女子的神情极像巴水边浣纱女人，被一只掠过水面的翠鸟惊着了，被一条跃出水面的鲤鱼吓着了，被不知何人投掷块石溅起老大的水花打湿了心胸，也像翠湖岸，滇池边，突然飞过来一只江鸥用翅膀划过脸颊眉梢，不由自主地轻轻"啊"了一声。

昆明我来过多次，来西仓坡则是第一次。尽管内心早已做好准备，真的面对铭记那段暗黑历史的碑石，还是不胜唏嘘，好似漫天雨水透过肌肤洗濯心肝肺腑，滋润那看不见却摸得着的灵魂，唤醒陈列在巴水侧畔纪念馆里的那根藤木手杖。

天下之事，最令人惊讶的总是最熟悉和最普通的。

五百里奔来眼底，披襟岸帻空阔无边的滇池也不例外。

在昆明，当着滇池的面，我问同行的人们，是否相信这片水域属长江水系。在场的几位都是一脸雾水和茫然。第一次听见说滇池属长江水系，自己也曾吃惊不小。日后，一想到滇池与巴水共一条长江，共一个闻先生，不免心生不一样的亲切。

话是家中孩子说的，那天上完地理课，回家的第一件事就是拿滇池是否属于长江水系的问题考长辈们，还进一步出了三道选择题。云南三大湖泊，滇池，洱海，抚仙湖，哪一个是长江水系，哪一个是珠江水系，哪一个是澜沧江水系？在下意识的印象里，滇池绝对是向昆明以南流去的，如何能够向北汇入长江？假使不是地理书上印有黑白分明的文字、色彩斑斓的图案，这种因知识欠缺造成貌似刁钻古怪的问题，一如这些年时兴的黄口小儿屡屡难倒沧桑长辈的种种无厘头的脑筋急转弯。

相比之下，大自然的刁钻古怪不知要将人类甩下多少万年。在人文领域，诗词歌赋都在抒写大江东去，北水南流。当年头一次读到湘江北去的句子，曾经好不费解。等到老师说，这有什么奇怪，咱们鄂东的几条大河全都流向西边，那一张白纸似的脑子里迷糊得像是被诸葛亮设置为阴风惨惨、迷雾层层的八阵图。

放在三万年前，说滇池水往南流并无不对。那时候的滇池，通过一处名叫刺桐关的大峡谷，将一湖碧水倾向南方，如果没有后来的变迁，现今的滇池，也会是哈尼梯田、北回归线以及街道有多长宴席就有多长的长街宴上不请自到的常客。

滇池属地震断层陷落型湖泊，历史上，这一带发生多次间歇性的不等量上升，后又出现南北向的大断裂。断层线以西，地壳受到抬升，断层线以东则相对下沉，导致古盘龙江南流通路被阻，积水而成为古滇池。所谓成也萧何，败也萧何。刺桐关山地接下来继续抬升，将本是顺着山势呼啸而下的洪流大水，潮头做了浪尾，浪尾做了潮头，一百八十度翻转，之前是进水口的螳螂川不得不颠倒成为出口水，做了性格完全相反的弥漫细流。

那场地质巨型变迁来得很慢，没有留下天塌地陷的机会，情同后来者喜欢挂在嘴边的慢生活，比水滴石穿、积沙成塔还慢，慢到人世间轮回了八百次，也看不出半点蛛丝马迹。一如家中小学生暑期作业上抄录的一段文字 —— 也许，陆地只是温柔地静悄悄地从海里慢慢升起，就像小草从地里长出来一样悄无声息。等到大势已成，滇池还是盘龙江、宝象河等汇成的五百里滇池，还是刺桐关那头雄险，螳螂川这边舒曼，海拔高度被一只大手往下按了一下，不知不觉地拉低了一百多米，使得红河源头的明珠，成了长江久长的契机。

人间处处，万物所在，无不留有密码。

真心领悟的不一定全对，肆意妄想的也不见得都错。

"池，……上源深广，下流浅狭，似如倒流，故曰滇池也"，那"滇"的意思指的就是"水系颠倒"。这些话是郦道元在《水经注》中说的。爱走山水的郦道元到过大别山，也研究过大别山，只可惜他笔下的大别山，局限于淮河水系的豫南与皖西北一带，再有某个时期也称大别山，实际上是伍子胥领兵伐楚，头一仗大败楚军，时称小别山的当今汉阳一带。郦道元没有到过的鄂东大别山，以巴水为首，邀聚浠水、蕲水、举水、倒水，合称鄂东五水，从江淮分水岭上发一声呐喊，列成队整整齐齐地从东向西流去。

流向逆转的巴水，水系颠倒的滇池，与闻先生缘定今生的两地，山水奇观，大地异象。闻先生此生与众不同，坐下去温婉地研习诗歌，站起来激烈地燃烧自己，难道就此命中注定？

向西平行流淌的五条河像五头巨兽，桃红柳绿之时，温情脉脉如滇池当下的出水口螳螂川，夏日行洪之际，又像滇池古时摧枯拉朽的出水口刺桐关。五条河畔，生活着一些史称"五水蛮"的族群。这些原本生活在楚国西部狂野无羁、性好暴乱的巴人，春秋时期就曾被控制性迁移。东汉建武年间，楚地西边再一次由乱到治后，领头犯事的七千名青壮骨干被强行迁徙到以巴水为中心的鄂东，那入长江处的巴河小镇因此称之为"五蛮城"。事实上，巴水侧畔的这些祖先，在前后数百年间，很少消停过，大大小小的暴乱不计其数，直到杜牧出任黄州刺史时，才见着消停。这才有在长安有羊肉吃，撵到黄州后只能吃猪肉的杜牧，不胜感慨："古有夷风，今尽华俗。"历经数百年，迁徙者的后裔已被汉地同化，咏诗习文，以优雅为上品，难分彼此，也不需要分什么彼此。汉地的芸芸众生也在不知不觉中，将巴人性剽悍，好斗狠、敢生敢死的风尚潜移默化为文化性格的一部分。再往后，苏东坡贬谪来黄州，二程理学兴起于黄陂，赫赫有名的"五蛮城"改称呼为巴河镇。那离得最近的人，比如闻一多，既可以好比那巴水细流，浣百丈轻纱，连细雀儿也惊动不了。其热血和情怀依然如巴河之水，却可以挟雷暴涌动狂潮惊涛拍岸，面对摆明了要取人头颅的屠夫，也只是挥一挥那根陪伴自己走过长沙至昆明的千山万水，以及由《诗经》的课堂回到美与爱的家庭的藤木手杖。

识时务者为俊杰，不识时务者为圣贤，恰似巴水一带的乡风。

巴水之上形容乡风民俗时，用的是"贤良方正"一词，通常来讲，"贤良"的意思接近于"识时务"，"方正"的意义就是那种建立在"识时务"背景上的"不识时务"。

去西仓坡的路是一道迈不动腿的上坡，有违前去者心中的急切。

离开西仓坡的路变成一溜刹不住脚的下坡，有违别离人心中的不舍。

一道西仓坡，这一头散淡地走往翠湖，那一头清高地迈向西南联大，更有一种感同身受的气息不由自主地接通历史与未来。无论通道甲、通道乙，都绕不开那块碑石。既攀不上伟岸，也不够资格称之矗立，然而，在大是大非面前挺身而出，能用我头存气节，敢以我血荐轩辕，实在是西南联大最重要的丰碑。正如缺少"五四"这一环，北京大学就只是越建越大的书斋，又如那些越建越大的大学城却无法成为青年人心中的圣地。天地翻覆之际，总得有巨人抛头露面，扫却尘埃，顿开茅塞。

识时务者为俊杰，不识时务者为圣贤，恰似滇池侧畔的学界。

"识时务者"眼里的"不识时务"，也放大了那种在"不识时务者"眼里的所谓"识时务"。

比如闻先生，从课堂到家室，就那么一点路程，又有那么多好心好意的提醒，熬过几天，就能举家回迁北平，让人打不了黑枪，下不了黑手。更有身边的那些榜样，安安静静地寻一方书桌，雨下得大了，敲在屋顶上，谁谁的学问都听不清楚，那就放下教鞭，与后生们一同专心听雨。将心比心，从武汉、北平，再到长沙和昆明，闻先生的柔肠，何曾比谁短少一寸半寸？1938年至1939年度西南联大浪漫抒情的《诗经·尔雅》课堂，让滇池侧畔领教过的青年学子谁个不曾倾倒？"也许你真是哭得太累，/也许，也许你要睡一睡，/那么叫夜鹰不要咳嗽，/蛙不要号，蝙蝠不要飞。/不许阳光拨你的眼帘，/不许清风刷上你的眉，/无论谁都不能惊醒你，/撑一伞松荫庇护你睡。/也许你听这蚯蚓翻泥，/听这小草的根须吸水，/也许你听这般的音乐，/比那咒骂的人声更美。/那么你先把眼皮闭紧，/我就让你睡，我让你睡，/我把黄土轻轻盖着你，/我叫纸钱儿缓缓的（地）飞。"这首写在故乡巴水之上的婉约伤情的《也许》，足以媲美《红烛》的壮怀激烈。

以巴水为中心的那方天地，曾得一句话来褒扬："惟楚有材，鄂东之最。"那说"惟楚有材，于斯为盛"的八个字，是前者外溢之后的发挥与变通。研究两种文字的差别，直译其意，后者意指"识时务者为俊杰"，前者意义重在"不识时务者为圣贤"。所谓鄂东之最，所谓于斯为盛，后者只是告知世人，这个地方的人才很多，前者是在陈述另一种事实，鄂东地方的人才是最厉害和顶尖的。在西南联大的旧照片上，闻先生手里的藤木手杖，从长沙到昆明"教育长征"时就出现了，闻先生遇害后，这根藤木手杖一直被亲人保存着，后来才捐给故乡的纪念馆。藤木手杖上有一行无人识得的外国文字，直到2019年深秋才有人在偶然间解开这个谜。那些文字是葡萄牙文，意思是"候选人纪念"。那时候的澳门还是葡属殖民地。或许是哪位因故去过澳门的友人因《七子之歌》而特意以藤木手杖相赠，得到手杖的闻先生则日夜拿在身边，时刻以国破家亡之耻辱自我相勉。"不识时务"的闻先生堪称又一位"鄂东之最"。

对照痛斥"历史上最卑劣最无耻的事情"的《最后一次讲演》，"候选人纪念"仿佛就是"前脚跨出大门，后脚就不准备再跨进大门"的一语成谶，闻先生见惯了故乡奔腾向西的巴水，又见识了昆明这里水系颠倒的滇池，那血气，那胆识，怎可能逆来顺受，而只能顺应天理的便顺来顺受，反之则逆来逆受！一座滇池，得天地翻转之伟力，当然会潜移默化予与尘世之人。五水奔腾，哪怕只剩向西一条路，也必然要拼到江海，留下阳光雨露茁壮故土乡亲。在"正义是杀不完的"背景里，闻先生硬是将自己排列成天地同悲的"候选人"中头一名。从鄂东"五水蛮"到东坡赤壁和二程理学，从昆明陆军讲武堂到西南联合大学，将文雅与孔武集于一身，那个时代，那些岁月，舍闻先生还有谁？

曾经写过这样的文字，闻先生选择了"候选人纪念"，如同他的诗歌还没有写够，就毅然决然地选择"最后一次讲演"，此中巧合，更是命定。身为要斗败一切黑暗，打垮所有腐朽，让故乡与祖国走向光明与荣耀的文化志士，将自己确定为红烛一样的"候选人"。这样的选择，在"你不知道故乡有一个可爱的湖，常年总有半边青天浸在湖水里，湖岸上有兔儿在黄昏里觅粮食，还有见了兔儿不要追的狗子，我要看如今还有没有这种事"的诗意中就已经决定了。

是高人韵士哪能不在昆明选胜登临，看苍烟落照，渔火半江，清霜一枕，秋雁两行。倒回来，与其说用"谁道人生无再少？门前流水尚能西"的境界，与以巴水为中心的故乡共勉，能对着将数千年往事注到心头的滇池，叹一声断碣残碑，滚滚英雄，才是共一条长江的所有"不识时务"的贤良方正之人的宿命般的梦想！

刊于《云南日报》2022 年 8 月 20 日

骑 马

梁 衡

　　马何时为人类所驯养，不得而考，在我的印象中，马有三个主要用途。一是军用，从春秋战国时的马拉战车，到现代的骑兵，马一直是战争不可或缺的要素。二是民用，农业生产中的耕种收割，一般运输中的拉车载货，都少不了马。但随着生产力的进步，这些都渐渐退出历史舞台。现代军队中的骑兵已经消失，农村中也只见钢铁农机具，而不见了马的影子。马还有第三个用途，就是贵族式的养马、骑马，类似富人的私人游艇、飞机，已经溢出马的本能而有奢侈、炫富之嫌了。韩国女总统朴槿惠之下台，导火索之一，就是为闺蜜之女提供豪华马匹。这些都与我辈平民无关了。

　　马这个主体的消失，使一些附加的趣味也随之已再难觅。马粪性热且有肥力。在没有发明温室栽培前，我们现在吃的韭黄培养全靠马粪。秋天齐地割过最后一茬韭菜后，即覆上马粪，虽大雪纷飞仍不误韭菜的生长。韭芽上蹿一层，马粪就再覆一层，道高一尺魔高一丈，最后长成了二尺多长的韭黄。因其不见阳光，色黄而叶嫩，韭香扑鼻，正赶上春节包饺子。一般人家买上一缕，就已是很破费了。现在的温室韭黄无论如何也没有那种味道。马粪里还有什么奥秘不得细知，但还记得一件事。约四十年前，我在京西卧佛寺碰见园林工人正在抢救一棵病危的老松树。那方法是将树下直径数十米内的地砖全部挖掉，起走旧土，然后铺上一层均匀的马粪，再盖上新砖，大概这也是一味救树的偏方。其实马粪在历史上曾经很是荣耀过的。唐时养马多，粪很值钱，国用不足，唐太宗就指示出卖马粪充实国库，竟还救了一时之急。这类似于现在太平洋岛国开发鸟粪出口。唐宋两代都曾设有管理养马事宜及马粪的群牧判官，是朝中的肥差。欧阳修为照顾王安石家贫曾推荐他去做这个官，王坚辞不受。马身上还有一种下脚料，就是钉马掌时削下的碎掌片，捡回去泡水浇花，无虫无味，花朵浓艳。现在只能见花思掌，旧物不再了。关于马的一点趣味大概只有到徐悲鸿的《奔马图》里去找了。

我与马最亲密的一段接触是在大学毕业后到农村去劳动的一年。在内蒙古河套，那是个半农半牧，又以农业为主的地区。农村除种地用马，又多养了一些马，所以不像中原农区对马管得那样严格，干活时牵之于地，收工后系之于槽。这里的马相当自由，大部分是不干活的游走之徒，少量干活的也是一收工就摘掉笼头脱缰而去。于是常有大量的散马在村外的沙滩上或收割过的庄稼地里幸福地撒欢、嘶鸣，有一口没一口地伸长脖颈吃着地上青草。也有放马人，一般是派个十五六岁的半大小子去管这些马。说是放马，其实是伴这些马玩。这个年龄，反正也干不了什么正经农活。

自从上年来村落户，已经与村民混得很熟了。一天，马倌小李子，突然问我们敢不敢骑马。"敢!"我们七八个男女生齐声答道，并踊跃地举手，要求给一匹马。马的骑法有两种。一是骑鞍马，就是整齐地备上鞍子，套好笼头，手握缰绳，双足踩镫，这是正规骑法。还有一种野路子，就是什么也不要，人骑马上，手抓马鬃，乘风而去。一般放马的人特别是男孩子惯用此法，俗称骑光背马。但是当地土话叫骑"产"马。这个字该怎么写，没有人去考证。村子里就是这样，很多字只鲜活在口头上。遇到非要写的时候，就胡乱填上一个同音字。比如当地产一种芨芨草，这是学名，而大队、公社的文书中都写成"只及草"，而且还创造性地在"只及"二字上又各加了一个草头。这个"产马"的"产"直到多年后我才在一本旧字典里查到，应写作"骣"，也是这个音，释义为："骑马不加鞍辔。"就是骑光背马。这使我大吃一惊，这么一个偏僻的方言竟上接千载，直通古文，有一种深山藏古寺的意境。

那天我们每个人都分得一匹马。小李子服务周到，女同学就挑最老实的马，找个能踏脚的土墩扶上去。我们随便接过一匹，但也要有人帮忙才能骑上去。你想第一次骑马，马背圆滚又无鞍辔可抓，马一跑开人就翻了下来。好在都是沙地，也摔不痛。就是马跑的过程中，你实在抓不住了，也可主动滚落下来，不会有事的。小时候在村里就听人说，老马识途，护主佑人，不像毛驴那么奸猾。"毛驴是个鬼，摔人不断胳膊就断腿。"那天，大家玩兴很浓，跌下又爬上，学而不厌。

　　等到你基本上能驾驭马让它开走时，也有两种情况。一是马走慢步，或碎步，四个蹄子前后交错地踏行。步子走得好的马被称为"走马"，人坐其上稳如坐轿。二是马慢跑，直至飞奔起来。当地的孩子称之为"抹奔子"。这也是一个极形象又专业的方言。"奔子"好理解，奔腾之意。妙在这个"抹"字上。因为马奔腾起来后，你的双手抓着马鬃或缰绳，像是在顺着马的长脖颈从前往后地来回抹动，十分传神。我从一听到这三个字就立即在脑子里把它写了出来。待我们能初步掌握了马时，小李子和他的伙伴们就大喊："抹奔子！抹奔子！"意即让马跑起来，飞起来。这时马就不是四条腿交错着地了，而是像饿虎扑食一样，两前腿齐向前扑出，刚一落地后两腿又跟上来点地弹出，波浪式飞跃。这才是骑者最享受的时刻，人如在浪尖上荡滑板，一波接着一波；如雄鹰展翅，上下翻腾。难怪西方的神话总是给马的两肋和天使的腋下加一双翅膀。但这里说的是理想状态，是熟练的骑手。作为新手只是稍微有了那么一点点感觉，已自惊喜，而且还付出了巨大的代价。

　　原来，人的屁股与马背是一对矛盾。你向下压它，它就向上顶你。静止时这矛盾还不明显，马一颠起来，就把人弹了上去；人再落下来，屁股就重重地摔在马背上，就这样来回对撞。而马背是什么？就是一条硬硬的大脊梁骨。李贺写马诗云"向前敲瘦骨，犹自带铜声"，它硬如铁，窄如刀，就这样一下一下地砍在你的屁股和尾椎骨上，这怎么受得了。所以正规的骑马一定要备鞍子。而骟骑的要领是必须人马一体，就像有什么东西把你和马黏在一起，人即马，马即人，永是上下一起动。这时二者已不是一对矛盾，而合为矛盾的同一方，共同去对付另一方——大地，或踏地而行，或点地而飞。而这个任务，人就不必管了，交给马去完成，它天生就是干这个的，你就坐享其乐吧。耳边呼呼秋风过，眼观四野花草香。但这种人马合一的状态要非常纯熟的骑手才能做到，或者如小李子这样从小和马一起玩大的孩子。

那天我们痛痛快快地"抹"了一回"奔子"，可是到了晚上就甜尽苦来，乐极生悲。先是腰和两腿酸痛，因为骑马的时候双腿要用力夹紧马背，腰也前后晃动扭曲。这还是其次，最难堪而又难言的是，屁股连同尾椎骨经马背这把"骨刀"上下地砍剁，晚上褪下裤子，已是皮破肉绽，渗出血水，火辣辣地疼。四个人在炕上辗转反侧，喊爹叫娘。一边又窃笑着，猜想现在后面院里的那四位女生，又该如何。聊着，聊着，大家联想到我们现在的处境，忽然觉得我们就是一群骡马。人靠衣裳马靠鞍，我们本来以"骡马"之身入学，经过五年的大学教育，毕业时学校都给配了不同的"鞍具"：天文、生物、化学、历史、建筑……但一出校门就一律被摘鞍除镫，不分专业，不问对口，轰到这黄沙窝子里来与草木共生同乐。这样想着又不觉悲从中来。于是再不多想，就说：睡觉！睡觉！迷迷糊糊不觉东方之既白。

第二天，我们碍于面子照样出工，只是走起路来一瘸一拐。村里几个调皮的男人故意追着女生问："大学生，昨天的马骑得过瘾吧。"我们就连忙大声喊："队长，今天派什么活？"这种难言之痛，大约过了一周才慢慢康复。但我们还是照骑不误，西风骏马本无价，秋风黄沙皆有情，天赐之乐何能放过。而且臀底功从磨砺出，骑马乐从苦中来，之后也就渐渐痛少乐多了。套用李白的话：人生得意须尽欢，莫使好马骑无人！一年后政策落实，劳动结束，男女同学都分赴各地。只知多年后这中间出了一位天文学家、一位中学校长，余皆未能细考。

那次骑马之后过了三十年，我到四川九寨沟又得了一次骑马的机会。主人是一个下海文人，先做汽车生意，玩腻了钢铁的"宝马""悍马"，又来做山水旅游，就自己买了一匹有血有肉、红鬃白蹄的真宝马，金辔银鞭，豪华一回。那天他邀我们同登青、甘、川三省之交的一座山头，遥望黄河从天际而来，在茫茫草地上划过它出世以来壮美的第一湾，龙蛇一道，闪烁明灭。顿觉风展衣袖，天地入胸，欲扶摇而去。回程时，主人将他的宝马借我一骑。我踩镫翻身，一抖缰绳，顺着弯弯的山道直冲而下。耳旁风声呼呼，绿树花草倒退而去，我又找回了当年"抹奔子"的感觉。

刊于《北京文学》2022年第10期

他乡异客

孙　郁

偶有人问我是哪里人的时候，回答起来都有点复杂。早期记忆最深的地方，无疑属于复州，想一想，是有扯不断的藕丝的。算起来，除了在北京度过了三十余年的时光，我在复州城待的时间最久。这座城是辽南的古镇，已经有上千年的历史。《全辽志》对于复州有过描述，契丹人、女真人与古城关系很深。这样的古镇在辽南有多个，风格差不多是一个样子。相当一段时间，我对于辽南历史一直模糊，直到读了一些书，才知道古城的一些沿革。

如果一户人家在古城里生活了三代以上，那就算本地人了，城里的风水也摸得清清楚楚的。那里的人的生活方式有一套无形的逻辑，存在着许多的禁忌，众人默默遵守着。相当长的时间，我们一家被城里百姓视为异乡客，他们听到我们的口音，就觉得有点陌生，自然也有点好奇的眼光。

但外来人也不都一样，有的很快融入古风里，有的却保持着自己旧有的风格。印象中有几户人家是五十年代末迁过来的，这些人多工作于医院与中学，并没有都被城里人同化，无形中也带来许多新风。比如饮食观念，辽南人很少吃早茶，但有些老师家里却有。母亲的同事何老师，是一位著名科学家的外甥女，丈夫在部队工作，来自浙江。有时候过节，她会送来自己做的甜点。夏天到了，本地女子很少有穿布拉吉的，母亲却是穿的，她在沈阳、长春工作过，是五十年代初的大学生，受到一点洋风的熏陶。城里人觉得母亲怪怪的，衣着打扮不该那样。我记得"文革"初期，学校有一张大字报，题目就是《资产阶级的裙子》，指的就是母亲。此后有几年，在夏天很难再看到穿裙子的女人。何老师有时候到我家闲聊，偶尔也善意地提醒母亲，一切最好都要低调。她懂得时风里的规矩，自然活得比我的母亲要明白。

城里人的保守是怎样养成的，至今也不清楚。大家处事都要讲究一个度，那时候越朴实越好，不能花枝招展，也不能过于寒酸，否则也会受到嘲笑。城里有位教师，喜欢作诗，他好像是师范学校分配来的，说话有点口音，头发留得长，像个俄国人，大家觉得这个人不可思议，对他有些怠慢。十几年后，他的作品被读书界注意起来，人们才知道这人的价值。

其实在这座古城的历史中，外来的人一向很多，风气也是不断变化的。古时几个知州的诗文，带有一点洒脱之风，好似没有受到儒家的束缚。辽代以来的官员，很少本地人，清代还有传教士的活动，天主教堂就留下一些神秘的影子，至于清真寺内外的故事，都很有意思。如果从古街里走一趟，见有趣的古物，当可想见往日的景象。上数三四代，古城的开放风气，偶在一些老人的谈吐里可以听到一二。这座城后来的空气渐渐凝固，说起来原因复杂。

我们家最初住在张家大院。这个院子住了多户人家，以本地人为主。我对于复州风俗的了解，就是从这里开始的。张家的主人是见过世面的，为人随和。他们讲究礼节，长幼有序。春节时，在客厅里摆供，张灯结彩，仪式感也很强。如何行礼，怎样祭拜祖先，都有一套程式。但外面搬来的人，就简单得多。像我的父母，早年是左翼青年，有点不食人间烟火，认为那些是封建遗风。有一年过节，我随张家兄妹一起在供桌前给灶王爷磕头，还被母亲训了一番。现在想来，我们家人像浮在空中的尘，远离着地面，自然，对于行走在城里的人的冷热，也知之甚少的。

张家大院住的人各异，有一年新搬来郝先生一家，住我们家对面屋。郝先生在城北一家厂子任厂长，爱人是上海人，儿子的名字有点洋气，叫雅蒂。这一家人南方人的味道十足，衣食住行都有点特别。城里人喜欢吃海物，但他们大概是食素的。有时吃一点甜点，喝喝茶。这在我们北方人看来，过于清淡了。

郝家人喜欢打牌，过年过节，招来邻居在桌前玩到深夜。雅蒂的母亲话不多，文静，但很讲究，与人相处时有点矜持。但不久城里有了大的风暴，大约1966年的年底，郝先生受到冲击，不幸离世。雅蒂与母亲一时陷入绝境，每天都以泪洗面。郝厂长的单位到底发生了什么事，我至今不太清楚，想起来暗影重重，扑朔迷离的。母子俩无依无靠的样子，让人可怜，不久就迁走了。他们的离开，曾让我有点不舍，这家人给我们带来的是未曾见过的东西，有一点明快的色彩，精神是飘动的。古城没有留住这家人，他们也拒绝了城里人，说起来也是伤心之事。

辽南人沿袭了山东的许多古习，城里有许多人是信鬼神的，算命先生有点吃香。不过到了五十年代，算命者都是地下活动，不太敢公开露面。有的家里人病了，会找旧的郎中看看，病重者，则到城外的狐仙洞求医。在城南杏树园村的一座山前，有个狐仙洞，总有善男信女去烧香、求拜，场面很是庄严。那时候开始讲移风易俗，政府宣传科学精神，但民间形成的积习要改变起来，其实是难的。而真正在科普方面有成效的，是外来的几个医生。

城里有座县第二医院，位于距横山书院不远的地方。院长姓郭，是很雷厉风行的人。他很有本事，调来不少能干的人。有的是省里下放的"右派"，有的是医专刚毕业的。不知道为什么，我们家后来搬到医院的家属院了，认识的人也渐渐多了起来。城里人过去看病，多是中医，但要做阑尾炎手术和胃肠手术之类，非西医不可。自从有了新式医院，四周人的卫生观念渐渐变化了。那时候有位杨医生很有名，他与夫人是医院里的业务骨干。据说因错划为右派落难于此，却看不到多少失态的样子。杨医生的外科手术远近闻名，闻风而来的人多。他的夫人是内科专家，也颇受尊重。记得我父亲有一年得了大叶性肺炎，农场的卫生员认为没救了，回到城里被杨医生的夫人治好了。

在复州，医生的家庭往往得风气之先，知道的事情比我们要多。比如懂得养生之道，饮食比较讲究。记得曾结交了一个叫晓东的朋友，母亲是北京人，也在医院工作。他们家在家属院对面，房间的布置与寻常之家不同，干净、典雅，有一点文气。我在他家第一次看到人体解剖图、玻璃器皿，还有消毒用品。此后知道一些简单的卫生常识。晓东的母亲是耳鼻喉科的医生，曾教我们这些孩子如何正确刷牙，怎样避免流行病。她为人耿直，不像周围一些人那么圆滑，说话直来直去。我喜欢听她说话，响而脆，有一点爽意。她与人相处的时候，简简单单，有时候只认理，不讲情面。这大概也带来一种麻烦，是要得罪人的。但老百姓有病都找她，信誉很好。她与郝厂长夫人在什么地方有一点像，带出的一丝"心清冷其若冰"的气息，在城里也算难得一见的。

六十年代后期，学校在"闹革命"，大家几乎都不读书了。但有几个大夫的孩子，却没有放下书本。城里最早自学英语的，是杨医生的儿子小宁，我们叫他宁哥。我与他同班，是很好的朋友。宁哥很聪明，爱好甚广，每天在家学习英语。同学们那时候觉得奇怪，学校在"闹革命"，知识越多越"反动"，英语有什么用呢？但杨家人不是这样认为，他们的眼光在众人视域之外，日常言行也与众人不同。杨医生的古文很好，有一些藏书。我曾经在他家里看到几册《乐府诗集》，线装本。我读了几行，不太懂，杨医生就给我们讲内中要义。吟咏之调，如水声潺潺，煞是好听。很长时间，我喜欢与宁哥一家人接触，在他们那里，总能学到学校里没有的知识。但很可惜，"文革"后期的时候，杨家突然迁走了，邻居们很是不舍。他们的离开，对于医院的损失也可想而知。

古城的流俗，力量很大。逆路而行者，总还是苦多乐少。但过于自我，其实也是有一点麻烦的。比如初中的时候，班里转来一位同学，我们称其为祺兄，他们家是从部队转业来的，本来应回到北京老家，因为受历史问题影响，暂住在城里。祺兄的父母保留着老北京人的味道，喜欢京剧，常常在家与票友小聚。他们住在南城边的古店铺改装成的房子，比较宽敞。和他父亲一起谈天的是老头店的一名员工。这老头店很有名，乃食品专卖店，员工多是民国过来的商人或职员，年龄偏大，也略通一点文墨。这人与祺兄的父亲关系甚好，两人大概都喜欢谭派，常常讲些梨园旧事。有时唱《空城计》和《打渔杀家》，声音高而脆，袅袅的余音，从窗口传到城墙的上空，一时不能散去。

宁哥没有搬走前，与我经常到祺兄家。谈天的时候，顺便听他的父亲与朋友的自拉自唱。这一家人很儒雅，谈话时带出某种文气，说他们有点古风也是对的。隐隐地觉出经历了不少风雨，这些城里人并不知道。总觉得祺兄一家紧闭着大门，与外界有些隔膜。他们住在镇子里，是有些寂寞的。熟悉他们的人也觉得，那时候的风气，对于这个外来户有点不适，但也不得不如此。说起那位祺兄，是很有几分才情的。他谈古论今，趣味较广。接触多了，知道他看了许多书。他的文章很好，善用古语，文白相间的句子，偶有妙思过来。1975年我到乡下插队，他因照顾老人留在城里。那时候有一个政策，父母身边只有一个子女的，可以不到乡下去。我们分别前，曾有一次小聚，祺兄说了许多心里的话。我平生第一次在他那里听到怀疑"文革"的言论，有一点惊异，他眼里那忧郁的神色，久久不能让我忘记。

后来才知道，他毕业后颇为不顺，在古城工作时，看不惯一些风气，偶尔与人也有些矛盾。1977年恢复高考时，为了年迈的父母，他放弃了上学的机会，自己在工作之余，写一点东西。七十年代末，我从师范学校毕业，到县文化馆工作，与他重新联系上了。因为参与编辑一张小报，便想起祺兄，希望他能写点什么。他却迟迟不愿动笔，再三劝他，好像心动了。又过了多月，记得是一个雨日，他果然来了，显得比过去消瘦点，但眼睛依然那么亮亮的。从复州赶到县城，有很长的路，他可能是搭着什么便车来的，身上还带着一些雨滴。见面后便从包里拿来一本厚厚的手稿，是一篇中篇小说。我们都很高兴，忘记那天谈了些什么，无非是故人故事，好像有说不完的话，只记得久久才分手。夜里，我翻看那部手稿，字写得遒劲、飘洒，故事也惊心动魄。小说描述的是辽南战争的生活，涉及人性的问题。这在那时是禁区，如今想来，是有很大的勇气的。那作品最终还是没有发出来，他也因此没有再写下去。待到八十年代初，看到许多伤痕文学的作品流行，就想起祺兄，也有点为他生不逢时感到遗憾。

他实则也是我们那个古城的早慧者，只是在错位的时空里，没有生长的土壤，被什么抑制住了。坦率说，祺兄是最早影响过我的几个同龄人之一，以至最初对于生活的一些看法，因他而有所变化。他本来是有一番抱负的，据说在单位搞文字材料，别人是不及的，领导也很看重。但他不喜欢应酬，又看不上谄媚之人，原本有上升的机会，自己放弃了。结果是自己越发孤独，与单位若即若离。他后来在城里都经历了怎样的生活，我全然不清楚。只是从熟人那里知道，工作不如意者多多，最终也离开了复州。

我有时想，祺兄倘能像一些别的外乡人那样，持着一种顺生的态度，安于天命，日子总还要好些的。然而他不是这样的。八十年代后期，我刚到北京的时候，收到他的来信，写到对于一些时风的看法，从身边琐事到天下经纬，老到的笔触有点肃杀之气。在寻常之事间，能够窥见内中的隐含，转动的视角里，锐气散出。这么多年过去，我变了，他依然如故。如果他看见我红尘滚滚的样子，说不定也会无话可说的吧。

一个人总在异地漂泊，内心不免孤寂。年轻的时候读柔石的《二月》，见萧涧秋在古镇里的遭遇，就感到理解与被理解之难，他后来不得不离开小城的故事，也曾引起我的共鸣。由此也明白了鲁迅为何劝阻郁达夫移家杭州，担心的是朋友水土不服。外来人要融入异地生活，有时是要脱胎换骨的。记得张贤亮写自己流放到宁夏时如何入乡随俗的故事，但那是在血水里浴过，盐水中泡过的缘故。我没有过他们那样传奇的经历，但能够体会到其间的甘苦，这也是生活对于自己的馈赠。凡所经历，皆为财富。这是到了晚年，才渐渐悟出来的。

我离开复州已经快五十年了，古城变成了新镇，早已没有了当年的样子。新一代的人，自然在过着别样的生活了吧。许多年间，那四周残损的城墙，古塔和老街，偶尔飘在我的梦里。那是一个有故事的地方，可惜许多人与事都弥散到时光的暗处，提及他们的人甚少。在我的记忆里，城边的小河，清真寺的一钩弯月，还有街市卖豆腐的吆喝声，都在海腥味的空气里浮动着，忽远忽近，半明半暗。一个回不去又忘不掉的地方，该怎样赋名呢？当年与我一样客居于复州的同学，如今都在不同的地方。我们偶有联系，谈论最多的，是幼时的街巷，胡同里的奇遇，还有至今不懂的谶纬之风。当年生厌的东西，却成了有趣的谈资，没有谁再说自己是古城的外来人，它影子一般纠葛了我们一生。喝过同一口井水的人，胃口是相近的。这个时候也觉得，我们几个已经不是复州的异客，早已混血于那方土地了。

刊于《人民文学》2022年第5期

苏东坡的惠州，惠州的苏东坡

朱秀海

数年前在惠州参加一次活动，承蒙主办者厚爱，让我在启动仪式上讲几句话。我没有准备，又盛情难却，上得台去，开口便说了一句："惠州对天下文人来说是一座温暖之都。"讲完后，主持仪式的惠州市领导问我这句话的来由，我想也没想便道："惠人在东坡先生垂老贬窜岭南之年给了他一块安居之地，不但温暖了一颗鲜血淋漓的心，也温暖了所有后世中国文人的心，因为所有后世中国文人都是东坡先生的粉丝。"

我不知道这番话是不是真能代表天下文人，但它至少真诚地表达了我自己的情感。

北宋绍圣元年（公元1094年）十月初二，苏轼以"讥斥先朝"的罪名，59岁的病废之身，经历五个多月的漫长行程，从河北定州贬到"万里"外有"南蛮瘴疠之地"之称的惠州。此时共同生活了二十六年的老妻王闰之已去世，家小被安置到别处，他只带着侍妾朝云、小儿苏过及两个老婢来到岭南，可见他是以必死之心对待这次南迁的。然而船到惠州的当天，他便被全城人出动观看他这位名满天下的"罪人"的盛况感动了。惠州官民以岭南人特有的热情欢迎和接纳了诗人，诗人的一颗敏锐的心也在无限的惊讶中感觉到了这种热情，并迅速地爱上了这块土地。从贬窜开始时就喑哑了的歌喉重新开始歌唱，这一次不是为了杭州的西湖，也不是为了黄州赤壁，而是为了惠州这块他之前完全没有涉足过的南荒的土地歌唱，为这块土地上的人民歌唱，其声嘹亮明丽，响遏行云。

> 仿佛曾游岂梦中，欣然鸡犬识新丰。吏民惊怪坐何事，父老相携迎此翁。苏武岂知还漠北，管宁自欲老辽东。岭南万户皆春色，会有幽人客寓公。(《十月二日初到惠州》)

这里的人民对他的欢迎和恩遇让他这个穷途末路的"罪臣"一时竟生出了"岭南万户皆春色"的感受。这是一种历尽辛酸后蓦然抬头见万千春色般的狂喜，这时恐怕还会有热泪吧？那他为什么还要回去呢？可以这么说，从踏上这块土地开始，苏东坡就被惠州真实地温暖到了。

当地官员将这位大诗人和家眷安置到惠州著名的合江楼居住。先生登斯楼而望惠州山水，在他的感觉里，这里俨然是异常意外地出现在他生命中的一座海外仙山，如同传说中的蓬莱方丈。感慨不已的诗人诗意勃发，又连续写下了《寓居合江楼》三首，表达自己的激动之情：

> 海山葱茏气佳哉，二江合处朱楼开。蓬莱方丈应不远，肯为苏子浮江来。
> 江风初凉睡正美，楼上啼鸦呼我起。我今身世两相遗，西流白日东流水。
> 楼中老人日清新，天上岂有痴仙人。三山咫尺不归去，一杯付与罗浮春。

东坡先生只差大声唱出来了：这个地方也太好了，二江合处，三山来近，这就是仙境啊，如果人间真有仙境的话。东坡先生是一位诗人哪，让一位诗人贬窜到这里，这哪里还是远谪，这是让他来到了一个过去闻所未闻的人间天上，他吃惊还来不及，想都不想就不愿意再离开它了。人间的大景观他是见过的，就他的一生而论，东坡先生出自有峨眉竞秀的巴山蜀水，年轻时即到中原应试，观国之光，入仕后西到华岳东到海，北到定州南到苏杭，可以说是尽览天下大景观，但是他居然发现自己没有来过惠州，而没有来到过这里，过去的那些大景观也就不算什么了。面前就是世外的仙山，而他最新寓居地就是琼阁，有了仙山琼阁，剩下的就是诗酒了，没有诗酒，哪里对得住这让他大吃一惊的惠州的山水，同时也对不住他自己呀。诗人马上开始优游山水，和新结交的朋友诗酒唱和，还有一件大事，那就是他开始有意识地将过去与今天断舍离，将故我与新我断舍离，他不再是父子三人庙堂高中骤得大名时的苏轼，也不是那个初到杭州写出"欲把西湖比西子，淡妆浓抹总相宜"的苏子瞻，更不是初贬黄州时仍然写出了"惊涛拍岸，卷起千堆雪"的东坡居士，此时的苏东坡蜕去旧壳，俨然一个新人。他因祸得福地来到这山高皇帝远的化外之地，他还是个顶级的吃货呢，这里是什么地方啊，荔枝之乡，"卢橘杨梅次第新"的所在，对于苏东坡来讲，世外仙境没有好吃的怎么也是不完美的，但这种不完美在惠州是不存在的。他一定会私下里感叹：这是怎样的一种造化呀！一生的遭际，可以说好的时候太少了，倒霉的日子太长了，即使是在旧党复辟他终于进入庙堂可以参与天下大政时，也没觉得那日子有多么好。客观一点说，他是个好诗人，却不是个好的政治家，好的政治家的标志是能在一场事关王朝兴衰的斗争中赢了所有对手而使自己的抱负得以施行天下，所谓"了却君王天下事，赢得生前身后名"。可他显然做不到这个，而他名满天下的诗名，他身在旧党却又与旧党同僚不一致的政见，终于让他自求外放，逍遥于西湖的山水之间。他这时可能以为自己放下了一切，那些困扰他的新忧旧怨就会离他远去了吧，这就是他作为一名身不由己的政治家幼稚的地方了，古人有云：匹夫无罪，怀璧其罪。他不是苏东坡就好了，可他是，那他即使弃却庙堂，回归山水，仍然是天下之望，哪里逃得掉新党复辟后的清算呢。这一清算他人生的末年就到了惠州这块南荒之地，人算不如天算，连他的敌人也不知道，惠州居然是这样一块他做梦也没想到的地方，一个人只想将余生放在这里，与惠州的山水和人民混一生死的地方，一辈子除了西湖的数年生涯，他再没有享受过如此的轻松惬意和诗酒生涯。这是一段神奇的遭遇，是上天对他的垂怜吗？归根结底他来到人世间是和别人不一样的，那就令初到惠州的他长久地处在欣喜若狂的状态中吧。那就让他歌唱吧，惠州给了东坡先生世外仙境般的馈赠，东坡先生给惠州的则是数百首诗篇。他几乎无日不诗，无处不诗，如果你也像我一样读过《苏东坡文集》，就会发现，东坡先生在惠州的诗作，是他一生中的又一个高峰，也是最后的高峰，而且，这一时期，他写的长诗明显增多。

到达惠州次月，苏东坡一家借住进了惠州水东的嘉佑（祐）寺，算是安居下来，诗人看到弥陀寺后山之巅的松风亭下盛开的梅花，一口气写了三首梅花诗，其中一首居然长达一百一十二言。在他一生的梅花诗中，这可能是最长的一首了：

> 罗浮山下梅花村，玉雪为骨冰为魂。纷纷初疑月挂树，耿耿独与参横昏。先生索居江海上，悄如病鹤栖荒园。天香国艳肯相顾，知我酒熟诗清温。蓬莱宫中花鸟使，绿衣倒挂扶桑暾。抱丛窥我方醉卧，故遣啄木先敲门。麻姑过君急洒扫，鸟能歌舞花能言。酒醒人散山寂寂，惟有落蕊黏空樽。（《十一月二十六日松风亭下梅花盛开·再用前韵》）

诗中"蓬莱宫中花鸟使，绿衣倒挂扶桑暾""麻姑过君急洒扫，鸟能歌舞花能言"等句，都揉进了赵师雄罗浮山下梅花村遇仙的故事，并且东坡将自己代入了这个故事。在这里，我们可以想象的是，第一，东坡先生在看这个新的寓居之所；第二，东坡先生这时已经清楚地表明了一种态度，尽管来了不少日子了，最初的惊讶已经慢慢化为稔熟，但他仍然在执着地把惠州当成神仙之境，并且打算终老于此，也做一位神仙了。这时的东坡先生，虽然衰老，远离中原，家人分隔，再见之日难期，然而他终于平静了，而且是一种得以安静的平静，一种终于适彼乐土得其所哉的平静，而这些对一个内心饱受挫伤的老者来说，已经是梦想不到的幸福了。

回头再说惠州。一旦东坡先生将身心许给了惠州，不仅惠州成了苏东坡的惠州，苏东坡也是惠州的苏东坡了。我一直有一个观点，惠州的苏东坡，是一个决然不同于青年时期、黄州时期、杭州西湖时期的苏东坡。那时候的苏东坡虽然也是流放的日子多，得意的日子少，但他仍然是一个旧的苏东坡，身在江湖之远心在庙堂之高的苏东坡，一个李白式的"仰天大笑出门去，我辈岂是蓬蒿人"式的苏东坡，口中时时吟出"莫听穿林打叶声，何妨吟啸且徐行。竹杖芒鞋轻胜马，谁怕？一蓑烟雨任平生"的诗句，心里却在"遥想公瑾当年，小乔初嫁了，雄姿英发。羽扇纶巾，谈笑间，樯橹灰飞烟灭"。因此他也才会时时自嘲"故国神游，多情应笑我，早生华发"，而生出"人生如梦，一尊还酹江月"的悲痛。但是到了苏东坡的惠州时期，或者是苏东坡成了惠州的苏东坡，这样一个故作旷达的苏东坡消失了，惠州的苏东坡不再书写"不知天上宫阙，今夕是何年。我欲乘风归去，又恐琼楼玉宇，高处不胜寒"一类的诗句，更没有"酒酣胸胆尚开张，鬓微霜，又何妨！持节云中，何日遣冯唐？会挽雕弓如满月，西北望，射天狼"的雄心壮心，他将自己的心完全投向了惠州的山水草木，惠州的苏东坡已经过了"看山是山，看水是水"和"看山不是山，看水不是水"的人生岁月，开始进入一种心外无物、与天地为一的新境界。他当然仍然是那个苏东坡，但这时的他看到惠州的山不会再想到铁马冰河的天山，看到惠州的水不会再想到"大江东去，浪淘尽，千古风流人物。故垒西边，人道是，三国周郎赤壁"，不会再想到"江山如画，一时多少豪杰"。惠州的山就是惠州的山，惠州的水就是惠州的水，当他歌唱惠州的山的时候，他就是单纯地在歌唱惠州的山；当他歌唱惠州的水的时候，他就是在单纯地歌唱惠州的水。当然他也同时在歌唱自己的生命，作为一个诗人，他在歌唱惠州的天、地、人的同时也在为自己渐渐老去的生命歌唱，但这些歌唱，与他一生的歌唱比起来，就像一股清新的山野的风向我们吹来那样，令我们感觉到如此地清爽，如此地可人。我们已经在讲，这个惠州的苏东坡，仅仅是一个像孟浩然和陶渊明一样的田园诗人了。而这样一位惠州的苏东坡，带给我们的惠州的田园诗，又为什么让我们感动，如同天使在歌唱，几乎要为之热泪盈眶了呢？

在惠州寓居的时间只有短短两年七个月，但这样的一种心情却让他毫不吝惜地为惠州留下了一百九十二首诗和数十篇（首）词、散文、序跋。这里面的好诗太多，即使和其他时期的东坡诗文相比，也毫不逊色，我甚至以为还要有所胜之。下面的几首诗，足足让我熟记了二十年。

踏遍江南南岸山，逢山未免更留连。独携天上小团月，来试人间第二泉。石路萦回九龙脊，水光翻动五湖天。孙登无语空归去，半岭松声万壑传。（《惠山谒钱道人烹小龙团登绝顶望太湖》）

行遍天涯意未阑，将心到处遣人安。山中老宿依然在，案上《楞严》已不看。欹枕落花馀几片，闭门新竹自千竿。客来茶罢空无有，卢橘杨梅尚带酸。（《赠惠山僧惠表》）

江城地瘴蕃草木，只有名花苦幽独。嫣然一笑竹篱间，桃李漫山总粗俗。也知造物有深意，故遣佳人在空谷。自然富贵出天姿，不待金盘荐华屋。朱唇得酒晕生脸，翠袖卷纱红映肉。林深雾暗晓光迟，日暖风轻春睡足。雨中有泪亦凄怆，月下无人更清淑。先生食饱无一事，散步逍遥自扪腹。不问人家与僧舍，拄杖敲门看修竹。忽逢绝艳照衰朽，叹息无言揩病目。陋邦何处得此花，无乃好事移西蜀。寸根千里不易到，衔子飞来定鸿鹄。天涯流落俱可念，为饮一樽歌此曲。明朝酒醒还独来，雪落纷纷那忍触。（《寓居定惠院之东杂花满山有海棠一株土人不知贵也》）

这样的好日子当然是不能持续的。一旦他那一首脍炙人口的《食荔枝》（"罗浮山下四时春，卢橘杨梅次第新。日啖荔枝三百颗，不辞长作岭南人。"）和另一首《纵笔》（"白头萧散满霜风，小阁藤床寄病容。报道先生春睡美，道人轻打五更钟。"）传到京城，新的贬审诏命就到了，这次是海外的儋州。东坡先生的歌喉再次喑哑，绍圣四年（公元1097年）六月先生渡海之前，"留手疏与诸子，死则葬于海外，生不契棺，死不扶柩"，再次有了必死之志。

东坡先生的海南之旅是另一篇文章的内容，唯一可以写在这里的是：没有了惠州，也就没有了惠州的苏东坡；没有了惠州，这位一生都在像百灵鸟一样歌唱——在惠州的歌唱尤为动人——的诗人虽然没有停止歌唱，那歌声也不是快乐、畅意的了。可以这么说吧：失去了惠州，苏东坡就最后一次失去了作为诗人在人间的欢乐。他那嘶哑的歌喉，再也唱不出婉转明丽的歌儿来了。

直到元符三年（公元1100年）六月，皇帝换了人，先生意外地蒙赦北归，他才在一首诗里隐晦地表达了当年从惠州被流放海南的感愤。

> 参横斗转欲三更，苦雨终风也解晴。云散月明谁点缀，天容海色本澄清。空余鲁叟乘桴意，粗识轩辕奏乐声。九死南荒吾不恨，兹游奇绝冠平生。（《六月二十日夜渡海》）

相隔着近一千年，我和先生相望，猜测先生一直没有说出的最悲苦的话是：这个世界可以让他一生失去庙堂，失去黄州，失去杭州西湖，但真真地不该让他失去惠州这个最后的乐园啊。失去了惠州这个晚年的乐园，剩下的岁月，他每走一步剩下的全都是苦楚了。他虽然不说，但却不会忘记，于是元符四年（公元1101年）五月，先生北归后抵达真州，游览金山寺，终于写下了最后的诗，泄露出对惠州深沉的感情。

> 心似已灰之木，身如不系之舟。问汝平生功业，黄州惠州儋州。（《自题金山画像》）

写下这首诗后诗人于当年去世，这首诗应当被看成是苏东坡以垂死之眼回望平生的绝唱。无论是生之年还是死之日，自从与惠州相遇，他就再没有忘记这块给予了他晚年乃至于全部人生以巨大温暖和感动的土地。

于是今天我也就有理由说，惠州是一座让世代中国文人感到温暖的城市了。

刊于《海内与海外》2022年第3期

天籁与精灵

杨海蒂

1800公顷森林覆盖着的霸王岭，是海南热带雨林国家公园交响乐中一段宽广如歌的行板、一首充满诗情画意的交响曲。

20年前，我在报社当记者时，兼任海南省歌舞团报幕员，经常随团"送文艺下乡"，数年的演出生涯，给我留下最深记忆的是"三月三"上王下乡那次。王下乡地处霸王岭腹地，为昌江黎族自治县的最偏远山区，被称为"中国第一黎乡""黎族最后的部落"，一直保留着最本真的民族风情。农历三月初三是海南岛少数民族地区黎族、苗族同胞的传统节日，简称"三月三"，每年的这一天，黎、苗同胞要举行各种节庆活动，省歌舞团总是忙得不亦乐乎，只恨分身乏术。

"大篷车"在崎岖山路上盘旋颠簸，我有些晕车，但奇美的自然风光不断映入眼帘，又让我兴奋不已，舍不得闭眼休息。山路一旁是奇、险、峻的熔岩地貌，崖岸上有奇形怪状色彩缤纷的各种图案，仿佛亨利·马蒂斯的狂野线条和马克·夏加尔的梦幻色彩；山路另一边"河水清且涟猗"，河岸繁花似锦水鸟成群，美得让我意乱情迷，曾经钟情过的那些河流，一下子就黯然失色了。越往深山里走，景色越发奇绝，我仿佛来到《绿野仙踪》中的奇妙世界：古木参天，藤萝密布，奇花斑斓，异草芳香，彩蝶飞舞，小鸟啁啾。童话般的美景告诉我，安徒生童话世界里的森林就是这儿：霸王岭。我贪婪地看着眼前的一切，想起阿尔卑斯山谷中那句著名的广告语："慢慢走，欣赏啊！"真想对司机也大喊一声：慢慢走，欣赏啊！

傍晚到达王下乡政府所在地三派村。三派村，一个宁静古朴的村庄，一片黎族人世代繁衍的土地。简易舞台早已搭好，台下坐满了身着民族服装的观众，妇女衣裙花色图案多是山川树木花鸟虫鱼，她们把大自然穿到了身上。没有热情的队列和热烈的掌声，但有衣着色彩和纯真笑容带来的热度和感染力，孩子们的大眼睛里没有丝毫杂质。趁着团友布置音响整理服装的空当，我偷偷开溜，四处溜达。村里椰林婆娑竹林苍翠；一只只青涩的小芒果，像一个个害羞的小新娘，挂在一棵棵芒果树上；果实硕大的波罗蜜，一边开花一边结果，一边还与蝴蝶眉来眼去；芭蕉树很有情调，芭蕉花开分雄雌，更好看的是芭蕉叶，国乐名曲《雨打芭蕉》就是抒写初夏时节雨打芭蕉叶的情景，极富南国情趣。

海南是全国唯一的黎族聚居区，古老的黎族是岛上最早的本地居民，热带气候与原始丛林赋予他们以野性的血液与性情：男子身佩弓刀孔武有力，女子头戴巾帕妩媚多情。

第二天，我没有随"大篷车"回海口，跟阿霞去了她老家洪水村。阿霞在省歌舞团管理服装道具，我们相处得亲如姐妹。四面环山的洪水村，是王下乡一个完整的黎族自然村，田野连着雨林，村舍沿着洪水古河道两侧并列排布，别致的金字屋簇拥着掩映于雨林中，带有一种迷人的梦幻色彩。

我住在阿霞家，吃地道的黎族竹筒饭，喝香醇的黎家山兰酒，吃山上采来的"黎药"野菜。黎族同胞倍加珍惜大自然的恩赐，与世代相依的雨林相濡以沫，尽情享受这片土地的丰饶，把身边的树木花草运用到极致，让植物成为民族文化的一部分。他们利用"南药"历史已久，黎医黎药与其生活息息相关：家家户户有黎药秘方，他们把黎药泡酒喝、炒菜吃，生病了就采些草药来喝。有很多黎药外人不了解，只有当地人知道它们的功效。在海南岛，多是妇女上山采药、下田种稻，对她们来说这是生活，也是乐趣。我白天跟阿霞上山采药，晚上向她学制陶器、织黎锦。

大自然深刻影响着黎族人，他们从中汲取宝贵资源，融入民族文化艺术中。

黎族只有语言没有文字，口口相传的黎族原始制陶技艺，传承至今已经3000多年，是最古老的不使用任何机械的泥条盘筑法，不用设窑，直接在柴火上烧成。2007年，它被列入国家首批非物质文化遗产保护名录。黎锦为海南岛特有的黎族民间织锦，纺、织、染、绣均有鲜明的民族特色，黎族女子采用植物作为染料，她们是色彩搭配的高手，织出的复杂图案秒杀现代提花设备。宋末元初，被后世誉为"人间织女星"的黄道婆，正是借鉴了黎锦纺织技术，创制出全新的纺车，发起一场纺织业革命，改写了中国纺织业的历史。2009年，"黎锦技艺"被列入联合国教科文组织首批"急需保护的非物质文化遗产"名录。

这是一个阳光明媚的早晨，阿霞和她哥哥阿刚领我去霸王岭原始密林，沿途看到一片红艳如霞的木棉花海，在微风的吹拂下如跳动的火焰。步行是亲近土地的美好方式，在一路的交谈中，我感知到兄妹俩对家乡发自内心的热爱，他们怀着感恩之心看待自然万物。阿刚爬起树来敏捷勇猛，他洞悉这片土地的奥秘，能叫出花草树木的名字，连椰子狸会从哪个树洞钻出来都了如指掌。黎族同胞是"森林之子"，对树木有原始崇拜，他们敬天信神乐天知命，与大自然和谐共生，保持与大自然的沟通能力，这种古老的智慧来自对天与地的敬畏。

霸王岭保存着原始的雨林生态，保持着迷人的原始风貌，是海南热带雨林的典型代表：景观层次丰富，有低地雨林、季雨林、山地雨林等；植被类型多样，有木棉群落、桫椤群落、油楠群落、桄榔群落、萨王纳群落、陆均松群落……因为拥有全国最大的野荔枝群落，霸王岭别名"野荔枝之乡"，每到果实成熟的季节，沟谷中高大的野荔枝树上红彤彤一片，似灿烂的天边红霞美不胜收。

雨林虽繁密，却并非不见天日。阳光透过枝丫照射进来，让整个空间生动起来。微风穿过林间，树木暗中兴奋，树脂从大树上滴落，空气中飘浮着淡淡的芳香。一条清溪在林间静静地流淌，溪水缓缓前进深入更深的雨林，最后在一棵大榕树旁一泻而下形成瀑布，令人愉快的瀑布声在寂静的林中格外响亮。霸王岭上，几十米高的参天巨树随处可见，需三四人合抱的大树比比皆是，它们向四周伸展出粗壮的枝条，像一个个要荫蔽苍生的巨人。那些"根生冠、冠生根"的古榕树，树冠能长到1000多平方米，上面竟密集着数百只鸟儿，让人看傻了眼。听说昌江有棵树冠覆盖九亩地的"榕树王"，令我惊得哑舌。

骄阳当空烤灼大地，我们在遮天蔽日的雨林中，并不觉得酷热难当。森林中的一切生灵，随着大自然的脉搏，快乐而不动声色地律动。阿刚阿霞教我识别绿楠、坡垒、母生、琼棕等热带植物，那幅画面现又浮现于脑海，什么时候想起来都是那么亲切暖心。

长在陡壁上的雅加松，还有树形优雅的海南油杉，是霸王岭特有树种。海南榄仁、毛萼紫薇是霸王岭热带季雨林的标志种，国家一级保护植物坡垒则大量分布于霸王岭热带低地雨林。霸王岭上近10万亩以南亚松为主的热带针叶林，是海南最大的热带天然针叶林集中分布区。在霸王岭热带山地雨林中，以陆均松为代表的植物顶级群落保存完好。霸王岭有许多罕见的珍稀名木，如野生荔枝王、陆均松王、天料木王、海南油杉王、古老的赛胭脂和鹧鸪麻树等。2018年，中国林学会评选出85棵"中国最美古树"，海南仅有的两棵都在霸王岭，一棵是有2600多年树龄的陆均松，另一棵是有650年树龄的红花天料木，两棵树都有30多米高，都需要七八个人才能合抱。

"霸王岭归来不看树"，可不是浪得虚名。

俗话说"良禽择木而栖"，野生动物自会择地而居。霸王岭有野生动物365种，其中50多种被列入国家一、二级保护名录，40多种被列入"中日候鸟保护协定"，10多种被列入"中澳候鸟保护协定"。

霸王岭当之无愧的霸主，是地球上独一无二的海南黑冠长臂猿，它是海南热带雨林的标志性动物，有"热带雨林中的精灵"美名。

黑冠长臂猿是仅存的四大类人猿之一的长臂猿之一种，是灵长类动物中最显赫的名门望族，"黑冠没尾"是它的体貌特征，不长尾巴是它"类人"的重要标志，它时髦的"黑冠"弥补了皮毛纯色的不足。海南长臂猿幼时雌雄同色，成年后，公猿是清一色的威武刚猛黑金刚，母猿通体毛发金黄光彩灿灿。

只有在原始季雨林中，海南长臂猿才能安身立命。在森林里，最好的位置就是在树上，高智商的海南长臂猿就是完完全全的树栖动物。它们仙气儿十足，只饮树叶上的露水，食物以雨林原生植物的嫩芽、浆果、花苞为主，野荔枝是它们的佳肴，榕树果实是它们的最爱。它们极其机警，一有风吹草动便迅速消遁，超长的双臂能使它们快如闪电从树梢上飞过。

海南岛曾经遍地猿猴，"琼州多猿"——清代李调元在《南越笔记》中写道。曾经由于滥垦、滥伐、滥采、滥猎，海南长臂猿难以适应不断变化的环境，一度濒临灭绝，成为全球极度濒危物种、全球最濒危的灵长类动物。可喜的是，海南人民的环保意识被唤醒了，热带雨林得到了有效保护，自然生态空间得以扩大，加上护林员的日夜守护，海南长臂猿现在享受着岁月静好，去年喜添了可爱的新生命，种群数量已升至5群35只。喜讯不断传来：2020年8月，国家林业和草原局依托海南国家公园研究院，成立国家林草局海南长臂猿保护研究中心，旨在吸引和汇集全球范围内的顶尖人才和科研力量，共同致力于海南长臂猿保护；2020年12月17日，世界自然保护联盟、海南国家公园研究院联合发布《全球长臂猿保护网络倡议》，在国内外产生了广泛影响。海南黑冠长臂猿会越来越好的，祝福它们。

多年没上霸王岭了，多少次在梦里，它"一枝一叶总关情"，因为阿霞，我跟它的缘分一直没断。已经回到家乡安居的阿霞告诉我：2018年，王下乡被评为全国第二批、海南省唯一的"绿水青山就是金山银山"实践创新基地；2020年底，王下乡被评为第六届"全国文明村镇"。真希望尽快再去王下乡，去探望我的黎族好姐妹，去探访6万年前古人类洞穴遗址钱铁洞，去探寻海南最早人类的生产与生活场景。

刊于《中国绿色时报》2021年11月30日

大道通古今

尹汉胤

莽莽苍苍的乌蒙山脉，犹如无数条巨龙，摇首摆尾地腾挪在云贵高原上。起伏翻滚中，露出一道幽深的裂痕，地缝般嵌入高山峡谷中，那便是大自然鬼斧神工雕刻出的盐津豆沙关。这条蜿蜒于群山中的缝隙，便是古往今来内地进入云南的唯一通道。

走进山岩夹峙、壁立森严的盐津豆沙关，踏着秦汉时修筑的五尺道艰难攀缘，只见落满沧桑的崎岖石阶上，依然清晰地残存着马蹄踏出的一个个蹄印。不禁感慨万千地凝视着那于漫漫岁月中镌刻下的历史印记，眼前似浮现出了马匹商旅的幻影，耳畔悠远地回响起空谷足音。心生追思地蜿蜒于五尺道上，心想在那斑驳的岩石褶皱中，一定隐藏着许多不为人知的故事和美好的记忆吧。由此，不禁在心中油然升腾起一种民族自豪感。那时的中华大地，不仅拥有着翘楚于世界的鼎盛文化，更拥有着襟怀天下的博大气度。时至今日，依然留存在豆沙关山路西侧崖壁上的《袁滋题记摩崖石刻》，便清晰地记录着大唐盛世时的轩昂器宇。

唐贞元九年（公元793年），南诏王异牟寻派使者请求归唐。此时距南诏叛唐已有42年，然而南诏最终幡然悔悟，派人赴唐恳请再次归顺大唐。翌年，唐朝派御史中丞袁滋，持节远赴云南册封异牟寻为云南王。

这一历史事件，在今天回顾起来，无疑具有穿越历史云烟、发人深省的现实启示意义。回想当年执符节远行至此的袁滋，在来到这山势陡峭、道路艰险的盐津豆沙关时，一定是心绪难平感慨良多。故此，他将这一赴命经过借摩崖石刻于此，将自己维护国家统一的坚强意志昭示于后世。由此，地处边远的盐津豆沙关便以此摩崖石刻而享誉四方。

进入新世纪的盐津豆沙关五尺道，不仅成为国家著名的旅游胜地，同时还以令人眼花缭乱的现代交通道路建设奇观而声名远扬。

站在古老的豆沙关举目望去，只见从空中至谷底，层次分明地立体分布着五条道路。其出神入化、并行不悖的绝妙道路设计，会让人一时有种眼花缭乱的感觉，而待你定睛仔细观察后，一定会为这出神入化的交通设计赞叹不已。

在逼仄的盐津豆沙关峡谷中，从山巅至谷底依次分布着渝昆高速公路、铁路、325省道、五尺道、河道，高低错落的五条通道，犹如集束在一起的综合电缆，密集地布设在一线天光的峡谷中。彩虹般凌空飞架的高速公路大桥下，依次分布着肩负各种职责的道路。举目望去，排列在峡谷中的五条立体通道，恍若一部飘逸在天地间的五线谱，穿梭于其间的汽车、火车、船只、人影，恍若跳动在这部庞大乐谱中的音符。只有身临其境，你才能感受到这部交通五线谱演绎出的令人心潮澎湃的震撼力。聆听着这部昭通现代交通交响曲，使我对今日昭通栉风沐雨、殚精竭虑、奋发图强谱写出的这一华彩交通乐章内涵，有了更深刻的认识。

地处云南咽喉的昭通，在历史上便以锁钥南滇、扼守西蜀、俯视黔贵的战略要冲雄踞于滇东北。在古往今来的漫漫岁月中，昭通始终以海纳百川般博大的胸怀，接纳着南来北往的人流。集各种宗教、民族、文化于一炉，在这片深情的土地上交汇、碰撞、融合，就此沉淀出了一种乐观达生、开放包容、勇于创新的地域文化。

在新世纪的曙光中，勤劳智慧的昭通人在乌蒙山重重大山怀抱中，深刻地体会到，交通的不畅严重地制约了昭通未来的全面发展。不从根本上彻底改变昭通这一世代症结，昭通就将被封闭在群山中日益衰落。由此，昭通历届领导集体，对此达成了一个共识，那便是面对茫茫乌蒙大山封闭的地理环境，开始矢志不移地架桥梁、开隧道、修公路、筑铁路、建机场、通航道 …… 将历史上封闭隔绝的昭通，一举建设成为四通八达、出行快捷、充满活力的新昭通。自此，昭通历任领导集体形成了一种责任接力制，开启了一任接一任持之以恒地在交通建设上持续发力的奋斗，将彻底改变制约昭通发展的交通瓶颈问题，列为各届任内的重要任务目标。

令人心情振奋的是，经过十几年的不懈奋斗，如今的昭通交通建设已发生了翻天覆地的变化，历史性地一举将昭通的通车里程增长到了25241公里，是1949年昭通88公里道路的287倍。然而，令我心生疑惑的是，拥有着两万多公里通车道路的昭通市，至今竟还没能实现昭通10个县市全部连通高速公路的目标。

带着这一疑惑，驱车来到大山包一级公路管理处实地采风，我从矗立于工地的昭通公路规划图，以及从空中拍摄的照片中得到了答案。从一幅幅清晰的航拍图片中看到，铺展在昭通大地上的公路，好似金蛇狂舞般盘绕起伏在崇山峻岭中。仔细观察，有的公路若隐若现神秘莫测地出没于山野，有的则如摇头摆尾飘浮在山巅的丝带。其狂放不羁、随性灵动的线条，有如草圣怀素《自叙帖》中汪洋恣肆、豪放挥洒出的狂草墨迹。

在聆听了工程技术人员的讲解后，才知道图中的每一条公路的线路规划，都要经过勘测人员跋山涉水实地精确的测量。在掌握各种大数据的基础上，在规划路线时，要考虑山势走向、海拔落差、生态环境以及风向、地质、气候、驾驶视野等诸多极其严苛的因素，经过反复论证后才能开工建设。

面对如诗如画、笔走龙蛇般迷人的昭通公路图，让我明白了在地质复杂的昭通大山中修公路，是一项投入资金、施工难度与强度巨大的工程。历经多年艰苦奋斗，在昭通建设完成的庞大公路，原来其中的一多半公路里程，都赋予在昭通偏僻荒芜的崇山峻岭中了。而为什么要选择投入重金，修建那些既费工又费力的公路呢？这是昭通市委、市政府对身居大山中的广大农民的庄严承诺。在昭通规划建设公路，其最重要的目的，是要将散落于大山深处的村寨、分散的农户，尽可能地用公路将他们联系起来，从而使那些祖祖辈辈身居大山深处的农民兄弟，也能够享受到便利的交通，彻底结束封闭孤独的生活，融入现代社会美好的新生活。

原来那一幅幅好似如椽巨笔豪放地挥洒在昭通大地的"狂草公路"，竟然是昭通市政府矢志不移孜孜以求，艰苦卓绝励精图治写在昭通山河大地上的一篇篇惠及民生、共同富裕，不让一个人掉队的社会主义大爱篇章。

在第二天前往巧家的路途中，昭通公路建设出人意料豪气冲天的景观，再一次震惊了我。

经过两个多小时盘旋于崇山峻岭的路程，眼前若隐若现地露出了金沙江的身影。及至远处出现了巧家县城影子时，车子一下驶进了隧道，没想到这一穿越，竟然是十几公里的一会儿如白昼，一会儿如夜晚，光影交错，光影隧道般的路程。原来这段梦幻之路，是由一段段隧道衔接着一座座桥梁组成的高速公路。当车子终于驶出隧道时，前方山间赫然出现了一片波光潋滟的开阔水域，起初我以为那是一个高原湖泊。当地朋友马上自豪地告诉我，那是金沙江。

就此停车眺望，只见阳光下静谧如碧玉的金沙江水面上，诗意地漂浮着一团团白云，远远望去好像天地倒置了的感觉。环顾四围连绵山峦，一改云南大山的刚毅峻拔，也变得柔美多情起来。望着从脚下延伸进山间的公路，我惊奇地发现，那公路竟然在山间盘绕出了酷似一把小提琴的造型。我将这一发现指给同行的朋友看，大家无不称绝，马上登车驶向那把"小提琴"。当车子驶近时才看清，原来这一极具艺术造型的道路设计，是在有限的山谷空间中，既要解决道路立体交叉，又要将汇集于此的几条道路疏解到不同方向，不知是有意为之，还是随意之举设计出了这条"小提琴"造型的立体公路。

沿着"小提琴"公路优美的曲线驶入巧家新县城。展现在眼前的景象，好像是来到了一座海滨城市。鳞次栉比的楼房，舒展地从半山腰铺向江边。来到金沙江右岸的休闲广场，向对岸望去，只见柔美的山影中，农舍星罗棋布，掩映在树荫中，这温馨的田园景象，让人不禁有种仿佛面对着黄公望笔下的《富春山居图》的感觉。

面对此情此景，心中只有"沧桑巨变"这一词。真不敢想象，千百年来深陷于云贵高原的深山峡谷中，每日仰望着两岸高峰默默流淌的金沙江，如今竟然以高峡平湖的宽阔胸怀，将两岸峰峦一同揽入怀中，以平视自豪的目光，环顾着原来高耸云巅的山峰。

新世纪以来，在国家大力开发水电建设中，金沙江上建起了多座梯级水坝，令世界为之瞩目的白鹤滩水电站水坝建成后，一举将金沙江水位抬高至800多米，形成了200多亿立方米的高峡平湖。面对着眼前这幅高原"富春山居图"，不禁让人对这沧桑巨变感慨万千。

而当你回转身来，面向巧家新城时，则又是一番怡人的新景象。为安置库区移民而建设的这座新城，是伴随着白鹤滩大坝建设同步进行的。随着库区水位的抬高，原来的巧家县城历史性地沉入了江底。考虑到巧家人不舍故土的心愿，国家在原址山上建设起了这座巧家新城。这座精心规划的巧家新城，不仅考虑到了巧家人的生存环境，更为巧家人未来的生计发展，做了精心的城市发展预留，尤其在保护生态环境方面予以高度重视。展现在眼前的这座新兴城市，在郁郁葱葱的山峦背景中，安详地沿金沙江右岸铺展开来。凌空飞渡的大桥、绿树成荫的公路、高低错落的建筑，呈现着生机勃勃的景象。就连横亘于山巅，由水泥柱支撑起的高速公路，都有如艺术造型般，为巧家新城画出了一道美丽的天际线。

正是白鹤滩水利工程的开发建设，彻底改变了巧家人千百年来身陷大山深处的生活状态，一步跨入了现代化的都市生活。随着2020年格巧高速公路的开通，巧家至昆明的车程由过去的4个多小时缩短为2小时。其便利快捷的交通，一下便从巧家输出了20多万农民出外务工。而在不远的将来，随着宜宾至攀枝花高速公路的建成，巧家将被纳入成渝、攀西、长江经济带范围，届时将进一步拉动改变巧家的经济人力模式。与此同时，巧家新城具有的得天独厚的生态旅游资源，也将会生发出一批旅游、度假、休闲等相关产业，进一步改善提升巧家人的经济收入和生活品质。

而更加令人振奋和期待的"123"水运工程，已在具体规划实施中，将在启动水富港扩建工程的同时，进一步规划完善溪洛渡至向家坝库区的水利建设，以开辟宜宾至水富的金沙江航道。与此同时，在向家坝、溪洛渡、白鹤滩三座水坝建设大吨位的轮船翻坝设施，以开辟3000吨级船舶沿金沙江、长江直航上海的黄金水道。面对金沙江即将通航的规划，不禁使我思绪万千地想起早在1405年至1433年间，出生于云南的伟大航海家郑和，便率领着中国强大的船队，连续7次扬帆于太平洋、印度洋，沿途拜访了30多个国家，将中华文化传播到了世界各国。然而令人唏嘘的是，由郑和开创的中华大航海时代，却没能成为中国放眼世界、发现新大陆的起点，只灵光一现地在世界上展示了一下天朝威仪，便令人遗憾地消失在了历史长河中。由此，便在闭关锁国中，眼睁睁地望着西方航海家争相驰骋在大洋上，直至屈辱地遭受世界列强的炮舰侵略。

如今，不舍昼夜的金沙江，在新世纪的曙光中，终于以颠覆历史的新面貌呈现在世人面前。郑和地下有知，一定会为自己深居内陆大山中的故乡，竟然也开启了通江达海的航道，衔接起"海上丝绸之路"扬帆于世界大洋，而惊诧不已地含笑于九泉的。

在金沙江畔的鹦哥村，一条蕴藉着昭通人顽强生命力的溜索，坚毅地荡漾在金沙江上。而不远处新落成的鹦哥大桥，则以雄伟通畅的身姿，承载起了鹦哥人世代翘首以盼的便利过江期望。抚今追昔，古老昭通的历史与现实，都印证着一个永恒的生存道理 —— 没有快捷通达的道路，人们便不会拥有美好的生活未来。

这次身临其境地对昭通交通进行的实地考察，有如走进了浓缩着历史与现实的交通博物馆，给我留下了深刻难忘的印象。行走在昭通壮美的山河大地上，在历史与现实的时光交错中，看到了历史中的昭通人以石头在峡谷中筑起的五尺道；从航拍照片中，俯瞰着当代昭通人汪洋恣肆挥洒在莽莽大山上的"公路狂草"；循着中华地理脉络的金沙江，站在白鹤滩大坝望着那喷涌而出深谷传响的波涛……在心中沉思默想着，最终在心中升华出一种强烈的民族自豪感。

展望今日云南，一幅四通八达、互联互通、立体快捷的交通网，正在重绘着大地山川。就在近日，昆明至老挝万象的高铁已建成通车。这条凝结着中老友谊的铁路，将会继续延伸至中南半岛各国，形成"新丝绸之路经济带"，将中国与世界更紧密地连接起来。

在国家"十三五"规划纲要草案中，已明确提出了将修建北京至台北的高速铁路方案，将我国不可分割的领土台湾，纳入国家高速铁路网的建设规划中。

拥有着5000年悠久文明史的中华大地，一条条不断延伸的铁路、公路、航道，有如遍布在神州大地的血脉神经，连接着古今，承载着中华民族伟大复兴的梦想，正坚定不移、行稳致远地奔向着美好的未来。

刊于《文艺报》2022年2月16日

自将磨洗

朱以撒

这座海中的小岛，往日摩肩接踵的人流如同潮水般地退走了，进入岑寂。谁也不知道，下一拨的人潮，什么时候会又一次汹汹而来。

寥寥无几的行者，如果不想住卜，他们的步履往往是匆忙和急促的，在小巷里穿行，走马一般地张望，试图在夕阳西颓之前，目光掠尽所有。孟郊有两句诗表达了这种过人的眼力："春风得意马蹄疾，一日看尽长安花。"—— 行旅往往是如此，满足一个眼神，横扫一番，便以为看到了。德波顿曾经自问："什么是旅行的心态？感受力或许是它最主要的特征。"真要如此，那还是要住下来，再言说感受。

我在这个岛上最高处的一个酒店住下。唯住下来的人在凭栏看夕阳时显示出了悠闲和慵懒，和匆匆赶往码头出岛的人形成对比 —— 心境就是如此，在这个没有车马的岛上，看一个人的步履，就可以知道他的心境是安和，或者急切。

离我上次登日光岩，很长的一段时间过去了。那一年高考前，我取道这个滨海城市，准备回老家复习一个月。我上到岩顶的时候，看到满满荡荡的海水，不觉有点头晕 —— 决定参加高考以来，睡眠如此之少，看人看物都是迷迷蒙蒙。日子就像变动不居的水，不曾安稳过。登高的确可以望远，但是远望也望不到即将到来的高考命数如何。那是一个晴明的午后，可见度非常好，我的内心却浓云密布难以廓清。这一次登临则是清晨，一路无人，拐了几个弯，拾级而上，毫不费劲已到顶点。四望还是海水，无边无际，和当年我看到的毫无二致。想着当年忧心忡忡，现在却早已完成学业成为教授了。这其中无数的情节，都浓缩在两次登高的中间，已无从细数——一个人的追求成功了，就没有必要回顾，只是觉得和那次最大的差异就是神清气爽。至少，已经有充足的睡眠来支持前行的步履。

一个人在高处的时间不会太久，就算迎迓天风海涛，壮怀激烈，却也不胜寒，不胜晒，这个城市的台风来时，没有谁愿意如一片叶子，在顶上被风吹落。这样，每一位登高者在顶上短暂停留之后，还是下到平地，毕竟这是比顶上更让人安心的。奇怪自己当年在高处会涌出许多的想法——时势在巨变之后，每个小青年好像都是思想家，都想展示一番见解，见出不凡。其实那些年都没读什么书，被"革命"的潮水推搡着，混混沌沌，却如此想指点江山。现在则没什么想法，眼神安和宁静——人的想法终了会越来越简单，没那么多值得表达的，如果秉烛夜行，其光亮能够自照其行，也就够了。

在通向日光岩的小道上，我见到了曼陀罗，花丛不大，花朵累累，色调由嫩到干枯，浅绿、淡黄、金黄，像无数的喇叭垂落下来。上一次见到曼陀罗是在昆明金殿的路上——看到同一种花居然要几年的时间，而当年把曼陀罗写入文章里的民国作家，已经一个都不在了。我是在翻读旧日言情小说时才知道曼陀罗的意味——暧昧的、隐秘的、情欲的，使它在万千花卉中独异。种花人选择了曼陀罗，是偶然，还是有意，种下的曼陀罗还是越来越大了，枝叶繁茂。水分充沛的南方，大量地开花，保持很长的花期。不认识的人看一眼就过去了，识得花名的人看一眼也过去了，唯有从旧日小说看到它的人，此时心绪浮动，想到它的来世今生和它象征的那些艳冶意味，让人惊怵。如果要列举一种花和曼陀罗相近，或者有所勾连，我只能倾向于夜来香了——同样是一种被赋予欲望的植物，它装饰于不夜的都市，让人兴奋不是让人安息。一些拐到我家这条小路上的人都会嗅到夜来香的馥郁，揣度是从哪户人家飘散出来的。他们当然不知道我在后院种下这棵花树，也缘于对夜间抱有一种生动的期

待 —— 此时，它们正张开无数细碎的小嘴，香气弥漫。如果不是自己栽种，难以观察到这种反常规绽放的状态。总有一些花被赞美，总有一些花被放在对立面，慢慢就成为定势了。

一个岛的韵致，是那么多老建筑给予的。本土的、西洋的、南洋的，当初是用来居住的，而今让一些毫不相干的人，进进出出，指指点点。那时的人物都隐于别墅之后了，别墅成了他们的化身。海风吹雨，常年浇淋，目之所及都是沧桑容颜。石坚硬却不语，任由三寸柔软之舌说去。一些家族资料保存得比较完整，使人有了顺畅表达的可能，逸事与逸事相贯通，使过往不至于如烟。但没有多少游客想记住，只是走走看看，看看走走，甚至懒得听导游引导。比较的本领是与生俱来的，有的别墅峥嵘突兀，惜地如金，便密集排列；有的别墅则不吝留白，草坪延伸，花篱巧设，以此见闲逸之趣。富贵是首要的，然后才从容言说建筑的规模、样式，让美感悄然渗入过程的细节里。如果细加琢磨，建筑就是各色人等，以独异见出，连同情性、趣好。一些别墅门洞大开，另一些别墅尘封已久，浓荫匝地，叶满庭除，强健的榕树根脉时而浮出地表，时而潜入土中，纵横恣肆。可以推测多年关门的内部是怎样一种衰飒 —— 建筑的不可移易，注定在此矗立，也在此倾圮。主人的后代星散，有自己不同以往的生活，那种几代同堂子孙绕膝的热闹家族景象早已不时兴了，别墅的空置表明伦常生活早生变故。甚至再过几代，都记不清祖上有一座崔嵬的建构立于此地。日子就是这样，以变数让人目瞪口呆。现在，进出的人把别墅当作一件艺术品，欣赏主人的匠心和寓意。由于门洞大开，也就没什么悬念，径直登堂入室。有神秘感的则永远是大门紧闭者，一个家族的秘密全系于一把生锈的锁、两扇紧闭的门，里面的很多人事，不必为世所知 —— 秘密在如今这个开张的世道里，它越发珍贵了。

很多年前，我憧憬在这个月光如水的小巷里漫步，微风轻拂，树影婆娑，会有叮叮咚咚的琴声越过别墅的围墙，如珠玉跃动出来。那么，这样的夜色就太有诗意了。憧憬多半是虚空的，不必强求这个拥有众多世界级的钢琴的小岛，一定要有琴声作为引领。四周静寂里，稀疏的脚步声，由近而远——那些从小岛上走出去的钢琴少年，后来都非同寻常。这也使琴声和岛联系起来，对岛上的声响有特别的期待，由琴声想到优雅、天才，想到涵养、斯文——如果能源源不断地有这样的天才少年出现就好了，很多美好被人寄予很大的希望，就是抽刀也不能断流那般，一直向前。可是现实并非如此，没有就没有了，不赶紧看、赶紧听，就成绝景、绝响。宫宝森带着宫二小姐逛金楼，宫二小姐问："爹，您带着亲闺女逛堂子这什么说法？"宫宝森说："这天底下的事，你不看他就没了，看看无妨。"人这一生总是想抓住一些大的、重要的，所听所看谈不上什么大事，却也要及时，若风景凋敝，声响随风飘散，那时捕捉纯属枉然。福楼拜在他父亲去世之后就抓紧去了埃及，去看他自幼喜爱的骆驼，听它们那独特的叫声。虽然道途迢遥，他还是为能听到、看到心花怒放。时日过往，带走了一些声响，让期待的人怅然若失；继之而起的另一些声响，与之相比又天壤之别。钢琴声的美妙，和着那个西装革履的时代，有人操着不同国度的语言，掮着文明棍，遛着狗，海风吹过，纱巾拂起。舞池里华灯璀璨，舞裙翻飞，舞步轻盈，舞者四目相视，神采飞扬。教堂里正做着礼拜，俯首敛目，倾听天音，晚祷的钟声则可以传出好远。我一直觉得那个时代真如古书说的，"东风解冻，蛰虫始振，鱼上冰，獭祭鱼，鸿雁来"，是这么一种生机状。

声色是挽留不住的，如同挽留不住眼前的风。

岛上无车马，想多看些景物，就得不吝脚力，上台阶，下台阶，上上下下，没完没了。想当年小脚女子也如此，便觉脚力于人之重要，可渡人由此及彼，到远方，或返回故土。记得徐弘祖是最擅长行走的人，一直走到双足俱废，所见也多，所听也杂，终了让人抬回家去。外国擅行者则推华兹华斯，一生大约行走十八万英里，而后著述。行走使人融入场景，获得现场感，以至言说比其他浮光掠影者有底气。岛上长居，所行走的里程也必然胜岛外人群，尤其在旧日时光，擅行走者总是给人以勤快的美感，乐意将事务托寄给他。来岛上行走的自由主义者，常常不屑于结队组团，一个人背着行囊，任己意而行。行走显示了自由，足力是不必倚仗他人的，于是去了一些众人未能去之处 —— 总是有一些原因，一些所在为人不知，或者安全不具，反而成全了这些自由行走者，使视觉抵达内部，获得欣喜或者惊恐。总是有些人看到了寻常，少数人看到了异常。人的自由体现在行走中，就是摒弃他人的安排，率性是行走最高的境界。《康熙王朝》不止有一处如此展开 —— 康熙旁若无人地走在前面，大臣们紧随其后。脚力比康熙好的人也不敢窜到前面去。每个人被规矩制约着，当快则快，当缓则缓，千万不要因行走给自己带来麻烦。行走还是本乎快乐的 —— 在一个出了家门就要行走的岛上，每一个人都要打消借力的念头。很多方面是可以通过借力来达到自己的目的的，但在这个岛上，还是会促使人倚仗自己的力量。由于不求人，行于所当行，也就无须看人眉眼，一身轻松了。觉得人生若常如此，其好。

岛、教堂、城堡、荒原都有隐喻的功能。甚至连一张桌子、一个火炉也如此。鲁迅曾如此说："即使搬动一张桌子，改装一个火炉，几乎也要血；而且即使有了血，也未必一定能搬动，能改装。"一个被海洋环抱的岛屿，和外界相对剥离，如果没有渡海的舟楫，人要进入岛内是有难度的。这也使岛内的节奏缓慢得多 —— 没有那些显示速度的器物，就算一个人整日如夸父般奔走，又能跑多快。加上闽俗对工夫茶的偏爱，工夫茶就是为了消磨时日设置的闲情之饮。听惯了涛声的人们，熟悉了这种永远不变的声调，好像世界的速度永远如此。热爱快节奏的人相继搬离小岛，应和起外界的速度，跟不上的就不必勉强。每一个人看世界的态度都是不一样的，完全可以从对待速度看到骨头里 —— 有的人乐意像孔夫子那般奔走，五十五岁周游列国，回归鲁国已是六十八岁，真是一个不倦于快速度的人。有的则效老子，居于小，交于寡，鸡犬之声相闻，老死不相往来，守住自己小小的摊子。在我的感觉里，作为隐喻的空间，都散发出老旧的、沉闷的趣味，有一种慢慢暗下去的趋势。这方面，《花样年华》做得到家了 —— 昏暗中的里弄和逼仄的过道，光线让人不知晨昏，玻璃上总是布满尘埃，栏杆也都是铁锈，操着吴侬软语的、粤语的、普通话的人和麻将推倒的驳杂之声。苏丽珍出来了，一次又一次色调不同的高领旗袍，轻盈地走过。一些人沦陷在旗袍里，绘声绘色，另一些人却看到了二十世纪六十年代的香港，身份、观念、感伤、焦虑、宿命。就像一个岛屿，如果只视为一个物理空间，那就浅薄了。是人的介入，百年、千年，使它深沉到不能量化，难以言说。

汪洋包围的岛屿，前身荒凉。乱石堆积，杂树滋长，禽兽交集。而后人来，筚路蓝缕，将其辟为安身之所。往往是这样，在无人处拓荒，让人气驱散静寂，使人的力量彰显。长期被黑暗禁锢的空间，终于绽放华灯。岛朝着绚丽方向发展，在色调上有了共识，大量使用红砖，人内在的火焰，逐渐遍布，使人在海的那一端可以看到它的光芒。巨石也大量地运用着，切割打磨成巨大的圆柱，使这里充满站立的沉重，以屹立不移对应游移不居的海水。一个置身于海中的小岛，注定要迎接四面风力。狂风来时，大树浑如一棵葱、一茎狗尾巴草，俯仰顺势。这些倒伏的大树，有的继续生长的里程，使行者看到生的另一种姿态——一棵参天大树不一定就要直立，在外界的压力下，屈从地倒下也足以安身，可以庆幸又一次狂风来时，枝叶无损。生的方式是多样的，竖着生的，与天际相争，真有一股子英雄气，张扬得很，使人觉得本应如此。一旦倒伏横生，它就生出意义来了，让人想到无常，想到卑微。经历一种变故的树，像一口哑了的钟，不再当风有声，能活下去已是万幸。在马丁·瓦尔泽的《童贞女之子》中，有一个情节真是令人遐想——奥古斯丁·法因莱茵教授有一个嗜好，就是每一个周六都会去莱茵河畔的一个桥头，扮演一个一动不动的银装肃立者，天如此之寒冷，他还要求自己面朝对岸的维戈尔芬城堡。我不知道他这么做究竟意味什么，但有一点可以肯定，作为动个不停的人，此时自觉地扮演如同一截树干的形象，一定是在尝试新的感受——除了外在不动，内在也要不动，使体验最大化。可惜的是他为这种不动的体验付出了代价——作为肃立者死于街头流氓的恶作剧中，不能像一棵倒下的树，充分调节之后，又抽枝展叶。

风是看不到的，我们只能从倒伏的大树、翻飞的瓦片和洪波涌起的海面测量它狂怒的等级。既然选择一个岛作为栖身之地，也就要坦然接受，在狂风横纵之后，走出家门，收拾一地残破。动荡无休的海水终日冲灌岛屿的边缘，一拨海水流远了，另一拨海水又临近了，试图从边缘啃噬起，涌入核心。建筑越来越密集，物质材料越来越厚重，抵挡了海水的不懈进退，使人在俗世日子里不必小心翼翼，担惊受怕。晚间，两个人躲在坚实的别墅里，听听音乐，有一搭无一搭地聊着，和坐在太平轮上的那些人仓皇的心思是全然不同的。安全产生美感，汪洋中的陆地就是为了美感的产生而设置的——是陆地的凝固，使人可以不要再像迁徙的鸟了。只要不出岛，终日可以在巷子里走，去买一束花，去探望一个不方便行走的朋友，或者找一处碧绿的草坪，坐下来看看夕阳。

老子说："天下莫柔弱于水，而攻坚强者莫之能胜。"他太夸张水的力量了。岛上人家未必以为如此。

我想起，有一次病中的鲁迅在深夜醒来，唤醒许广平，要求她打开电灯，让他看来看去地看一下。他看什么呢？就是看墙壁，看墙壁的棱线，看熟识的书堆，看书堆旁的画集……风雨如磐，人在病中，还是在乎看一看，尽管在自己家中，已熟悉之至。一个行者的岛上时光一定不会太长久，陌生感催促他不停地走，不停地看，看到既往的绚丽和此时的素淡，既往的沉实和此时的虚空。对一个曾经具备优雅风范的岛屿，我还是有所期待的——尽管我说不清，究竟在期待什么。

刊于《福建文学》2022年第4期

观画录

蔡芳本

画　禅

　　许子智，厦门人氏，笔名一了。一了一看就是个佛名，许子智学佛又画佛，是个佛画师。许子智画佛不为名不为利，只为长养禅，只为心自在，只为平心气，只为长智慧。

　　画佛是许子智人生的一种方式。

　　手起笔落，禅意佛心，就在一笔一画间蕴藏。

　　许子智画佛有几类，一类是真画佛，画禅院，画僧人。画禅院庄严肃穆、高深莫测。许子智特意用深厚的笔墨，渲染禅院的这种氛围，增加了凝重感，有一种雄浑感，使人敬而膜拜之情顿生又使人顿生敬畏之心。许子智画僧人也是厚重深沉。此等僧人并非佛中闲汉，似乎他们深负人间的疾苦，漫漫旅途，踽踽独行，风雪漫天，没有回望；有僧人面千仞壁修行似乎并不奇怪，端坐于千仞崖之上修行，时有堕崖之危才觉苦行的深重。是许子智忍心抑或是修行之人的狠心，画纸上的一笔一画其实都是画者内心世界的外化，许子智与佛合一，身居世间，又与天合一，人佛合一、天人合一，世界无常态，生命有担当，学佛并非逃避现实，学佛是在正视现实是在改变现实是在顺应现实。

　　这一类的画，许子智画得很有情感，画得很投入，他好像就是画中之佛。

　　许子智说："佛陀主张活在当下，平和地与每一个人相处，顺应自然地处理每一件事情。"《心经》说："心无挂碍，无挂碍故，无有恐怖。"

所以，比之于许子智凝重的笔墨，许子智画一些古代仕女，笔墨轻松，人物或嗔或痴，天真烂漫，甚觉可爱。亭台楼阁，芭蕉叶雨，是禅的另一境界，此境界脱离人间烟火，无一杂物，无一俗务，"轻罗小扇扑流萤""深巷明朝卖杏花""松下问童子，言师采药去"。满架书海一院香，蒹葭秋水，何等境界，佛称净界。此等境界将一切苦难屏蔽于身后，心生欢喜，无比快活。

与此等仕女画类似的还有一些市井画。两三古代仕人散坐石上，喝酒者喝酒，钓鱼者钓鱼，散步者散步，画上题字："有得快活就快活，没得快活就拉倒""今日无鱼乎"。更有一傻乎乎的胖书生眯眼瞧天，傻傻地问："今日无雨乎？"这不是鲁迅笔下"今天天气哈哈哈"的应酬与无聊，也不是"今朝有酒今朝醉"的无奈，这些仕人画比之于仕女画似乎更注入些生活的内容，更有现实的味道，但体现的依然是佛禅的状态，依然是入世出世的精神。这种精神佛道合一，既有佛之禅心也有道的无为。许子智画这些作品的时候也好像是随意画来，并非刻意经营。正因为这样的随心应手，才更能体现许子智的绘画能力，体现许子智艺术观念的多样性和他念禅的双重性。念禅的双重性与艺术观念的多样性互为因果，促成许子智表现手法的多样化。

许子智也画山，也画村庄风物，此等画作跟禅修好像没多少关系，其实关系大着呢。真正的禅就是大山。许多禅僧都喜欢住进深山。大诗人王维更是把山读得禅机处处。有人说，王维住山，佛性无处不在。山河大地全露法身大山不语，大山默默承受一切，这就是大佛。大山承受一切又点醒一切又化开一切，千变万化又不离其宗，横看成岭侧成峰，远近高低各有同。山是禅的宗，许子智画山，画出的就是这个意。禅也藏在平常百姓家，燕子来时春社，参差百万人家。一面墙一扇窗也凝聚着多少人间的智慧，多少人间的悲欢。弘一法师说，悲欣交集，是佛间的悲欣还是人间的悲欣呢？

跟前者相比，许子智画村庄风物，画得理性，很有形式感，没有悲欣，没有苦痛，没有欢喜。这种平静正是他学佛的修养所得。如果说他画佛像是刚刚进入佛门，心气还很重，那么这些村庄画则是他顺应佛门的体现了，这些画首先就是修持就是觉悟，其次才是技艺。换句话说，没有禅的修养，光有技艺，没办法画出佛的画。许子智修持专一，画法多样，他的艺术思维既矛盾又统一。

绘画跟做人一样，修心重要。绘画修心，才能与读者产生心灵上的维系，才能在画面上传达人生的正能量。

一了并非百了。

许子智自称喜欢琴音箫声，游山游水，品茗赏酒，栖身在号为"天风阁"的地方，这就是所谓的出世又入世呀。

闽南古民居画

几年前，陈山山在七彩艺文会馆举办画展，这是他第一次出山。

七彩艺文会馆目前我在管理，我认识的美术界人士也不算少，可若不是因了此次展出，陈山山我是名也不识，人也不见。陈山山真是深居简出，名不见经传，业界认识他的人不多，更别说业界之外了。

此次见山山，一壮年汉子，却是一羞涩内敛之人。外表腼腆，见人讷讷不敢言；再者内心自卑，竟以为画不如人，不能面世。据山山友言，若非友人一再促成，山山画作不知藏于闺阁几何。画甫一展出，观者络绎，叫好声不断。山山这才面露春色，有点功夫不负有心人之状。

据友人言，山山不擅外交，故每日伏案作画不止，每年过完正月初一，初二便上画室开工，堪比愚公移山，每日挖山不止。一日一画，经年竟积八九十幅，且幅幅见功力，幅幅是精彩。所画闽南（泉州）古厝，红墙黑瓦，旧者则旧矣，破者则破矣；明则明矣，暗则暗矣，或乱草丛生或市井杂象，真我乡土，真我闽南也，叫人徒生乡情徒生亲切或竟暗含泪水。我等一生皆居家乡，尚能引出如此情怀，若是久居他乡之乡人，肯定情溢满怀更甚者多也。见山山画，如无动于衷，除非铁人或无情无义之人。

山山师兄传敏大师说，山山的闽南古民居水墨画，或是适应了大众审美情趣，远离现实社会干扰，追求精神满足与解脱。

画为其人，若非对家乡有真情意，不能画出对家乡真感觉。流于一般的山水画作，是常见的事。

遂想起贾平凹说画。贾平凹说其购买画册大都懒得翻动，大都蒙尘，中国画已使其麻木。如此国画，大同小异，抄来袭去，鲜有动人之作。目睹画坛，皆平庸不堪又貌似热闹非凡，贾氏终不耐烦，极盼一画坛天才出现。我等亦有贾氏心情。山山出现，虽非天才再生，亦可亮一缕阳光乎？

窃思，画作与写作一样，创新终需题材，终需技法，终需情分，终需理解，终需胸怀。缺一不可。山山虽非大画家，但终为泉州画家树一榜样。

据说他出道之时，尚非任何艺术协会成员，更无任何艺术封号。其毕业于福州大学厦门工艺美术学院，毕业后于一国营广告公司就职，因得罪公司领导，工作被公司领导无故叫停，此后四处打工为生。曾数次报告主管部门要求复职，部门领导批示：此属历史陈账，几任局长均无法解决，我等亦不能解决。

山山愤激，无话可说，只让幽他一默：待日后出书，将此批示作序言。

我以为可亦不可，自己人生自己控制，岂能他人摆布。

惜人生不能如画之唯美，山山历经挫折，画当更美。

群山作画录

何群山不知做何营生，虽接触频繁，疑为天外来客。

知其每日画画，日画两幅，写生有之，临摹有之。写生以积累素材，临摹以历练技法。写生则戴一斗笠，提一画夹，背一洞箫，游走于俚巷街头，似一初入城市之乡间村民，东张西望，令人生疑；临摹则于地板铺一毡布，将四尺全宣摊于布上，双边压镇木，毡布边亦置一陈墨盒，另置两小盘于旁桌上，一盘放少许水一盘作为调色盘，所临画家册页亦放于毡上。无论写生无论临摹，群山均提一丈二长笔，人立提笔而画，似老农挥锄。蘸墨一下，沾水一下，调墨一下，直画至笔枯，或又枯笔几下，然后重复。有时靠桌画，画于兴处，群山竟爬至桌上跣足顶笠，不管不顾，竟自挥毫。画至倦处，竟抽出洞箫，呜呜两下，旁人还不知其吹何曲，又将箫藏入袋内，莫名其妙。有此表演功夫，群山竟为人所喜。

群山专注。画画时旁人进出均不管，有时人围而观之，口中便念念有词，皆为书画理论之大全，听者形如呆木者有之，对答如流者鲜罕之。

一日又谈，突问：书画家胸怀于哪笔哪画中体现，或云笔画如何体现画家胸怀？又哪笔哪画体现中国文化？问得旁人瞠目结舌，结结巴巴。此等深奥问题，确与人为难，可见群山顽皮之处。

后知群山并非戏言，笔墨竟可体现中国之文化。如笔枯者阳，笔湿者阴；笔硬者阳，笔软者阴；枯中有湿者，阴阳中和，谓之中庸。比如画山，必一山为高，一山为矮，此亦阴阳，此为阴阳互补，阴阳互动。又有粗细，又有深浅，又有浓淡。此理为许多画画者不解也。其妻曰：群山多对人言，画人须多读文史哲，不读只能做画匠。并自诩腰间挂一"已判死刑"印章，若有人请其评画，便持此章盖之。私下以为，群山此举，未免残忍。好在并未施行。

群山画粗犷雄浑，说是学陈子庄，皆着大笔墨，有大气势。至于所言胸怀，在于笔墨，更在于其对画作之处置方式。以其理论，盖印画押之时，即画作寿终正寝之日，即遭枪毙也即宣告此画之死亡。故群山画毕之后，均不急于签字画押，随处丢置一房，或期其起死回生也。

刊于《厦门文学》2022年第11期

辑 二

从书童到恩师

张 炜

书 童

我一直觉得"书童"二字的意象很美。阅读，伴读，或许还有超脱与闲适包含其中。想一想那种情景，很是诱人。不过真正产生诱惑的可能不是当一个"书童"，而是拥有一个"书童"。问题就在这里。当一个"书童"，为别人挑担，忙前忙后，自己没有多少享受，所以很难成为心里的向往。这里的"书童"，指的是古代有闲的读书人，一般都是获取功名之人，他们到了一定年纪之后，身边跟随的那个童子。他们只有十几岁或更小一点，为读书人、主人出游时挑一个担子，担子一端是书籍，一端是茶饼之类。两人走走停停，随时歇息，这时书童就要为主人取茶取书，主人雅兴上来，书童还要为之研墨铺纸。

这种生活很雅致，舒放得很。书童实际上不是书的仆人，而是那个读书人的仆人。如果他小小年纪爱学上进，待在主人身边日久，也许会有高雅的养成，学问的增长，最后自己也成为饱学之士。那当然是最好的结果，不过那要另加讨论了。从以前的图画书籍上看，凡书童都扎双髻，额前留了短发，穿宽松衣裤。最主要的是，他们额上一般都描了个大红点儿。想来他们个个活泼可爱，性情纯稚。性别，可能大多是男的，不过也不排除个别女性。

如果只做书的仆人，那么可以说我们每个人都可以安心做一个书童，一生如此也不须后悔。读书人常年徘徊在书架前，码书看书，终其一生主要是干这个，真可谓一介"书童"了。每到书店图书馆之类场所，脑海里总要飘过这两个字。有一次我在自己参与创办的一家小书店里，做了个莽撞的提议：所有店员都穿老式宽松衣服，配戴胸牌，上写"书童"二字。我特别主张包括自己在内的所有参与者都要轮流当值，并且要穿统一服装并配戴胸牌。大家一致称好，也实行了几天。但是好景不长，我发现不久之后大家都不愿这样打扮了，胸牌也不知扔到了哪里。问他们，个个面有难色。说不上为什么，反正没有坚持下去。后来我才慢慢得知，大家不愿意在众多不解的目光下工作。在他人眼里，"书童"只能是稚童，老大不小的成年人称自己为"童"，前边还要加一个"书"字，实在有些矫情，让他们难堪。既然都这样看，我也就不再难为大家了。

这家小书店如今还在，可是原来的"书童"服及胸牌早就找不到了。

还有一次半岛上的经历也与此有关。当时我在一片林子旁边的书院住了一段时间，不久有一些访学的人也来到了这儿。有人特别喜欢到周边的林子里去玩，还常常带书去读，有时还要带上吃的喝的，这样就可以在外面待一整天。有个年轻人约我一起出游，我当然非常高兴。临行前，我提议携上一只木头食盒，再带上书、茶和热水，这样就应有尽有了。一切周全之后，再找个竹担挑上它们。就这样我们去了林子里。因为我年纪较大，所以还是同行的年轻人挑着担子。我们进了林子，我一边走一边打量身边的年轻人，总觉得有什么美中不足。或许他应该穿上老式的宽松大襟服装，最好再扎上双髻；如果额头染一枚蚕豆大的红点儿，那就更好了。尽管只是想想而已，但暗中自忖，那会儿还是将自己当成了有闲的读书人、主人，而同行的年轻人是随身的"书童"。

我们向往古代的一些东西，许多时候并不为错。但是有些腐朽的观念，也会不知不觉地侵蚀我们。

异　人

我喜欢个性鲜明的人。如果一个人大不同于常人，专注，有才，就会极大地吸引我。我常常放下手中的事情，去寻找他们，来往渐多并成为朋友。我发现凡是这样的人往往都有较高的本领，他们很自我，一般不随潮流做热闹的事情，并不在乎别人怎么看，只做自己喜欢的、值得做的事情。他们较少掩饰自己，大多数时候把真实的想法暴露在别人面前。这是一些特立独行者，是生活中的少数。

我认为这一类人就是古代书中常说的"异人"，也等于"高人"。我向往这一类人。我自己不算这样的人，但赞同和喜欢这种人。这样的性格，在许多时候不是愿意与否的问题，不是选择和学习的结果，而是先天铸就的，所谓天性如此。也许觉得周边的生活太平庸了，我会经常打听哪里才有"异人"。时间久了，我真的认识了一些，并从他们身上获得各种不同的见解、经验和知识。他们的与众不同，主要是因为不盲从不轻信，于是才养成一些独见。我认定这个道理，平时也很少把对"异人"的喜爱掩藏起来，不管他是谁，在哪里，只要有可能就与之接近。这种人的特点是不太考虑人情，没有那么多礼节和客套，缺点也是显而易见的，比如会出乎预料地大发脾气等。不过他们大致没有伤人之心，也没有恶意。

我对"异人"的这种好奇心不知从什么时候养成，并一直保留下来。只要听说某个人专注而认真，重见识求真实，哪怕有什么怪癖都不在乎。我认为那样的人不仅有趣，而且有价值。这种好奇心长时间左右了我，让人有一种欲罢不能的感觉，渐成习惯。我定义的"异人"并不排除"怪人"，他们通常既不循规蹈矩，又总有些或大或小的技能。这种人一般不愿混在人堆里，或不受待见，不在热闹的地方。我认为他们至少有趣，而乏味的人太多了。有的人没什么大毛病，只是无聊。无聊其实就是最大的毛病。我宁可交往那些言辞刺耳、乖张狂妄、行为突兀者，也不愿和凡事唯唯诺诺、一天到晚依别人眼色行事、唯恐跟不上时髦者相处。

随着年龄的增长，我见过的"怪人"越来越多，得失互见，最后不由得做一番总结。这也会让自己冷静许多。比如我发现有人尽管有不少优点和长处，凡事执着，认理求真，可就是脾气太大了。他们莫名其妙就生气发火，恼愤不已，令人防不胜防。他们的激动和冲动十分突然，有时甚至远远超出预料，任何解释都没用。他们真的不是坏人，可他们太任性了。被他们伤害既很重，也很容易。这给人留下一次次痛苦。"异人"自以为是的时候同样专注，他们会将自己的诸多推理当成事实，不容分辩。他们相信心智，以自己为中心。

我向往和偏爱"异人"不是一种错误。他们永远可爱，也永远有价值。问题是我对"异人"的定义还要再苛刻一些才好。仅仅有一些本事、任性和怪僻，也还不够。真正的深刻、坚韧的守护、顽强的立场，可能并不妨碍通情达理。他同样可以是一个比较随和的、正常的人。真正的"异人"极有可能是一个善解人意、宽容和包容者。他会因为更深入的知与见，而变得迁就和理解。总之，"异人"之"异"主要还不是强烈的外在色彩。

有了这样的修正之后，我在继续偏爱和迷恋那些特异的好人时，也开始注意和小心了许多。

长　衫

我有一个画家朋友，在办画展之前，不少人劝他置办这样一身行头：长衫和围脖等。我虽然并不认为这有多么关键，也还是支持他这样做。因为我亲眼看到另一个年轻的画家这样来到展场，给人很好的感觉。他的画和装束相映之下和谐自然。国画之美，在一个穿着者的身上多多少少折射出来，并不牵强。

那个年轻的朋友除了长衫和围脖还有怀表，留了长发等。这样的打扮并没有什么夸饰之感，让人觉得大致还是舒服的。

朋友犹豫着。过了一段，他还是找人琢磨了一番，挑选出几个样式发来以做商量。我仔细研判后，认为他穿上长衫未必可观，因为他的形体偏于粗凸，而最宜着长衫者应是细长身材。不过再一想，到了画展上则是另一回事，凡事应取其大端。所以我最后还是赞成他制衫。画展在即，他的长衫却一直未能制好，原因是到后来还是退却了。理由是自己从来没有穿过另一个时代里的服装。

不光是他，许多人都没有。可长衫在民国时期还广泛流行，再说即便是古代的装束，有的略加改造也能延续到现在，如有人穿了旗袍就很好。有时我们尽管不曾直接采用古代衣饰，但心里还是认可的。比如明代的服饰我们都是看过的，它在戏曲中最常见，那真是美极了。我们如今大街上没有人穿明代衣装，这是个遗憾吗？如果目前仍然有人偶尔穿上那样的衣服上街，也不失为一件雅事。我觉得好的服装不是个现代与否的问题，而是实用和美观的问题，更是心情和审美的问题。总是追赶当下时髦，尽力附和工业时代后工业时代的气息，在美感方面也许不尽可取。

说到实用，我问过一个严冬里着棉长衫的朋友，他说很是暖和。那几天极冷，大家出门都穿鸭绒服。可是这位朋友站在街头满面红光，谈笑自如，一点都不冷。有些衣服只是跟上了时代风气，其实不是最美的也不一定是最实用的。适当地放松一下，进一步解放思想，将古代或上一个时代的日用美物淘换出来，也许是好事。这看起来只是穿着打扮之事，其实是自由自我的志趣和风景。人们心里有这些需要，日子就更好了。

我偶尔写一点古风，受一位朋友的影响，想出一函蓝布套的仿古书籍。想想这事就高兴。因为古书的美，在西洋装订法盛行之后还不能消失，我们心里对它仍有需求。这或者是自己未能免俗，或者是不错的选择。适当宽泛地采纳事物，相信自我，应该是可以的。

书　法

　　书法作为一门艺术，很晦涩，很特别，很有趣。朋友们越来越多地想当书法家。写大字是一种欲望，在宣纸上挥洒有一种特殊的快感。写得好，有功力，这当然好。不停地写字的人，笔画里自然会有自己。一直临写古人字帖，是一条捷径。极像古人的字，可能不应该算作书法艺术。书法是生命的自然表达，如果这个生命的质地不同，写法属于自己，起码会是指纹似的东西。这才可以是艺术。朋友说他写了几百万近千万硬笔字，改成软笔，以前的磨炼过程就全不算数了？多少应该算数。这样一想觉得他说得也对。只写了很少的字，连几十万都没有，不过一直在仿造古人，这只能看作速成法。

　　无论是软笔还是硬笔书写，字总是一种转化记录的符号，是表意工具。所以真正留下来的古人墨宝，大多是书信手札。那时的人没有硬笔，都用软笔。当时这些字在使用，它的功用和品质决定了其自然性。失去了这种自然性，抽离了使用的目的，只为了让人看，像看画一样，那就渐渐偏执和畸形了。如果一个人每每以写出一种好看的字，并以写出古字为业，这或许就异化了，成为不太正常和自然的事情。写字原本就不是艺术，只是一种表情达意的符号。当这种符号可以用来欣赏时，也就成为艺术。专门独立于使用之外的艺术，一定是可有可无的。为什么写字？为了挂起来看，这就有些不好理解了。文字在使用中透出生命之蕴含，之高尚雅趣，这是从生命的角度去看，看人在生活中形成的特异创造力。

　　这样想想朋友的话，他喜爱纸上的事情，也就同意和理解了。尽管如此，我写了近五十年，用软笔的时间却少而又少。所以我对软笔是极不习惯的。不过再不习惯，换了任何一种笔，写出的也还是字，而不是另一种"画"。"画"出的字，太费心了，太矫情了。

软笔的特异与规律，使用方法，如提按之必须，当然不同于硬笔。硬笔按不动，力透纸背也白搭。所以软笔的技巧一定有，不过这种技巧的价值在一般情况下被高估了。看书法，现在就是看几分像古人，而不担心抄袭。他们不太注意一条铁律：艺术中的抄袭是大忌。这是不能触碰的底线。但奇怪的是，所谓的"书法艺术"从来不是这样：越是抄袭越是得到喝彩，还美其名曰"某某体"。"体"都成了别人的，为什么还要去做？

有人将书法视为东方遗留的某种怪癖和陋习，类似于宦官和小脚之类人物事物。这样看过于意气用事，因为写出好字是积极且有意义的，决不在扬弃之列。虽然这样极而言之，似可以让人从辛辣的讽刺中吸收和反省，但书法仍然是艺术。不过关于它还是应该记住，一切只会在使用的意义之后。好好写字应是本分，但狂飞乱舞的"艺术"一旦泛滥起来，到处是腰悬一杆大笔的人，那就糟了。

恩　师

我们常常听到脸上稚气未褪的孩子连连喊着"恩师"，仰脸开口如小羊，说我的"恩师"如何如何。多么令人羡慕。我们因没有这样纯洁的弟子而自惭形秽。如果这一生从事教学授业那样的工作，比如从孔子开始的这种大美之业，会多么好。师道之尊之重，古代大家韩愈有一篇《师说》，就说得透彻，成为不刊之论。弟子意味着青春对知识的延续，还有其他。师长是端庄的，虽然也不必一直端着，因为平易近人的大学问家道德家更可爱。但"恩师"不仅是一种职业。我们现在觉得这渐渐成了一种职业，开始有所不安。

朋友的孩子自小可爱至极，后来学习极佳，顺利升学，于是也有了自己的"恩师"。孩子私下里不停地这样喊叫，我们都觉得他有礼数有教养，将来或成大器。尊师历来是美德是大事，背叛师长是不得了的劣行。这不仅在中华，在任何地方都是一样。不尊师者不可近，这已经成为观察和判断人品的一个不易之法。可是事情的另一面也因此产生，那就是为师者要有品格有自尊，有不太差的学问和道德。再好的老师也有缺点，有不太好的性格和脾气也很自然。但是如果没有品行，属于逢迎拍马之徒，那就大不可亲近了。

我们对这位朋友孩子之"恩师"一直不得见。大家都好奇，但还不至于特别好奇，因为我们发现越来越多的孩子都这样称谓自己的老师。奇怪的是往往只这样称呼大学或研究生指导老师。"恩师"，听起来真好。我们想起了春天的黄鹂之声。无数黄鹂鸣翠柳，那是盛春之象啊。怎么没人喊我们这些人为"恩师"？因为没有那样的职业。这是个遗憾。不过如今补救已晚。

终于有机会一睹"恩师"的容貌。那是一个小型座谈会，我们几个不太出门的人也应邀到会，于是就碰到了"恩师"。这次会议从头下来很是失望。那个被朋友家的孩子一直挂在嘴上的人，不仅长得獐头鼠目，令人看了颇不舒服，而且一场言谈让我们大为惊愕。完全是廉价和肤浅之言，还时而狂妄无礼，仅仅是半个多小时，就将一副趋炎附势的嘴脸表现得淋漓尽致，而且公然胡说八道，多次践踏常识和底线。

从那儿回来，我们不得不直接找到那位朋友，说你家孩子跟那个人叫"老师"可以，因为那不过是个职业称谓；叫"恩师"，这可不行。"恩师"，多么庄敬的指称啊，我们能随便称一个从教的人为"恩师"吗？这样乱叫引起我们这些人的嫉妒事小，指鹿为马造成的失尊失格，以及指标混乱，事大。

刊于《上海文学》2022年5月

阅读的下一站，未来

—— 一个演讲

徐则臣

从不同的角度多次谈过阅读，这一次说说阅读和未来。阅读的意义在当下，更在未来。有个成语叫立竿见影，竿立了，影子立刻显出来；阅读也是立竿见影，有所不同的是，阅读的竿子撤了，阅读的影子还继续在，它将给我们带来如影随形的、长久的滋养。

我生长在乡村，上个世纪70年代末80年代初，在一个相对落后的村庄，一个孩子对未来几乎没有任何概念，对世界也如此。距我家40里外没去过的县城，我一直把它想象成仅次于北京的第二大城市。那时候的阅读条件可以想象，没有书读。整个村庄屈指可数的几本像样的书，被无数人翻过，最后也不像样了。小学时我读过的两本被掐头去尾的长篇小说，到了大学念中文系，才知道一本是《金光大道》，一本是《艳阳天》。

十岁那年，我念小学五年级，同学带了一本《小灵通漫游未来》到学校。因为这本书，他成了班级最受欢迎的人。我们从来没看过这样的书。如果他懂市场经济，完全可以守着这本书发笔小财。他没赚到钱，但是赚到了其他东西，我每天早上都要把我们家院子里种的黄瓜揪下来两根带给他，都是鲜嫩的瓜纽子，我等不及它们成熟。一周后，我借到了这本书。这是我读的第一部科幻小说。我没把它当成科幻来看，那时候也不知道有科幻这回事儿。

小说的作者是叶永烈。小说里的小灵通，不是十几年前被当成移动电话用的小灵通，而是个记者。

故事我忘得差不多了，有个细节一直记得。说是在未来，我们就可以把车开到天上去，也就是飞行器。在天上，车多不碍路，迎面来的，斜刺里杀出来的，旁边挤过来的，都会自动错层，各自寻找合适的飞行空间。总之绝对不会撞车。这个未来是在2000年。我极其羡慕这种飞行器。我认为这跟我的设想有点像。

逢年过节，我爸都要骑自行车带我和我姐去姥姥家。我坐前面的横梁上，我姐坐后面的座上。姥姥家在山东临沂，丘陵多，一路不停地上坡下坡。太长太高的坡上不去，我们就从自行车下来步行。最开心的是下坡，半分钱力气不花，那飞翔一般的快意。我会及时地把外套扣子解开，让风把衣服下摆吹起来，想象自己是只鸟。下坡是最好的路。那时候我就想，如果从一个地方到另外一个地方全是下坡，那就好了，坐上自行车就可以不操心，飞流直下一路跑，下了车就到目的地了。自行车的脚踏和链条也省了。我姐觉得这想法不现实，如果去时是下坡，那回来就全是上坡了，更要命。于是我就又想，如果从我家到姥姥家是一条下坡路，从姥姥家到我家还有一条下坡路，这个问题不就解决了？麻烦在于，怎么能让一个地方既在高处又在低处呢？不具备可操作性。《小灵通漫游未来》把这个问题解决了，到2000年，一架飞行器遇到另一架飞行器，既可以飞到它上方，也可以飞到它下方。忽焉其上，忽焉其下，也就是说，它既能高高在上，也可以俯身到最低处。有飞行器如此，便再不需要费力巴拉地在我家和我姥姥家之间修两条路了。

那个时候不懂科幻。"科"也只是一知半解，"幻"根本茫然不解；也只莫名地相信"科"，忘了什么是"幻"。我就无比地期盼2000年。那是1988年，我对十二年后望眼欲穿。自此，我每年都会无数次想到2000年，到那时我们就可以随便上下坡了。时间一天天逼近2000年，我越来越激动，也越来越紧张。其实年既长，我早明白那就是个幻想，但那期待已然深入骨髓，明知道是假的还是暗暗祈盼奇迹。1999年我最紧张，我确信明年不可能在天上自由地上下坡了。

一点不矫情，我感到非常难过。为这一天我已经忍受了漫长的十一年。我有种强烈的失落感，觉得这十一年白过了。以至于到了2000年，也就是著名的千禧年，所有人都张灯结彩、欢呼雀跃，我心里却充斥一种挥之不去的落寞的不甘。

因为《小灵通漫游未来》，2000年成为我人生的一个节点，它从我十岁那年起，就是我的未来。今年四十四岁，真是巧，2000年我二十二岁，正处在我目前人生的正中间。事实上，这些年里，我一直都把这一年作为我时间坐标里最重要的一个点，只要从这个点出发，不管是往前走还是往后退，我总能顺畅地展开对未来的想象和对往事的回忆。

小说是一门关于想象和回忆的艺术。想象和回忆都必须有一个出发的原点，2000年给了我这个点。准确地说，是《小灵通漫游未来》给了我面向未来与可供转身回忆的原点。

从最基本的时间的意义上，《小灵通漫游未来》证明了，阅读的确可以通向未来。

从抽象的意义上，我们同样可以证明，通过阅读足以抵达未来。这也是我想说的另一本书的故事。钱锺书先生的长篇小说《围城》。

在当下中国，读书人不知道《围城》的怕不多。我们都知道这是一部经典的好小说，尤其是它的语言、智慧和幽默感，读之令人叹为观止。

我很庆幸，在一个阅读氛围极为稀薄的环境里，在我刚刚对汉语之美和智慧之美有了敏感意识的年龄，读到了《围城》。那时候我上初中一年级，有个高我两级的朋友，向我推荐了这部小说。这世上竟然还存在如此美妙和智慧的汉语，读一次你就得笑一次，读一次你就得深思熟虑一次。我第一次经历了文学意义上的震撼。

意识到它的美，但没能力条分缕析地理解它的美，所以就一遍遍重读。在阅读资源匮乏的年代，我的确也没见过比它更好看的书。每年我都要读两次，寒假一次，暑假一次，一直读到高中，小说中的很多章节可以大段大段地背诵下来。高中在县城念，学校里有个不错的图书室，学校附近有个像样的书店，接触文学的机会多了。但《围城》于我的意义是别的作品无法取代的。见贤思齐，熟读之后，我开始模仿，说话和写作文都是《围城》的腔调。照当年同学的说法，高中时我张嘴就是"钱味儿"。

当然那个阶段很快就过去了。我既无钱锺书先生的天分，也没有他的学识和幽默感，我意识到，不能再用假嗓子说话了，得找到自己真实的声音。用作家陈忠实先生的话说，就是要"寻找属于自己的句子"。现在我写作和说话的风格，与钱锺书先生大相径庭，我的文字里可能完全找不到钱先生的影子；不管别人对钱先生和《围城》如何评价，我很清楚，是《围城》把我带进了语言和文学的大美世界，成功地给我"种"上了文学的"草"。1997年，大学一年级的暑假，当我决定要当一个作家时，我一眼就看见了念中学时，我蜗在家中一把破旧的藤椅里阅读《围城》的那些浩荡的时光。

《围城》写的是二十世纪二十到四十年代的老故事，我在半多世纪前的旧时光中看见了自己的未来。所以，从文学的意义上说，阅读给了我一个切实的赖以为生的未来。阅读让我成为一个作家。

作为一个作家，如果你问我，阅读和写作哪一个更重要，我会告诉你一个梦游时都不会说错的答案：阅读更重要。

要做一个好作家，首先要做一个好读者。阅读是写作之母。当然，阅读并不止天天盯着书本看。古人说，读万卷书，行万里路；既要读有字书，也要读无字书。所谓心中有丘壑，下笔如有神。这也是我要说的第三本书的故事。

我的长篇小说《北上》。从决定写，到定稿，历时四年。小说写的是京杭大运河。如果从吴王夫差开挖古邗沟算起，到隋炀帝开凿隋唐大运河，再到元世祖忽必烈贯通京杭大运河，至今，这条河已经流淌了2500多年。2500多年里发生了多少故事，尤其晚清以来的100多年里，围绕这条贯穿中国南北的大河，展开了多少风云际会，变幻了多少时代沧桑，生发了多少国族大义、爱恨情仇，一个小说家，任你有再天马行空的想象力，也难以有效地还原历史现场。这还不包括全长1797公里沿线上迥异的水文和地理、乡风与民俗。如果仅仅坐在书斋里闭门造车，面前铺着多大的稿纸，你的思维都会局促，你的笔都将无动于衷。怎么办？

——阅读。读有字书，也读无字书：看各种史实和资料，把案头工作做足；同时迈开腿，从书斋里走出来，走到旷野里，走到河边去。从1997年开始写小说，运河就一直是我小说的故事背景，我也断断续续走且读了十几年运河，但真要以运河作为主人公来写《北上》，这些积累远远不够。在四年写作的前三年，我又坐下来，集中恶补了近七十本相关资料，同时隔三岔五离京南下，带着问题，有针对性地把京杭大运河又走了一遍。田野调查，是脚踩在大地上的阅读。

陆放翁说：纸上得来终觉浅，绝知此事要躬行。诚不我欺也。中国地形复杂，北高南低，自杭州北上，如何让一条大水往高处奔流，不去现场研究那些复杂的地形，见不到凝结了一代代中国人智慧的治水工程，你就无法想象一条河竟然可以翻越四十米高的落差，曲折浩荡一路北上流到京城。

我是一个愚钝的人，如果没有充分的阅读和走读，我永远也不会写出《北上》。这当然不是老王卖瓜，说这本书写得有多好，而是说离开了阅读，这本书没有任何可能。在我看来，在今天，所有复杂的写作，说到底都是阅读式写作，也只能是阅读式写作。我们的写作必须也必然要建立在大量的阅读上。

在过去了的这些年，通过阅读一本本书，作为一个读者，我抵达了未来；作为一个作家，通过阅读一本本别人的书，我也抵达了我自己的一本本书。《小灵通漫游未来》《围城》和《北上》，仅仅是阅读通往未来的三例个案。每个人的成长之路，都摆满了这样清醒的路标，这些路标就是一次次的阅读，就是一本本书。每一次阅读、每一本书，告诉我们的都是：下一站，未来。

刊于"解放日报"公众号2022年7月3日

月夜垂纶说羊祜

朱小平

中国数千年历史，杀伐不断，名将迭出，名将中的儒将尤引人注目，而有潇洒风度文采斐然的儒将，更令人心仪仰止。

如东晋儒将谢安，极讲风度，淝水之战中，他身为统帅，与客围棋，有前线信至，谢安看毕默然无语，客问战况如何，徐徐曰："小儿辈大破贼。"小儿辈指他的侄子谢玄、儿子谢琰，正率部队与前秦大军作战。《世说新语·雅量》赞誉谢安"意色举止，不异于常"。须知此战事关东晋存亡，而谢安表面竟如此镇静，确实不易。但《晋书·谢安传》说他等客人走后，心中却抑止不住狂喜，舞蹈雀跃，脚上木屐底上的屐齿都碰断了，这大概是古人所诟病的"矫情镇物"吧。

当然，矫情镇物也非一般人所能做到，苏东坡《留侯论》所言"卒然临之而不惊，无故加之而不怒"，常人难于掌控，尤其是大军统帅。所以林则徐常悬于侧的座右铭就是"制怒"。

相比之下我更欣赏西晋的儒将羊祜，他的风度是自然流泻的，毫无做作，因为不是装给别人看的。

风度、气质与家世关系极大。英国谚语说："一夜可以造就一个暴发户，三代才能培养一个贵族。"中国民谚也说："当官三代，才懂得穿衣吃饭。"历史上那些出身贫穷的暴发户和贪官污吏，即便一天三沐浴，逐日一更衣，也依然洗不掉、掩不住猥琐粗鄙贪欲之气。不妨先看看羊祜的家世，那是货真价实的官宦世家。《晋书·羊祜传》说他家"世吏二千石，至祜九世"，是说历代为官传到他已是第九代了，而且享"二千石"俸禄的绝不是小官吏。远的不说，他的祖父和父亲分别是汉南阳太守和上党太守，姐姐羊徽瑜嫁给司马师，即景献皇后。汉之大儒蔡邕是羊祜的外祖父，蔡文姬与羊祜母亲蔡贞姬是亲姊妹，他本人娶的是夏侯霸之女。真是门当户对，冠带相映。

羊祜也并非靠祖荫外戚的显赫混日子，他有才干，朝廷倚重，屡擢要职：中书郎、中军将军、散骑常侍、郎中令、尚书右仆射、卫将军等，步步高升，最后都督荆州诸军事，加车骑将军、征南大将军，并封爵为南城侯，为最终平定东吴做出贡献。难怪羊祜逝后两年，东吴平定，庆功宴上群臣上贺，司马炎流着眼泪叹息："此羊太傅之功也！"羊祜逝后追赠太傅，皇帝不称其名，显出对故臣的尊重。羊祜逝后，司马炎在葬礼上痛哭"甚哀"，天气寒冷，"涕泪沾须鬓，皆为冰焉"。为羊祜逝世悲哀的不仅是皇帝，还有百姓。讣丧之日，正逢集市，人们听闻"莫不号恸，罢市，巷哭者声相接"，就连吴国守边将士也为之泣下。

羊祜的文采和仪表如何？《晋书》定评是"所著文章及为《老子传》并行于世""博学能属文"。他的《请伐吴疏》文理相映，是表奏名篇。他还受命修撰《晋礼》《晋律》，对晋朝典制创立贡献殊大。他被公认是"恂恂若儒者"，而"身长七尺三寸，美须眉，善谈论"，看来丰神潇洒，仪表不俗。羊祜的外祖父蔡邕著《独断》，说夏朝十寸为尺，殷代九寸为尺，周八寸为尺。但各朝代的一尺并不相同，出土文物表明东汉一尺长度为23.5厘米，三国时为24.2厘米，至南北朝隋代则为29.6厘米。仅按三国时尺寸，羊祜身高已一米八左右了，若按三国以后长度计算，他的身高要超过两米！无怪乎有鹤立鸡群的风采，夏侯威望见他的仪表叹为"异之"，马上做主将哥哥夏侯霸之女嫁与他。

羊祜生性散淡，向往无拘无束，几次谢绝朝廷赐官，所以人称"当代颜回"。

他在前线军中"常轻裘缓带，身不披甲""侍卫者不过十数人"，毫无大将军和"开府仪同三司"的气派与仪仗。开府是典制，即高官可以自选僚属开设府署。仪同三司则从一品，即府署规模和进出仪式都与三司相同。这种典制不是所有高官都可以得到的。而这种所有高官都梦寐以求的荣耀，羊祜却并不在意。他喜欢夜月之下到汉江垂纶，故正史批评他"而颇以畋渔废政"，还举了一个例子，某夜羊祜又欲出营门去汉江垂钓，被值班军司徐胤执棨拦住，大声说："将军都督万里，安可轻脱！将军之安危，亦国家之安危也。胤今日若死，此门乃开耳。"不可谓不义正词严，羊祜"改容谢之"。其实说羊祜"畋渔废政"，大有居心耸闻之笔。畋，围猎，这是古代皇帝、贵族、官员最爱干的事，苏东坡密州围猎时"千骑卷平冈"，得意之情溢于言表。读杜甫诗，很少有人注意他的《冬狩行》，讥讽梓州刺史章彝，飞扬跋扈，竟然"夜发猛士三千人"，举行超级冬狩，猎围之广达"东西南北百里间"。杜甫比之为帝王的"春蒐冬狩"。时吐蕃侵长安，代宗"蒙尘"逃走，章彝还兴师田猎，极令人气愤。

羊祜不是章彝，虽然正史有羊祜与军士围猎的记载，但绝非沉湎于此，而是有对敌攻心的计谋："每会众江沔游猎，常止晋地。若禽兽先为吴人所伤而为晋兵所得者，皆封还之""出军行吴境，刈谷为粮，皆计所侵，送绢偿之""于是吴人翕然悦服，称为羊公，不之名也"。

晋吴两军对垒，羊祜懂得攻心为上。围猎时，或遇吴军边界行猎。对方射中的猎物跑过襄阳界为部下所得，羊祜则下令将猎物归还。军伍越界，将吴国地里的粮食收割吃掉，羊祜必下令将粮价折算成绢匹送还。所俘敌方将士，尽皆放还，吴国军民皆佩服他的恩德。以德服人的力量远胜于刀兵，攻心为上，羊祜是很懂得兵法的，这真不能说是"废政"吧？事实上，羊公恩德远播，不用一兵一卒，赢得吴国百万军民归附。这即是监修《晋书》的房玄龄所赞的"羊公恩信，百万归来"。宋代儒将范仲淹非常欣赏羊祜的攻心之术，赋诗称赞："化行江汉间，恩被疆场外。"

况且，古人军戎行猎并非为游嬉，往往带有军事训练性质。他的随身侍卫才十几人，完全没有"开府仪同三司"的派头，他的围猎当然也不会大肆调动戎旅。

他的钓鱼则是在夜间，这颇可看出他完全是内心喜爱，不事张扬，并不是像姜太公、严子陵垂钓，纯是为引起周文王、汉光武帝刘秀注意，单看严子陵夏天披羊裘而垂钓，这不是在做活广告吗？

而且羊祜月夜垂钓很隐秘，徐胤也是偶然发现，羊祜虽然"改容谢之"，但依然如故，因为正史说他"此后稀出矣"，稀出，就是不频繁而已。钓鱼，还是会去，为避人耳目，也仍然会是月映之夜，那汉江之畔，清风习习，缓带轻裘，一天明月，一竿横斜，好不自在。

后人吟咏羊祜风采的诗很多，但我从未查到有人吟咏过羊祜的月夜垂纶，这很令人奇怪，也许羊祜不事张扬，保密工作做得很慎密。当然，细细爬梳，还是会发现蛛丝马迹。咏羊祜最有名的诗，当属唐人孟浩然的《与诸子登岘山》："人事有代谢，往来成古今。江山留胜迹，我辈复登临。水落鱼梁浅，天寒梦泽深。羊公碑尚在，读罢泪沾襟。"一句"水落鱼梁浅"，殊堪玩味。羊公功业多多，为何偏偏提及"鱼梁浅"？"鱼翔浅底"，浅则可钓鱼乎？鱼梁洲是汉江中的一个沙岛，水波不兴，景色怡然，水落时颇适合捕鱼，孟浩然还另写过诗吟咏此地。孟浩然是襄阳人，一生布衣，甚喜欢垂钓，写过不少自己垂钓和他人垂钓的诗，但偏偏未吟咏羊祜垂钓，这很令人遗憾。西晋与东吴南北对峙，各有荆州。晋之荆州占今河南、陕西一小部分和湖北北部，吴之荆州据今湖北、湖南大部。襄阳归晋，汉江长1532公里，流经襄阳段195公里，江水奔流激湍，恐怕也不适合垂钓，鱼梁洲则是最适合垂钓之处，也许羊祜选中此地垂钓也未可知。襄阳不像其他地方，弄个"羊祜垂钓处"，大概也是真不知羊祜在什么地方垂纶。古人正史写人物列传，极讲究文字剪裁，像《晋书》中的《羊祜传》，录入的上奏表章不厌其烦，关于钓鱼的文字不过区区几十字，真是春秋笔法惜墨如金啊。

羊祜夜半出营垂钓，绝不是大张旗鼓，当然亦无仪仗，侍卫必极少，难道不怕东吴侦伺来个"斩首"行动吗？羊祜其实心中有数，早有制定的方略，使晋吴两家在边界基本相安无事。两军隔界对峙，羊祜采取以礼息兵之策。与之战，必先下战书，约定好地点时辰，耻于诈而弃偷袭。凡欲偷袭之将领，即灌醉于战前。

南荆州东吴统帅陆抗与羊祜英雄相惜，常互置酒遣使。陆抗曾患急病，向羊祜求药。羊祜自配良药速送上，陆抗无疑，部下劝阻，陆抗云："羊祜岂鸩人者！"还对部下说："彼专为德，我专为暴，是不战而自服也。各保分界而已，无求细利。"天下大势，陆抗非常明白羊祜的策略。"独能无意向渔樵"，羊祜派使向陆抗赠酒，或许也有他亲手钓上来的鱼吧？

羊祜十年镇守，治军严明，屯田蓄粮，缮甲训卒，善政于民，同陆抗尊酒酬好，其实已奠定伐吴策略。陆抗逝世，羊祜认为机不可失，上表伐吴，惜遭朝中众臣反对，羊祜刚正于朝，人高遭嫉，只得抱病北归洛阳。壮志未酬，时年五十七岁。病中羊祜向司马炎详陈平吴之策，并举荐杜预接任镇南大将军都督荆州诸军事。羊祜故去第二年，杜预依羊祜之遗策平定东吴。

羊祜逝前举荐杜预代替他的职务，真是一个深谋远虑的抉择。杜预也是儒将，是杜甫的远祖，晋室驸马都尉，封为当阳县侯，他与羊祜死后的谥号都是"成"。虽然"身不跨马，射不穿札"，文人气质甚浓，但却足智多谋，于史学历法、机器制造、水利工程无所不通，被誉为"武库"。杜与羊二人有相通之处，杜预自称有"左氏癖"，其经典之作《春秋左传集解》，更是流传至今。荐举不误，大业则成。

羊祜胸中自有韬略，夜月垂纶，自然安详如之。焉知他的平吴大略不是在汉江之畔静思而成？所谓河波钩线之间，视隔岸吴军壁垒如无人之境。

当然，羊祜的月夜垂钓折射出他的心态，他志在平复天下，也常怀归隐之心。他曾在军帐中给弟弟写信说，待平定东吴，"当角巾东路，归故里，为容棺之墟。……疏广是吾师也"。角巾是隐士流行的服饰，他的故里是山东泰山，他要学汉代先贤疏广散尽田产，仅留能入土棺椁的墓地。羊祜为官，一直"誓心守节，无苟进之志""谢恩私门，吾所不取"，他认为"人臣树私则背公"，所以他一生"立身清俭，被服率素，禄俸所资，皆以赡给九族，赏赐军士，家无馀财"。但又从不会落井下石，比如他的姻亲夏侯霸降蜀，其亲人怕牵连都断绝来往，唯羊祜仍然体恤其家属，一如常日。这样的立德之人怎能不受到人们的尊敬呢？

"由来征战地，不见有人还"（李白），羊祜还则还矣，只是惜乎壮志未酬，空留一江夜月。

除了月夜垂纶，他还"乐山水"，喜欢登襄阳岘山，"置酒言咏，终日不倦"。有一次登岘山，对同游者感叹说："自有宇宙，便有此山，由来贤达胜士，登此远望，如我与卿者多矣！皆湮灭无闻，使人悲伤，如百岁后有知，魂魄犹应登此也。"陪游的部属邹湛说："公德冠四海，道嗣前哲，令闻令望，必与此山俱传。"果然羊祜逝世不久，襄阳父老不忘他的功德政绩，于咸宁四年（公元278年），在他登岘山盘桓处，建庙立"晋征南大将军羊公祜之碑"，"岁时飨祭焉。望其碑者莫不流涕，杜预因名为堕泪碑"。唐诗人元稹写诗："羊公名渐远，唯有岘山碑。"千年来受到百姓怀念，真是"汉水自流恩"（任翻）！

羊祜与谢安皆是儒将，谢安好围棋擅书法，羊祜好垂纶游山，并不碍功成青史。唐代德宗时，追封古名将六十四人设庙享祭，至宋宣和年间，依唐制仍设庙增至七十二人，皆有"征南大将军南城侯羊祜"！正可见儒将功名风采，流韵绵长。

杜预也是儒将，前面说过，业余爱好更多。接替羊祜任镇南大将军都督荆州诸军事，按羊祜遗策，平定了东吴。杜预马上刻两块碑纪功，一立于岘山，另一块沉于岘山下的万山潭底，昭示自己的勋绩，以期永不磨灭。但与杜预的祈愿相反，岘山上和水底的碑均湮没无存。杜甫曾作诗说："凉忆岘山巅……吾家碑不昧。"（《回棹》）他若知先祖的纪功碑至今不见，恐怕会大失所望。若换成羊祜，依他的风度和谨慎性格（史书说他"嘉谋谠议，皆焚其草，故世莫闻"，可见慎密之极），绝不会生前绞尽脑汁立碑夸耀自己，有那工夫一定会去月夜垂钓享受轻松一刻吧？

刊于《中国钓鱼》2021年第12期

在宜昌的期盼

俞　胜

　　我第一次来宜昌，是在三十年前。三十年前的那个暑假，我家一位驾驶大货车的亲戚，要往湖北省荆州和宜昌等地运送一车电热毯，请我做随车押货员。我当时闲来无事，也想到外见见世面，就欣然应允。电热毯是我家乡安徽桐城一家乡镇企业生产的，大货车的驾驶室能坐三个人，同行的还有一位这家乡镇企业的销售员。

　　满满一车电热毯，在荆州卸下部分货后赶往宜昌。现在的我已经记不清大货车又在路上开了多少个小时。三十年前，荆楚大地似乎才开通了武汉到黄石的一条高速公路。我们的大货车一直走的是普通的公路，所以车开得比较慢，记得过了荆州，中间经过了一个叫"钟祥"的县——之所以清晰地记着这个地名，是因为我家另有一位亲戚的名字叫"仲祥"。我们是在日暮时分，进入了宜昌地界，到城区时，街灯已经亮了起来，留在现在记忆中的街灯是稀稀落落，总有几分灰暗，像一幅黑白老照片那般朦朦胧胧的感觉。

　　伍家岗，这个地名我还记得。车到了位于伍家岗的五金交电公司，究竟是哪一家五金交电公司，是宜昌市的，还是伍家岗区的，却没有留下印象。卸完一部分货，驾驶员亲戚还要和销售员去宜昌的另一个地方卸货。一车电热毯分别送到不同的商家，说明那时人们的购买力还不太强。他们去另一个地方卸货为什么没带我一起去？也许是特意把我留在这里，他们还要回来结账，也许是只能坐下三个人的驾驶室里又上了一位当地带路的人？总之，记忆都模糊了。

然而，他们走后，五金交电公司里走出来一位四十来岁的中年男人，身高大概在一米七〇左右，国字脸，和颜悦色地把我领到附近的一家餐馆，在记忆里却依旧清晰。他为什么要把我领到餐馆？也许我家亲戚嘱咐他了，也许是他猜到我还没有吃饭，也许是三十年前的我长得瘦成一根面条儿，他动了恻隐之心？总之，记忆中的我还真有些饿了，中年男人告诉我不要客气，让我自己点几个菜，要了主食米饭。我请他一起吃，他说自己已经吃过了，告诉我慢慢吃，不用着急。我就餐的时候，他就坐在一旁，和颜悦色地和餐馆的老板说着话。

三十年前，我第一次来到宜昌，内心深处就留下了这么一个关于"吃"的记忆，就留下了一个我早已忘了他姓什么，光知道餐馆老板称他为"某科长"的中年大叔。

三十年后的这次，我再一次来宜昌，当好客的宜昌朋友问我从前可来过宜昌时，我老老实实地告诉他们，我来过这里。但说完，我就在心里暗暗问自己，真的来过宜昌吗？

一出高铁宜昌东站，我就被出现在眼前的鳞次栉比、现代化气息浓厚的摩天大楼震撼住了。我努力在记忆的深处搜寻，却搜寻不到一点关于三十年前宜昌这座城市的蛛丝马迹。

也许三十年前的那次宜昌行也像庄周梦蝶一般，只是做过一场和宜昌有点关系的梦？

但我的确来过这里！只是来过一次的我，并不比同行的、初次来的作家朋友，对宜昌的了解多上那么一丝一毫。不仅如此，多年来我一直故步自封于想当然的认识，不求甚解。譬如我知道伟大的诗人屈原生于秭归，死于汨罗，但我竟然不知道秭归在行政上就隶属于宜昌；我自以为熟读《三国演义》，张飞横矛当阳桥吓退曹操百万兵，我竟一直想当然地以为当阳就在今天湖北襄阳的某个地方，而不知道当阳这个地名还在，而且就隶属于宜昌；再说那个夷陵之战，又称猇亭之战，陆逊火烧连营七百里，竟也是发生在宜昌的故事，一直以来我居然稀里糊涂地以为，这个夷陵，也许隶属于安徽马鞍山吧？不是吗？现在的重庆奉节，也就是当年的白帝城所在地，到今天的宜昌，驾车全程才260公里。而刘备亲率蜀汉军队顺江而下，"朝辞白帝彩云间，千里江陵一日还"，路上不知行走了几日，然后又连营七百里，七百里的营盘不就一直蜿蜒到安徽马鞍山了吗？况且营盘被烧后，不甘心失败的刘备还在一个叫"马鞍山"的地方铤而走险对东吴军队发起最后一搏。这就更加为我的不求甚解添加了筹码。

再一次来到宜昌，我悲哀地发现我不但不了解这座城市的昨天，不了解这座城市的今天，也更加谈不上了解这座城市的明天。我为自己的一知半解汗颜不已的同时，决定要在宜昌恶补一些关于这座城市的知识。

于是，我知道了这是一座英雄的城市。1938年，由民生公司总经理卢作孚指挥船队，冒着日军的炮火和飞机轰炸，抢运战时物资和人员到四川，从而保存了中国民族工业命脉的宜昌大撤退就发生在这里，亲历者晏阳初把这次行动誉为"这是中国实业史上的'敦刻尔克'，在中外战争史上，这样的撤退只此一例"。现在的江边就建有"宜昌大撤退"的纪念碑，我相信徜徉在纪念碑前的人们，一定一边欣赏着江边的美景，一边在思维的空间里追溯八十多年前那一场场争分夺秒和惊心动魄。

抗战时期，鄂西会战的关键一战——石牌保卫战也发生在这里，为了防止日军由长江三峡西侵和拱卫陪都重庆，石牌这个当时不足百户的小村，成为广阔的中国战区最关键的要塞。石牌保卫战自1939年3月设立江防军开始，到1943年6月决战取得胜利止，历时四年多，对中国抗日战争的胜利产生了深远的影响。

我还知道，写下"砍头不要紧，只要主义真。杀了夏明翰，还有后来人"的夏明翰烈士就出生在秭归。从屈原到夏明翰，天地之间有一股浩然正气一直在宜昌的血脉中流淌。

"水至此而夷，山至此而陵"，这是近一千年前的欧阳修任夷陵县令时写的话。长江水出西陵峡就不再湍急了，自西往东高山变丘陵。"夷陵"古地名，寄托着古人期盼此地平安昌盛之意。

宜昌规划展览馆和宜昌博物馆浓缩了宜昌的昨天、今天和明天，走进这里，可以弥补过去三十年我的知识谱系中关于宜昌一页的缺失。我了解到，由于当年日寇的蹂躏，开埠时间较早的宜昌，到新中国成立前，居然还是一座"口岸长不到1里，设备简陋，没有一个像样的码头"的城市，还是一座默默无闻的峡江小城，市区面积仅有34平方公里，地区生产总值1.51亿元。是1970年12月，葛洲坝水利枢纽工程在宜昌动工，让宜昌抓住了第一次腾飞的机遇，到1988年葛洲坝工程完工时，宜昌市区面积已经达到330平方公里，地区生产总值达到52.5亿元，宜昌由一座峡江小城过渡到中等城市。这之后的第四个年头，我第一次来到宜昌。可惜三十年前的宜昌留在我的记忆里的，只成了一张被岁月的风雨泅湿了的、黯淡模糊了的、老旧的黑白照片。

在宜昌规划展览馆，我了解到，三峡工程的兴建不但将宜昌推上了中国水电之都的宝座，也开辟了宜昌城市发展的新纪元。到2021年，宜昌经济总量已经达到5022亿元，综合经济实力位居湖北省第三位，是湖北省的副中心城市。我了解到城市管理者在倡导，要让"群众既富口袋又富脑袋"，目前正在深化"好人之城""志愿之城""诚信之城"建设，在城市的规划上要"让城市融入大自然，让居民望得见山、看得见水、记得住乡愁"。

三十年斗转星移，三十年大江东去。一座城市的变迁是一个时代的缩影。深入地了解了宜昌的昨天、今天和明天后，我感到只有今天的宜昌才真正实现了古人的"平安昌盛"的美好愿望。

我感到三十年前就来过宜昌的自己对这座城市的感情还是和同行的、初次来宜昌的朋友们有些不一样，三十年前的记忆被点燃，我对这座城市有了老友重逢一般的亲切感，我为这座城市今天取得的成就而自豪，也为这座城市描绘的明天的蓝图而欢欣。

参观完规划展览馆和博物馆，我们乘车来到位于江边的424公园。三国时期猇亭之战的遗址就在附近，灰色的城墙上旌旗在风中猎猎作响，江水清凌凌地向东流着，一两艘吃水很深的大型散装货轮满载着货物不疾不徐地在江面上移动着，两岸青山隐隐，绿树成林。"规矩广场"上一个大大的银色圆规雕塑屹立于蓝色飘带之上，寓意长江经济带"共抓大保护、不搞大开发"的规矩立在了母亲河上。这里是2018年4月24日总书记在宜昌视察长江生态环境修复工作时的立规矩之地。

我手上有一组数据，来源于2022年7月26日的全国人大APP，显示"共抓大保护、不搞大开发"以来，宜昌壮士断腕的手段：累计拆除取缔沿江码头216个、采砂场134家；全域生态复绿5.27万亩，修复长江岸线97.6公里、支流岸线196公里，25公里城区滨江绿色廊道全部贯通。

长江是我们的母亲河，我们的母亲变得年轻了、美丽了，我想每一个做子女的都会欣喜若狂吧。我在江边，参观一家由废弃造纸厂办公楼改造而成的"长江大保护教育基地"，看到为保护我们的母亲河，宜昌的一系列壮举的介绍，我想宜昌的这些做法就是一种家国情怀，就是新时代爱国主义的最好注脚。

伍家岗依然是宜昌的中心城区，只是我已经无法寻觅到三十年前那座五金交电公司的大楼。三十年的时光过去了，在伍家岗一座座摩登、高接云天的楼盘、小区前，我已放弃了寻觅那座大楼的不切实际的想法。

陪同我们的司机也认为，即使那家公司还在，也物是人非，的确没有打听的必要了。不开车的时候，司机和我聊着天，他的脸上挂着浅浅的笑，一副憨憨厚厚的样子。他说他的老家是湖北十堰的，当年参军入伍到宜昌，转业后就留在了这座城市，如今，他已经五十来岁了，儿子都马上大学毕业了。他在宜昌生活了有三十年了，目睹着这座城市的日新月异，也早已把自己当成了一个宜昌人。司机身材不高，敦敦实实的，国字脸，我和他聊着天，恍惚间，他的面庞竟叠印出三十年前五金交电公司的那个科长的模样。

紧邻三峡大坝的夷陵区许家冲村的党支部副书记朱崇军也是这么一副敦敦实实的身材，也是长着这么一张国字脸，也是笑起来憨憨厚厚的样子 —— 这副模样，是我心目中宜昌市民的标准模样。

许家冲是一个移民村，我问朱崇军是什么时候移民到这个村的。他回答我：

"是1999年从乐天溪镇乐天溪村嫁入太平溪镇许家冲村的。"乐天溪镇乐天溪村也在宜昌市夷陵区。我是第一次听到一个男人说自己"嫁入"，怀疑自己听错了，就向他求证："您的意思是您夫人是许家冲村的?"他坦然地回答我："对，她从库区原西湾村于1997年搬迁至现许家冲村。"我从他的对话中，感到这是一位真诚而坦荡的汉子。我从他的工作日记上看到，他这个村党支部副书记每天早上7点就开始上班，先做村委会广场和大楼的卫生间保洁。他从2010年10月26日上班的第一天起，就承担村委会广场和大楼的公共卫生间的冲洗工作，一直干到现在。许家冲村的村委会广场和大楼的保洁，都是由村委班子成员完成。他们这些村委班子为了"想群众之所想、急群众之所急、解群众之所困"，肯"弯下身子、放下架子、抛开面子"，正是由于他们的努力，现在的许家冲村入选了文化和旅游部、国家发展改革委公布的第二批全国乡村旅游重点村名单。2021年6月，这个党支部还被中共中央授予"全国先进基层党组织"称号。正是因为宜昌有千千万万个他们，我对宜昌的明天充满着期待。

我在宜昌的街头走着，内心深处还涌动着一个期盼：三十年前，那个五金交电公司的、被称作"某科长"的人正朝我迎面走来。理智告诉我这是不可能的，只能是我一厢情愿的想法。现在的他大概已经有七十多岁了吧，也许头发已经花白，也许已经白发苍苍。即使真的迎面走来，我也未必能认出他来。

我在宜昌的街头走着，每一个向我迎面走来的宜昌人，脸上都带着浅浅的笑，我从每一个人的脸上，都仿佛看到了三十年前他的笑脸，每一个宜昌人都让我感到分外温暖，分外亲切。

刊于《人民文学》2022年第12期

望炊烟（节选）

羌人六

一

"望炊烟"的念头和行为实际上并不存在诗意，或许只有一言难尽的象征意义，类似于一个美国作家的比喻：你站在牧场的外面看牧场，兴许会感到风光无限好，然而，当你走入其中，就会发现里面等级森严，层次分明。

"在那件事到来之前，每天早中晚，三顿饭的前后，是我一天中最煎熬最担心的时刻，心神不宁、慌里慌张，脑袋无可避免地陷入一种紧绷绷的难以克制的焦虑状态，双腿就像地震来了一样，就像长着自己的脑袋一样，总是不由自主地奔向屋外，然后稻草人似的站在院里，隔着公路望你大伯家的门是否开着，烟囱在不在冒烟。如果门开着，如果屋顶上有炊烟升起，说明你大伯还好好的，一切如常，至此，我心里那块石头才会落到地上。"这番文采飞扬且思维缜密的话语源自我父亲的姐姐，断裂带上，那个被我喊作大姑的人之口。提及已经过世的大伯生命最后那段时光，年过花甲依然精力旺盛的大姑，仍哀其不幸，怒其不争，惋惜怜悯之情溢于言表。她眉头紧锁，表情凝重，娓娓道来的同时，为缓冲自己沉重的讲述，还辅以轻盈的肢体动作来减轻语言的负重——她先是一只手轻轻地捂住隔着厚厚外套的胸口，仿佛是在捂着心里呼之欲出的剧痛，继而手搭凉棚望着远处，重温自己几年前烂熟于心的这个动作，眼底射出的光线化作一只无形的手，似乎真的在哪里摸索到了似曾相识的一扇门、一缕炊烟。

大姑，父亲的姐姐，亦是我大伯的姐姐。加上我父亲，他们以及其他几个兄弟姊妹，都在断裂带紧挨河畔的那个姓刘的屋檐下长大，度过艰难的童年，又在岁月的长河中化作一盘散沙。按常理，有着一样血脉的亲人，属于世界上最亲最铁的人。然而，事实并非如此，就像断裂带其他兄弟姊妹众多的家庭一样，在长大成人，各自成家立业生儿育女之后，所谓亲情，也是人心隔肚皮，貌合神离，大多时候，不过是精神或言语上的摆设。如此直言不讳，并非混淆视听，也没有丝毫恶意，只是摆出事实。造就这种局面的原因形形色色，很难归一。大姑在生活之余，对众叛亲离、茕茕孑立的大伯有如此的关心与守望，已经实属不易，难能可贵了。

2019年夏天的一个夜晚，大伯在家里将一瓶散装白酒喝得底朝天之后，用一截棕绳套住自己的脖子，去了另外一个世界。这件事震动了村里所有的乡亲父老，不过，在熟人们看来，大伯的死，不过是早晚的事，是预料之中的事。那段时间，大伯已然病入膏肓，身边又没个亲人照看，灰烬里的火苗，无人吹燃，众叛亲离的大伯，死于内心的孤独，死于生前尤其是年轻时对妻子（伯娘）、儿女（堂哥堂妹）的家庭暴力。据说，大伯生命的最后几天，有天半夜，他汗水淋漓、惊魂未定地跑到大姑家敲门喊"救命"。大姑和姑父开门，大伯脸色煞白地说，听到河边有人在喊他的名字。隔天，他又跑到我们家门口，跟我兄弟说："侄儿，帮我去河里问问那几个人，为啥子事在那里骂我？喊他们不要骂了！再骂，老子要收拾他们！"然而，事实上，除了几只聒噪的乌鸦在那里，河边上没有一个人影。死亡，是一些黑色的鸟。生命的最后几天，大伯已经精神失常了。

最先预知大伯"出事"的人，就是他的姐姐——住马路对面整天都会望炊烟的大姑。大伯出事的那一整天，她的心都是悬着的。直到黄昏降临断裂带，大伯家的门一直关得死死的，也没有望见他家房子上挂起炊烟。"去看看吧！"大姑对自己的丈夫说。"去看看吧！"大姑的丈夫对自己的一个侄儿（我弟弟）说。两人花了很大力气终于推开大伯家的门，堂屋里、卧室里都不见人影。弟弟后来描述当时的场景说，屋外，落在断裂带的阳光依然强烈而耀眼，屋内却是一片昏暗、死寂和冷清的感觉。两人一无所获，正在纳闷之际，陡然望见昏暗的楼梯间坐着一个模糊的人形。走近一看，大伯一动不动坐在那里，睡着了似的，脑袋耷拉着，一个空空的酒瓶搁在身边，一截棕绳缠绕在脖子上，像他早年在家里打死的一条家蛇。

大姑的担心尘埃落定，大伯家房子上没有炊烟，是因为大伯已经走了。大伯，用生命的最后一点儿精力，让自己在活了一辈子的断裂带上，拥有了一块小小的坟地。大伯为自己换来一块小小坟地的同时，也用个人的死亡，赢得了许多村里人的同情，更让他的儿子，一直远在上海工作生活的堂哥，远远地收获了逆子的名声、白眼狼的名声、书呆子的名声……写到这里，我想，其实，很多本地人无法真正理解大伯一家人的生活。正如他们忘记了他的另一副模样，酗酒、贪小便宜、好勇斗狠且性格残暴，经常酒后为一点儿芝麻小事就在家里殴打堂哥堂妹、殴打给他生儿育女、洗衣做饭的伯娘，这几乎是我们这些和堂哥堂妹一起长大的晚辈记忆中司空见惯的事情。

自以为是并且唯我独尊的大伯的拳头不曾收敛，这个狠人，好像忘记了拳头和人也会随着时间变老这个事实。几年前的一个除夕，忍无可忍的堂哥、伯娘还有堂妹三人一起将酗酒后撒酒疯的大伯摁在家里一顿暴打。"等他死了，我们再回来！"当天，堂哥带着已经不可能在家里继续待下去的伯娘去了上海，临别前丢下这样一句话。从此，陷入众叛亲离境地的大伯开始独自生活，短短几年时间，生命便戛然而止，匆匆画上句号。对于大伯而言，死亡并没有对他动刑，动刑的是他自己。

堂哥兑现了他的承诺，大伯死后，逢年过节都回断裂带上待几天，走亲访友，过往的不堪如同他家屋顶上早已不见踪迹的炊烟。今年春节，堂哥一家从上海返回断裂带，刚到自家院子，一个车轮就死死卡进了门前的排水沟。一个亲戚很快将这个确实有点儿诡异的小小事故，改编成一则故事："怕是老大爷给的下马威！"好在事情很快得到解决。原本干瘦如柴、唯唯诺诺的伯娘变化很大，用我母亲的话来说，"就像换了个人似的，长得白白胖胖，手上戴着金镯子，颠得路都走不稳啦"！

堂哥一家归来，炊烟再次升起，家便有了生气。炊烟飘过屋顶独自悬在空中，像死去的大伯。望到大伯家炊烟再次升起的人，不止大姑一个。惭愧的是我不能亲口告诉堂哥，根据我个人的经验和观察，其实，在家乡熟人眼里，他无非是个过客，只是个过客。话说回来，芸芸众生，皆是过客，时间里的过客，他自己的过客。

深夜，窗外，一片灯火通明的成都平原。我在租住的公寓，透过文字的缝隙，想象几年前曾在断裂带上望炊烟的大姑，内心炊烟般升起了忧伤。这种忧伤，和大伯没有丝毫关系，只是因为那些炊烟，那些仍然挂在断裂带的日复一日的炊烟，祖祖辈辈拌在乡亲父老一日三餐之上的炊烟，它挂在我活着的亲人们中间，也挂在我死去的亲人们中间。什么是"生生不息"？这就是了！大地古老而年轻的皮肤上，遍地开花的岁月走廊，命运铁轨一样延伸、交替、重叠、反复，就像理发师剪掉的头发，就像农人用汗水灌溉的一茬茬庄稼，就像草木每年重新长出一遍的叶子。这，是我隐秘的慰藉。在断裂带，潜意识里，我已然将大姑的壳穿在了自己的身上，变成一个望炊烟的人。并且，早已成为过客的我，就像断裂带的炊烟一样，在秘密中，在文字中，观察村庄和村庄里的亲人，观察他们全部的感情和思想。这并不是什么好玩的游戏，只是生命中的一种属性或者宿命，亦是无法挣脱的枷锁。

二

炊烟并不适合在城市生长。在没有炊烟或者看不见炊烟的成都，即便是晴天，我的眼睛和心绪也总是塞满迷雾，总是变得迷迷糊糊，并且杂乱无章。也许是尚未习惯，距离断裂带几百里远的成都，对于我个人世界里的新环境而言，我始终有着一种无法言说的陌生。或许，我可以切换视角，把那些高大的建筑想象成家乡秀美的高山，把大街小巷出没的人群想象成自己的亲人。然而我其实没有这种能力，我在喧闹的人群中认识到自己作为一个普通人的局限、可笑和"偏僻"，因为我脚下只有城市，望不见炊烟。

在成都，我还感受到一种前所未有的孤独，这种孤独有着形形色色的衣服、声音和天南海北的脸孔，很直白地游荡、穿梭在大街小巷。

目光越过喧嚣，回望自己的过往与改变，一些话也会炊烟般浮现在脑海。

唤醒那些沉睡的句子，让它们再次穿过脑海，就像炊烟再次升起。断裂带，尔玛人流传至今的口头文学内容丰富、博大精深，这些非物质文化遗产，以声音的形式，储存着一个古老民族珍贵而生动的生活记忆、文化记忆。在如同断裂带群山般绵延、河水般流淌的字句中间，有这样一句无论说起、写下或者想起时总会心头一亮的箴言："古花古谢，今花今开。"无数春夏秋冬的冲刷洗礼，经由祖祖辈辈斟词酌句才如此简洁明了的话语，很容易就记入脑海。

炎炎夏日刚刚拉开序幕的六月，搭乘绵阳通往成都的高铁，我来到久违的成都平原，除了简单的行李，还有奥尔罕·帕慕克的长篇小说《新人生》。不出意外，我接下来的生活，是在这里工作到退休。

临时租住的公寓就在春熙路附近，省城的心脏位置，上班只需五分钟路程。每天在人流中穿梭，父亲当年说我的话再次响起，他说："菜籽落了海啦!"只不过，在当时，这可不是一句什么好话。"菜籽落了海"，始终刻在我脑海里的这个句子，始于二十一世纪初的某年夏天，那时，我的脸孔还是少年的脸孔，血管里涌动着青春的激情与梦幻。此去经年，句子并没有因为风尘仆仆的岁月变得尘埃累累，它和我如影随形。奇怪的是，每次想起这句话，我都会不由自主地想起父亲，我再也爱不动什么的父亲。

二十一世纪初的某年夏天，已然琥珀般冻结在岁月岩层里边的夏天，翻过无数白天夜晚款款而来又翩然而去的夏天，滑过断裂带的皮肤也滑过这片天地苍生万物的夏天，阳光把草木的叶子、花朵和知了声晒得焦干，而遍地形形色色的石头、蛛网、姓氏、墓碑、村庄、河流、乡亲父老的脸颊以及我的皮肤因为长久暴晒而隐隐作痛的夏天，就像撕破土壤的种子那样撕开记忆，撕开岁月，满载着过往的片段与细节，赶集似的慢慢回到我的身边。恍惚中，我仿佛再次看见一张青涩的脸。断裂带漫山遍野的果梅，这是走向成熟走向收获的季节。空气中，果梅被炕干的酸涩气味弥散在我和父亲沉默的呼吸之间，而苍蝇翅膀拍打的声音与聒噪的知了声铺天盖地般响彻耳膜。在我家青瓦房的堂屋中间，父亲威风凛凛地坐在破旧不堪的单人沙发上，嘴里叼着烟，面无表情地望着穿过屋顶的亮瓦透进堂屋的一小块阳光。在家里，在屋外，父亲的表情永远是枯燥的。二十世纪八十年代挣脱农民身份在东北服役数年最后乘坐绿皮火车回到断裂带，回到家乡，回到我们身边继续在庄稼、农事中摸爬滚打的父亲，额头上的皱纹诉说着他的辛劳，正如一种贫寒的气息环绕着我们这个四口之家。黝黑的父亲用他武断粗暴的肢体动作配合着他的不耐烦，兴许还有鄙夷，指着我的脑袋说："菜籽落了海！"

好吧，事与愿违。好吧，期待落空。

本来，我只是想把自己发表在一家刊物上的作品拿出来在父亲面前显摆一下，分享自己的喜悦，同时期待他的认可，我满心以为，自己会得到他热情洋溢的表扬。然而，我迎来的不是期待本身，而是一盆冰凉凉的冷水。"菜籽落了海！"通过一个成年人（父亲）的喉咙并且裹挟着他恨铁不成钢的唾沫与鄙夷，在空气里扯出一道缝隙或者敲了一个洞似的亮出自己的话语，探出臂弯扑向我瘦削、沉默、充满等待和期盼的人形，牢牢植入我似乎永远吹着穿堂风的耳膜，就这样近乎绝情地闯入我不知天高地厚的生命册页。总而言之，父亲就是那样说的。我羞得无地自容，落荒而逃。被父亲泼了冷水，我心里想的却是"鼠目寸光"之类的成语。在我孤独而又贫乏的成长岁月，父亲就是这样的，对我，从来没有一句好话。

"菜籽落了海！"多年以后，父亲的话在我身上得到应验。在成都，在汪洋般的人海中，我唯一能将自己与其他人区别开来的，就是一颗菜籽般的心脏，一种对渺小与落入人海的恐惧。"去看看你爸。"每次回断裂带，母亲都事先准备好香蜡纸钱。父亲去世多年，母亲仍在使用父亲的那个手机号码。事实上，当年，在"菜籽落了海"的脚后跟，我就下定决心，鼓足勇气，要在沉默中以行动反抗父亲，直到他收回自己的冷嘲热讽。

"菜籽落了海。"父亲仿佛仍然在说。

岁月在走，人也在走，这句话与我如影随形至今，仿佛我就是从这句话里边生长出来的一个带着躯壳的魂灵。现在，这句话虽说足以概括我在城市的感受和状态，却于我无损，再也无法伤害我。并且，我不再是那个怯懦的家伙，不再因为别人的话而自卑或者忍气吞声。我也不怨恨父亲，我早已释然。父亲出事的2010年秋天，我已经在廉价笔记本上写下大量习作。但父亲的离去不是练习。某天傍晚，不知是在一种怎样的心情下，我一把火烧掉了那些作品，就在距离父亲坟地不远的梅子树下。

一切破碎，一切成灰。

古花古谢，今花今开。

我想告诉远在天国的父亲："即便菜籽落了海，也仍然是一颗菜籽。"

我更想告诉父亲："正是你当年的冷嘲热讽，让我走向了今天的自己。"

刊于《人民文学》2022年第10期

1947年初夏的一封信

蒋　殊

1947年2月1日，人民解放军作战的胜利预示着中国革命新高潮即将到来。

8月22日，被称为"陈谢大军"的晋冀鲁豫野战军第四纵队在晋南与豫北交界两侧强渡黄河，切断陇海路，东逼洛阳、郑州，西叩潼关，落脚豫西展开战斗。

这支部队里，有一个叫王争的人，来自山西省长治市沁源县，彼时是中野四纵11旅31团作战参谋。他的家乡沁源，刚刚在两年前结束了一场艰苦卓绝、长达两年半的"沁源围困战"。

王争不知道家乡与亲人是什么样子，也无暇顾及。自1937年参军后，他一路向南，征战在祖国辽阔的大地上。

王争不知道，这年初夏，一封特殊的信寄到他的家乡——李元镇下庄村。收信人是他的二哥王守仁。

王争更不知道，这封信，与他有关。

这是一封可以改变王守仁一家生活命运的信件。没想到的是，却尘封了长达68年。

尽管日本人被"挤"出沁源已经两年了，但那个初夏，家园依然残败，生活依旧困顿。所有的人家都残缺不全，一家一户都在悲哀中拼力维持生存。王守仁全家也一样，饥饿，贫穷。

这一封来信，犹如天使下凡。

然而直到68年后的2015年，这封信才被王守仁六十多岁的儿子王建民在搬家时无意看到。

一封从旧时光来的信，躺在王建民面前。他的心咚咚跳着，慢慢捧起。

邮至沁源县三区下庄村，交王守仁先生收，由十一旅卅一团长（寄）。

轻轻打开，是一页油印字打出的信。信纸下方虽有缺失，却看得出几乎没有在什么人手中辗转过。初始的折痕整整齐齐，仿佛时光不曾流动过。

内容如下：

王老太太指示：令郎王争同志参加我军后，忠实于人民解放事业，消灭顽伪军英勇无比，每次战争中屡建奇功。此是贵府阖家之光荣，亦是中国人民之荣幸。

此次晋南战役后，全国形势已进入反攻，我们部队为了全国人民的彻底大翻身，挖掉总穷根，争取自卫战争之早日胜利，因而目前则进行短期之整训学习本领。王争同志在学习与生活中均很紧张，也十分高兴身体亦很健壮，希放心勿念。兹因部队任务繁重，积极反攻，无暇分身归里探望。俟将来打倒卖国贼蒋介石以后，胜利的（地）归里省亲或高车驷马以迎老驾临部队团圆欢庆。后会有期，不多赘述。至于家庭困难，我们已函达各级政府予以解决，并希持函向各级政府要求解决为盼。

此祝健康。

落款分别是：十一旅旅长李成芳、副旅长刘丰、政委胡荣贵、主任侯良辅、参谋长王砚泉。

邮戳是"站邮二军区"。

四纵十一旅旅长李成芳，与十旅旅长周希汉，当时可谓是陈赓大将的左膀右臂，足见王争在将帅们心中分量之重。

首长来信，在细数王家儿郎优秀之后，重在叮嘱王家老太太："至于家庭困难，我们已函达各级政府予以解决，并希持函向各级政府要求解决为盼。"

最后这一句，才是来信目的。一定是，部队得知了王家艰难的处境，很是惦记。然前方烽火未灭，不能让战场上冲锋陷阵的王争分心，更不忍英雄的家人还挣扎在吃不饱肚子的困境中。

信没有确切日期，但看内容知道是解放战争时期的晋南战役之后。晋南战役始于1947年4月4日，5月12日结束，历时37天，解放了翼城、新绛等20多个县城及侯马、风陵渡等多个重镇。之后，中野四纵在短暂调整后，一路南下。

王建民由此判断，来信日期应该是1947年初夏。

此前，王争全程参与了晋南战役。尤其是其中运城西关一战，作为作战参谋的他几次冒险侦察后亲自制订出奇袭与强攻相结合的作战方案，最后大获全胜。也因此在信中，才出现了"英勇无比""屡建奇功""阖家之光荣""人民之荣幸"这样极尽褒奖的词语。

1924年3月出生的王争于1937年9月参军，1940年2月加入中国共产党。抗日战争到解放战争期间，从一名通信员一路战斗成长到军长的职位，新中国成立后又参加了楚雄剿匪、边境自卫还击作战等战斗，被二野四纵评为"战斗英雄"，荣立特等功1次、大功3次、中功1次，荣获三级独立自由勋章、二级解放勋章、独立勋章、独立功勋荣誉章。

战功赫赫，荣耀无比。这让多年后慢慢了解到详情的侄儿王建民又惊又喜，细细回味，从记忆里慢慢挖掘出他身处的这个特殊家庭一些显赫的碎片。

王争的父亲王廷祯与母亲刘金凤育有6个儿子，个个英勇。抗战岁月中，王家出粮出兵又出力。那时候，老大是村里的财粮主任；老二王守仁是民兵队长；老三成为新中国成立后沁源最早的公安局局长；老四王争更是随部队一路征战，一路立功；老五王谨与四哥王争一样，早年也是太岳军区决一旅25团一名战士。抗战结束后，母亲又亲手将老六送进25团，追随几位哥哥参加了解放战争。

1947年初夏这封来信中，称呼的"王老太太"便是王争的母亲刘金凤。多年后发现信件的王建民不会知道，当时父亲收到信的心情，奶奶看到信的感受。

娘俩在灯下一字一句读完信，说了什么？

儿子被部队首长如此赞誉，王老太太必然欣喜异常。然而"至于家庭困难"，她并未责成儿子"持函向各级政府要求解决"，尽管对方"已函达各级政府予以解决"。

几十年来，王建民断断续续从别人口中知道了家族在那个岁月的一些往事。抗战时期，家中的碾子、磨盘几乎天天连轴转，就是给八路军战士供米面。那时候，王家是八路军最信任的地方，身兼疗伤、开会、联络等多项功能。家中住过多少伤员，王建民没听父亲说起过，只知道30年后的1972年，父亲王守仁去昆明看望四叔王争时，时任昆明军区副司令员的梁中玉听说后，专门接见并宴请了王守仁。缘由就是当时在太岳军区决一旅25团任参谋长的梁中玉受伤后，在王家养过一段时间伤，并得到精心照料。

太岳山中农民王守仁，当年为保护老百姓，被一颗罪恶的子弹将两根手指连续打穿，从此连在一起，再也没能分开过。

除了两根手指上的伤，他的身上还挂着无数引以为傲的事迹，然而多年来一直默默放在心里，从未给孩子们讲起。就是当过民兵队长这事，王建民也是多年以后无意间听叔叔讲起的。

开国中将李成芳、周希汉，这些名字王建民都无比熟悉。当年，他们都是驰骋在太岳山中的勇猛战士，都曾生活和战斗在沁源这片土地上。那时候，他们都是家里的常客，与王家人都是亲密朋友。

这样一个特殊家庭，自然要受到王争所在部队牵挂。为了解决前方杀敌英雄的后顾之忧，让英雄的家人不挨饿，他们在1947年初夏，联名签发出这封信。

1947年初夏的一封来信，没想到会在68年之后才被后人发现。这张陈旧的信纸，捧在王建民手里。一字一句，他读了无数次。读过之后，他依然像曾经的父亲与奶奶一样，默默存进箱底。

开始，他不理解当初父亲与奶奶的处理方式。然而多次读过之后，他似乎突然懂了，比起填饱肚子，当年的父亲与奶奶一定更期待信中描述的一个场景，那就是："胜利的（地）归里省亲或高车驷马以迎老驾临部队团圆欢庆。"

他没机会目睹，却总是要一遍又一遍，想象着那个无比荣耀的高光时刻。

刊于《光明日报》2022年7月20日

安于泰山

盛 夏

　　2003年春，一个傍晚，我坐在拥挤的火车上，借着昏黄的光看一本书。我沉浸在书的意境里，忘记了报站的声音。只觉得身边人有一阵熙熙攘攘，人腿在余光中转来转去。我没有在意。等我合上书，报站的声音又起："泰安站到了，有下车的旅客请下车。"我产生了一丝懵懂，忽而才发觉，我已经错过了要去的济南，到了下一站泰安。

　　我赶紧跳下车，呆呆地看着火车如一条长蛇而去。我补了票，走出站台。回转的火车已经没有了，我只好乘坐汽车。我打了一辆出租车，匆匆往汽车站赶去。透过不怎么明亮的玻璃，我看到夕辉笼在泰山的山头，云镀了一层金边，慢慢飘浮着。金边淡了，云也隐没了。天黑了下来。整个小城，被暮色包裹了。

　　这是我第一次遇见泰山，跑进泰安的领地。或许是一种缘分，毕业后，家在潍坊的我，竟鬼使神差地被分到了泰安工作，且一待就是十几年。

　　刚来时的我，血气方刚，喜欢人潮涌动的地方。泰安这个城市似乎太小，容不下我那颗跃动的心。我想，过上几年，也许我会走出泰安，奔向上海、北京或别的大都市。

　　我所在的单位旁边有一条河，人称"漆河"，泰山是东岳大帝的居所，所有死后的人灵魂都要归于蒿里山，因而这漆河，有人便称之为"奈河"。巧的是，河上也有桥，类似赵州桥样式。桥上却没有孟婆，只有一些卖莲子、水果或折扇的。孟婆在桥上灌人迷魂汤，是"索人灵魂"的买卖，这里卖物什的人，却纯粹是为丰满人身，强壮躯体，行一种善事。再过去桥不远，有座亭子，檐角如展翅之鸟，欲飞空中。有人在亭内乘凉，下棋，举目能望到泰山。

对泰安的感情是一点一点培养起来的。就像一个人，面对他的母亲，尚不知母亲的丰厚、动人，只有在时光中一点点地去发现。每天下班，我都要经过岱庙。而这，是帝王们来封禅和祭拜东岳大帝的地方。岱庙门前有一棵几百年老槐树，用汉白玉砖围起来，周围的人车都为它让路。走过老槐树时，会觉一股清凉，也会想到，人生在世，不过匆匆过客，而它，却千年百年地看着我们，阅尽众生。

职场新人没有太多积蓄，最初，只好租房子住。最早，我租住在单位后面的一个小区，旁边就是夜市。晚上，夜市闹闹嚷嚷，充满着活力，卖小吃的、卖服装的、卖工艺品的……鳞次栉比。这里行不得车，自行车也只好推着走，因为太过繁荣。街灯隐在百年树间，闪闪烁烁，似乎与时断时续的吆喝声和说笑声相和。我坐在自己的斗室里，听着声音好似被筛子滤了一遍，一边嚼新鲜的莲子，一边读张爱玲、沈从文，偶一抬头，一只花猫在屋瓦上蹑着脚走来走去。

两年后，我搬到南湖旁一个朋友的房子里。南湖原先没有湖，也没有亭台楼阁，而是后来改造而成。下了班，我便去湖边散步。鲁地的人特别喜欢豫剧，一些大爷大妈，吹着笙箫，敲着锣鼓，组成了业余豫剧队，暮色一上，就在长廊下唱《打金枝》，唱《花木兰》，唱《朝阳沟》。花脸长腔，吸引者众。而玉兰花、海棠花的香气传来，拂到人面，人有如蜂蝶，落在了花中。

第三次搬家，是搬进了自己的房子里。离单位四五站路，挺是方便。最满意的是，举头即可见泰山。事实上，泰安的人，抬头见山，是习以为常的风景，因我是外地人，故而格外心动。我对远方的朋友说起，我家就住泰山脚下，他们往往一副歆羡的表情。我又加强语气，对他们细致地说起不同时节泰山的景色。——春天，百花烂漫，泰山的颜色是黏稠的，层次不分的，红夹杂着绿，粉淹没着紫，使人产生一种愉快的烧灼感；夏天蓊郁，绿是主场，雨水也多，动不动云遮雾绕，山似游龙，神出鬼没的；秋天，浓郁退却了，红红黄黄，显出另一种明艳；而到冬天，一切肃杀起来，山阴着脸，云也不再轻盈，万物屏了呼吸，在默默地生长……我这样描绘的时候，朋友们往往听得一惊一叹的。我便趁机说：来泰山吧，咱们做邻居！

日久，我便发现泰山的更多好处。它就像一面屏风，渐次打开它的内容，让我也禁不住惊叹。泰安，居然是李白隐居六年的地方。泰山二十公里外，有一座徂徕山，山清水秀，风光旖旎，李白和孔巢父、韩准、陶沔、张叔明等人在此游山玩水，谈诗论道，人称他们为"竹溪六逸"。杜甫呢，也是来过泰山的。他父亲在不远的兖州做司马，泰山属兖州管辖。杜甫与泰山的苏源明等人相好，经常转来转去，还写下了那首著名的《望岳》。写此诗时，杜甫尚未经历人生的诸多磨难，心情一片明快、自信，将济天下为己任。后来，他入洛阳，走长安，进成都，几番不顺，终至湖上漂泊而死。可以说，泰安，为杜甫留下了人生中最美也是记忆最为深刻的时光，这从他以后的一些诗作可以看出。至于历代帝王，就更不用说了，秦皇汉武，唐宗宋祖，总要想法来泰山一趟，祭拜泰山神，昭告天下，举国升平。那时，没有轿车，全凭车马和人力到达泰安，登上极顶。这对帝王们，是多么自豪的一件事。当他们走过中天门，攀上南天门，登临玉皇顶，览九州风韵，看云海翻滚，胸中的气魄更加宏大。经与东岳大帝相会，治理天下更加有了信心，而后，打道回宫。皇帝中来泰山最多的是乾隆，十余次来到泰安，六次登上山顶。他可能是看过泰山壮美景致最多的人，旭日东升、云海玉盘、晚霞夕照、黄河金带等奇观一定是一次次入了他的眼睛，让他禁不住作诗吟咏。在泰安，乾隆留下了170多首咏颂诗和130多块碑碣，充分记载着他对泰安的喜爱。

后来，因工作关系，我多次出差，到过北京、上海、郑州等不少大都市。一走出车站，熙熙攘攘，浓重的压抑感扑面而来。我知道，这是我常年沐浴山风，徜徉山中所致。我如一只松鼠，习惯了山林生活，已难以再适应大都市的拥挤和繁华。而这，又有什么呢？我称自己为山人。陶渊明不是也采菊东篱，举目见南山吗？而我，日日所见的，可是泰山。

朋友们来，我每每乐得给他们当导游，趁势把泰安的诸般好处嫁女儿一样塞进他们的心里。我带着他们爬泰山，去岱庙，逛地下龙宫，看花海，游东湖，登徂徕山。直逛得朋友们眼花缭乱，啧啧称叹。我便又趁机说：来泰山吧，此地好山好水，悠游无际……朋友们果真动了心思，有的还迅速地在泰安买了房子。我想，等我老去，一定会像李白那样，拥有诸多的知己，我们一起啸傲山间，品茶观月，也做一回逸世之人。我们互相称之为"泰山散人"。

刊于《人民日报》2022年8月17日

黄河情缘（节选）

吉项鱼　董建芳

一

在黄河拐弯的地方，有一个美丽的村庄叫大王村。

村里有个叫史狗项的庄稼人，他是大王村第三任大队长，文化水平不高，长得五大三粗的。

二十世纪七十年代初，村里来了一个下放干部，住在大队部隔壁一个靠崖院的窑洞里。

下放干部中等个头、四方脸、大眼睛，其貌不扬，话语不多。下放干部每天同社员一块儿去地里干农活，挑粪、翻地、收割、打场，样样精通。那时候，人们吃的是人民公社集体大食堂，老辈人管这叫"吃食堂饭"。

说起吃食堂饭，大王村杨有贤、史应怀、亢恩祥三位老人就激动得坐不住了。

他们漫步在黄河南岸绿油油的麦田里，边走边说起了二十世纪七十年代的大王村：不是黄水泛滥，就是土地十年九旱，群众靠天吃饭，粮食总是不能"过关"（不够吃）。因此，他们不由自主地谈到了下放干部王会治，还提到了大队长史狗项。

作为大队长的史狗项虽识字不多，但喜欢与通情达理的文化人交流。

快到月底的一天，王会治下工回到窑洞，饥肠辘辘的他拉开抽屉，想找根烟抽，突然发现一个馒头。王会治好奇地想："是谁给我的？白天干活都没有人跟我说啊。难道是谁放错了地方？算了，先垫垫肚子再说吧。"

第二天，王会治带着疑问上工了。与此同时，王会治还在为吃饭的事发愁，自己的十几斤粮票已经吃完。回到家，王会治打开抽屉想翻找看桌子夹缝里是否有散落的一两二两粮票，接续住下月的伙食，却意外发现几张粮票端端正正放在抽屉中央。王会治手捧着粮票，流下了感激的眼泪。

到了第三天，又有几个烟卷出现在了抽屉里。王会治心里一惊："怪了，谁还知道我爱吸烟？"上工走到半道，王会治以忘记锁门为由，返回小院，刚走到门口，他就看见窑洞的门开了，从里面走出来的那个人就是史狗项。

从此，王会治与史狗项的关系更进一步，成了铁哥们儿。

1973年，王会治回到了郑州。走之前的那天夜里，史狗项跟王会治坐在上炕沿上吸着土烟卷儿，王会治说："大王村离黄河近，得想办法把黄河水引到地里来，庄稼才有好收成。"

史狗项猛吸一口烟说："咋能把水从低处引到高处？"

"想办法。"王会治语重心长地说，"以后有用得着我的地方，尽管说。"

天蒙蒙亮，王会治想偷偷地离开村庄，刚走到村口，看到史狗项站在村头，雾水打湿了史狗项的睫毛。

二

1973年，全国上下兴修水利。引黄灌溉的热潮一浪高过一浪。"水利是农业的命脉"，可是到哪里采购急需物资？

此刻，史狗项想到了王会治。于是，史狗项托熟人四处打听王会治的下落。当听说王会治还在郑州，并要来他家地址的时候，史狗项觉得大王村修水利有救了。

史狗项给王会治写信，说明村里正在规划修建抽水站，需要大量的水泥、抽水机等物资，请求王会治帮助解决。

几天后，史狗项果然收到了王会治的电报，让史狗项从干店火车站坐慢车，出站后在广场电线杆下面等着，甚至几点钟、几班次的列车，什么时候到达郑州火车站，王会治在电报上都说得非常详细。

大队决定让史狗项带上民兵营长瞿顺义，赶赴郑州找王会治碰碰运气。

于是，他们俩背上干粮布袋，踏上了东去的列车。

到了郑州火车站，史狗项和瞿顺义顺利找到王会治电报里描述的电线杆。两个憨厚的农民背靠背，手同手（一只手塞到另一只袖子里），蹲在地下，四下张望，审视着每一个过往的路人。

眼看天色不早了，史狗项拐回车站，跟火车站的广播员说："我是灵宝的，你给我喊'灵宝老乡到了，在电线杆下等人来接哦'。"

正在开会的王会治向司机仔细描述了史狗项的外貌特征，让他赶快开车到火车站接人。

偌大的火车站，除了两个农民模样的老头靠在电线杆上唠嗑，再无其他人了，司机开车回了单位。看到没接到人的司机，王会治心想，史狗项没赶上火车？于是，就对司机说："等会儿再去接下一趟车。"

天渐渐黑了下来，电杆下面的路灯依然明亮。已感到饥饿的史狗项和瞿顺义掏出馒头啃了起来。

又跑了一趟的司机还是没接到人，王会治纳闷了："不会吧？应该到了，我去接。"车子一路飞奔，王会治一眼就看到远处电线杆下那个熟悉的身影。王会治急忙下车，上前拉起史狗项粗糙的大手，俩人紧紧地拥抱在一起。

司机这时才明白过来，惭愧地低下头。

王会治把史狗项和瞿顺义二人带到了他的住所，说："你们在这儿好好歇一歇，狗项，你爱看豫剧，让司机带你看戏去。"史狗项哪有心思看戏，如果发电机买不到，自己咋给村里人交代？

到了第三天，史狗项怎么也忍不住了。他走到王会治跟前，用恳求的语气说："村里急用抽水机，拜托了！我先回去了，家里人着急。我把事儿就交给你了。"王会治只好让司机把他们俩送到了郑州火车站。

回到大王村，站在村口的史狗项怎么也抬不起脚来，事情没办成，他没脸见乡亲们。于是躺在麦秸垛子根儿，想闭上眼睛安静一会儿。

突然，翟顺义出现在史狗项眼前，紧跟在翟顺义后面的村书记史赞续激动地竖起大拇指说："你走的第二天，咱们要的抽水机，还有好多物资就到了。狗项，你真厉害，为咱们村立大功了！"

史狗项激动地背过脸哭了起来，他哽咽着说："王会治他没变，他是好人，咱们的大恩人！"

有了王会治的帮助，大王村引黄工程南北两个抽水站顺利建成。甜甜的黄河水灌溉着一眼望不到边的农田，丰收的喜悦挂在大王及周边村子每个人的脸上，缺粮的年代一去不复返了。

三

黄河水，黄又黄，黄泥汤浇地粮满仓。

1974年，退伍回村后的史应怀任大王村会计，怀揣满腔的抱负要让社员不但有粮吃，手里还要有钱花。恰逢队办工业在灵宝慢慢兴起，于是大王村抽调队长亢战学、亢林娃、李满林、史应怀四人搞队办工业。目标是加工水泥电杆，取代木电杆。没钱，他们就去信用社贷款。

预制电杆需要的原材料水泥和钢筋在市场上供不应求。虽然安阳的钢铁、洛阳的水泥，再加上东方红拖拉机，是河南人最时髦、最值得炫耀的三件东西，但大王村没有一件能买得起。

村民们再次想到了王会治，想到了史狗项。时任洛阳地委书记的王会治还会帮助他们吗？村书记和史狗项对视片刻，决定去找王会治试一试，史应怀自告奋勇和史狗项同去。

洛阳地委家属院的大门口，史狗项怯怯地问门卫："王书记在吗？"

"开会去了。"

"啥时候散会？"

"不知道。"

"咱就在这里等，他天黑总要回来吧。"史狗项说。

"王书记，有两个老乡找您。"忽然，史狗项和史应怀听到门卫在打电话。

电话那头传来王会治熟悉的声音："他们从哪儿来的？"

"你们从哪儿来，王书记问呢。"门卫手拿电话，朝史狗项喊道。

"灵宝，我们是从灵宝来的。"

"叫他们进来。快点！"

史狗项和史应怀刚进大门没一会儿，王会治就赶过来了。王会治拉着史狗项的手来到了客厅，递烟、冲茶、叙旧，然后吩咐做饭。

史应怀和史狗项说明了来洛阳的目的。

王会治胸有成竹地说："你们就搞预制板、电线杆，这样靠谱。需要钢筋和水泥，我给你们解决。"

四

从那以后，大王村预制厂的原材料从没有间断过。预制厂生产的电线杆和预制板在市场上供不应求。来自焦村、函谷关等乡镇的订单在大王村排成了长队，集体经济搞得红红火火。

后来，大王村还办起了砖瓦厂、铆钉厂、铁工厂队办工业，村里男女劳力都有活干有钱挣。

大王村村民亢恩祥说："大王村建起的南北两个抽水站，让水浇地一下扩大到2500多亩，是王会治为大王村办的第一件大好事，解决了粮食紧缺的问题。第二件事，是给我们村批钢筋和水泥，改变了我们村一穷二白的面貌，村民世代不忘。"

刊于《奔流》2022年第1期

从文献路到胜利街

陈美者

一

早晨，我下楼后就去路口取微笑单车，沿文献路骑行，首先会路过金鼎广场。金鼎广场是一个商场。夜晚的商场属于年轻人，早晨则被老太太占领。她们一律穿小碎花上衣、黑色长裤，矮小纤瘦，灰白头发梳得光溜溜的。她们每天早晨准时出现在金鼎广场，摇着小蒲扇，说闲闲的话，吹凉凉的风。有时我会恍惚以为，妈妈也该是她们中的一位。

从金鼎广场往前，有家胖太太服饰店。我是他们家多年的会员。大概五到十年前，妈妈的身体和我的精力都尚未被时间摧毁的时候，我常带她来市区逛胖太太服饰店。后来，她就很少出村庄了。再往前是古谯楼，高高的红墙，古木建筑，令我想起"文献名邦"这样的词。文献路两旁布满了店铺，有华昌珠宝、金运来珠宝、阿四金行、阿三金行等，一路往前骑着，仿若骑行在一场繁盛璀璨的光芒中。

右拐到胜利街，有一个下坡。把脚搭在脚踏板上，一路滑下去就是了，就像不必那么努力地活着。"美者，没事哈，有我在。"就好像有人在耳畔对我说着这样的话。但这显然是幻觉。再右拐，奋力骑行一段，进入莆田市医院。把微笑单车还了，我在脸上挤出满满的微笑，开始爬坡，走向五号楼。

妈妈住在五号楼十层血液内科二十六床。她是因为重度贫血来看病的。医院查了肿瘤指标，癌胚抗原数值有升高。

二

和妈妈同病房的还有一位老先生。

第一次走进这间病房的时候，我简直不敢正视他。与其说是一个病人在那里，不如说是一把柴火。他瘦到没有存在感，几乎只剩两只胳膊和两条腿。他时常处于谵语状态，躺在那里像个婴儿一样咿咿呀呀，神情显出几分宁静和无辜。病房里凡有人进出，他就会打招呼："你今天来了呀！""你要回家了呀！"此人已然神志不清，却神奇地展示出一些风雅姿态。他以为每个人都是来看他的，挥舞着树根一样的胳膊，叫家人把好吃的都拿出来。老先生看上去已有八九十岁，然而实际年龄只有六十多，退休不过几年。他年轻时在湄洲岛当差，刚退休那阵还喜欢杀回单位指指点点，后来不再去了，改为每日在家饮酒，一日比一日喝得多，到后来饭菜皆省，每天只固定一瓶半红酒度日。家人将他送到医院里时，医生看到的老先生正是我看到的那样，几乎只剩下人的形状，诊断却很简单：酒精中毒。

"昨晚睡得好吗？"我一边微笑着挥手回应老先生的招呼，一边走到妈妈身边。

"美者来了呀！"妈妈正在骂阿连，抬头见是我，遂不再恶声恶气，语气缓和了不少，但仍气愤地向我投诉阿连。"煎包一口气买六个！"妈妈气呼呼地说。

"想让你多吃两个嘛！"阿连可怜巴巴地接了一句话。

"我一不在你们就吵架吗？"我笑嘻嘻地握住妈妈的手，算是把她们都哄住了。见妈妈脸色缓和了，我又开始哄阿连。阿连实在是辛苦的，日夜陪护在妈妈身边，给她打饭，扶她上厕所，帮她观察输液瓶。何况阿连自己还是个病人，每天都要吃阿立哌唑口崩片和盐酸苯海索片。阿连年轻时拥有惊人的美貌，在我们村是村花，到了晋江的服装厂是厂花，后来命运波折，如今身躯臃肿，头发散乱，两眼黯淡，在药物作用下终日嗜睡，只有在她偶尔抬眼的刹那，才依稀可见昔日美人的眉目。

随后，我紧握着手机走出病房，二十四床老先生对我连声说道，慢走，慢走。他那深陷的眼窝里透出的，是明净的眼神。我对他报以挥手一笑。从未想过居然会从如此孱弱的老先生身上得到温暖。多年来，我身陷文学的幻梦，远离现实世界，如今身在医院，我第一次渴望自己能拥有神奇力量，可以为人们驱除疾病，让他们受损的身心得到康复。然而，这只是另一个幻梦。

我来到走廊的另一头，考虑措辞，鼓足勇气，拨打专科医生的电话。

"如果是胃部肿瘤，能治吗?"

"要做胃肠镜看一下。

"要看有没有扩散。

"胃肠肿瘤不是最严重的肿瘤，若能手术，撑五六年都没问题。"

那么，一切都取决于胃肠镜检查。

胃肠镜检查需要排队数日。我有预感，这个等待的时间段，或许将是最轻松的阶段，此后将会非常艰难。于是，我提出下午等妈妈输好血，就带她们去逛胖太太服饰店。此提议深得妈妈欢心，无论何时何地，她总是尽力穿得清爽好看。我内心闪过一个声音，医院所谓癌胚抗原升高的报告，有没有可能是误诊?

从医院到文献路的胖太太服饰店不过七分钟车程，对妈妈来说却犹如一场远征。我将她从车上搀扶到店里，店员立即迎来，把我们带到打折区。妈妈坐在椅子上沉默不语，于是我亲自出马，相中店里最时尚的一些款式，反身把妈妈搀扶过去，让她自己挑选。

"这些还差不多! 刚才那些，我们村里都有!"妈妈拄着拐杖，颤巍巍地站着，这时候才露出一些喜悦的神情。

"是是是！你看衣服的眼光最好啦！"我连忙恭维道，内心确实也佩服妈妈，她到任何时候都如此注重仪表，而且只选清爽、大方的款式。这是我做不到的。

妈妈试穿衣服时，阿连也选了一套，在镜子前照来照去。不得了，她是如何从满店的时装中找到这样一套红格黑底的旧款的？我大笑，并扬言绝不为这么丑的麻袋付一分钱。阿连只好恋恋不舍地把它换掉。最后我们喜气洋洋地买下了六件衣服。阿连也有一套。为此她得意忘形，提出还想要一条裙子，又挨了妈妈一顿骂。"你家里还有十四条裙子，十四条啊，阿连！"妈妈又气又笑。

三

白天我在医院陪护，和妈妈、阿连说笑。可是到了晚上从病房出来时，我再也支撑不住，总是垮下脸，蹲在医院门口，等的士来。

的士载着我经过胜利街，经过文献路……我一边望着窗外，一边想起许多人事。我想到前不久那一场无疾而终的爱情，倍感刺骨的痛。无人可分担，我只能强大。可是，无论我多么努力，依然无法改变妈妈的衰老。实际上，没有人可以改变别人的命运。时间摧毁了生活中的每一个人。

明叔发微信来的时候，我正在的士车上，满脸泪花。

"你从北京回来了吗？想给你寄点荔枝。"

"我在莆田。"我回道。明叔是莆田人，严格来说，他只是我写作上的朋友，但此刻我已然顾不得了。

翌日，伴随荔枝一同到来的还有好几箱其他水果。缤纷的果子摆满了医院狭窄的置物台，散发出阵阵清香。我附在妈妈耳畔，故意炫耀地说道："你女儿在莆田还是有朋友的哈！"妈妈听了眉开眼笑。

"荔枝好吃吗?"明叔问。

"从未吃过这么好吃的荔枝。"我说。

据说这是私人承包的一棵荔枝树,种在流水潺潺的溪边,每年夏天采摘当日装箱,顺丰快递,专供给数位重要的朋友。我的确是从未吃过这么好的荔枝,惭愧作为一个莆田人,此刻才体会到莆田荔枝为何如此有名。带着翠绿枝叶的荔枝,给我连日来苦涩的心带来一瞬间的甜蜜。

"明叔会帮你的,别担心,医院他最熟的了。"送水果来的年轻朋友安慰我说。他还带我到文献路边的筱塘市场,吃了一份紫菜鲜肉水饺。那是一家干净、朴素的小店,此后我几乎每天都自己跑来。我必须喂好自己,不能倒下。

年轻的朋友没有虚言。这天,明叔来医院接我,要带我去拜访莆田另一家医院的院长和胃肠科医生。明叔更加精瘦了,他年轻时曾展示出惊人的写作才华,有些作品至今值得品读。多年过去,写作在他这里只剩下雅趣,而他在现实生活中已成为人生赢家,说出的话都值得被认真听。

我还是第一次走进医院院长的办公室,内心充满敬畏。明叔看出我的紧张,特意和院长说些玩笑话。我尽力简要陈述妈妈的病情。这时,我才知道,连日来淹没我的事,原来也不过几句话就说清了。

"如果胃肠镜发现是肿瘤,只有手术才能救命。"

"刨去医保报销,自己的花费在三四万元。"

"别担心。八九十岁病人的手术都做过。"

他们说。

茶喝三遍,我们一起看对面楼的天台,有人在上面打拳。那人光着膀子,迎着余晖在挥舞手脚,但即便是隔着玻璃和如此遥远的距离,我依然看出他脸上的老相。他在对岁月进行积极的抵抗。然而,夕阳还是一寸一寸地滑下去了。

从院长办公室告辞,明叔带我去吃卤面。他对我说:"美者,别怕,有我在。"我为了不让自己当场哭出来,不动声色地把整碗卤面吃光。

四

新的一天早晨，我骑行到文献路时，突然拐到十字街买"求生煎包"。据说这是莆田很有名的小吃。我觉得应该让妈妈和阿连尝尝。

我拎着热煎包走进病房时，二十四床的老先生居然不再躺在床上，而是坐在一张折叠椅上。我惊喜地对他表示祝贺，他似懂非懂，用纯净的眼神和我打招呼。妈妈则已梳洗好，一脸笑意地坐在床上等我。

"医生好厉害，治这几天，老先生居然都可以坐起来了！"我把求生煎包递给妈妈，忍不住惊叹道。

妈妈也觉得很神奇。她还和我讲了一件更好玩的事。今天早晨她一睁眼，看见阳台的玻璃窗上挥舞着一只瘦长手臂。原来那老先生昨晚自己跑到阳台睡了一晚，居然还不忘抱着被子。谁也不知道他怎么跑出去的，平日里连上卫生间都需要人搀扶的。妈妈描述的时候乐不可支，简直要笑出泪来。

"人家今天可以出院了，我什么时候出院呢？"妈妈突然委屈地问道。

我立刻安抚她说，等胃肠镜病理检查报告出来，我们就出院。

病房里一时沉静。这时，只听老先生在喊他的家人。过了一会儿，我看见他在家人的搀扶下，慢腾腾挪到阳台的椅子上坐着。然后，老先生点起了一支烟。

我吃惊地望着老先生。老先生则惬意地望着天空。他抽一口烟，望一下天空，抽一口烟，望一下天空。这栋病房大楼旁边有一片工地，不时传来各种轰鸣声，要不了多久，那里将矗立起一栋新的住院大楼。而二十四床的这位老先生，显然已经超越了医院。

当天，老先生就出院了。而妈妈则从血液内科转到胃肠外科。胃肠镜病理检查报告尚未出来，但是胃肠镜检查时医生已经判断是胃部肿瘤，考虑中晚期。这几乎就是确诊了。我不记得当时是以什么理由向妈妈解释转科，我只觉得小腹在抽搐，头脑一片空白。

从胃肠外科的病房望出去，依然是工地。胃肠外科其实就是肿瘤外科，这里的病人几乎都不再穿自己的衣服了，他们穿蓝白条纹的病号服。

五

做术前检查的那几天，我大哥来了。

妈妈很惊喜，一时不知说什么好，只反复问他："今天怎么会有空?"大哥支支吾吾，没说出什么像样的解释，但显出一副和善的神情。妈妈脸色一沉，渐生忧惧和狐疑。大哥见到我的第一句话就是："谁知道她病那么重了。"

大哥是我最陌生的血亲，这么多年来我甚至未能看清他的长相。现在他来了。大哥对我说，千万别让妈知道了，她的性子烈。

"烈"这个字形容妈妈，还真是合适。妈妈觉得委屈的时候，会跑到二楼祖宗供桌那，拍桌捶胸，痛哭流涕，强烈呼唤老天爷出面为她主持公道。在妈妈和大哥的对战中，我曾一边倒地站在妈妈这边，彻底远离大哥。

黄昏时，大哥请我去门口的快餐店吃了一份快餐。然后他说，他得先回乡下了，他还得去打工，房子给人家盖一半了，不能停工。

大哥离开后，我把几项术前检查的报告单拍给几位医生朋友看，他们很快给了我明确回复，说再无努力的空间。

返回住院大楼的时候，惬意地靠在藤椅上的保安不让我进，说是要查看核酸检测报告。我看着其他人淡然自若地进出，内心的怒意不可遏制地升腾起来。昨晚我和阿连经过这里，他还要核查阿连的年龄。面对他得意的神色，我径直从门闸的缝隙中走过。他像是蓄势已久，立即冲过来用力拽紧我的胳膊。

数分钟后，警察到了。虽然我不过是奋力甩开保安的手，还是乖巧地泪流满面地向他鞠躬道歉，耳畔回响的却是医生朋友的话音："从报告来看，基本不用考虑手术了！"

历尽波折，我终于获许进入住院大楼，乘坐电梯上楼，但我没出电梯，又返回到了楼下。这样的时刻，我实在无力面对妈妈。离开住院大楼的时候，我看见保安还在和周围人揭发我的恶行，一些病情不太严重的病人家属听得津津有味。我内心涌起一阵羞愧，无论如何，我都不该和那个保安发生冲突。我发誓要撑住。

没有打车，也没有骑单车。我独自走着，沿着胜利街，走到文献路，路过一排金碧辉煌的珠宝行，路过精美优雅的咖啡馆，路过胖太太服饰店，路过悠闲散步的人们。走着走着，我忽然发觉自己年近四十的人生正在不停地坠落。这么多年，我不停地奋力向前奔跑，以为会迎来一场又一场胜利。没想到，我从未跑过生命本身的虚无，最终扑面而来的都是告别和消亡。

六

从文献路骑行到胜利街，右拐是莆田市医院，左拐则是天九湾市场，莆田最大的菜市场，许多郊区的杂货铺老板都会从这里进货。在满街食物的盛大包围中，我仿若置身一种绚丽的生活。最令我目眩的依然是那一筐筐带着闪亮露珠、翠绿枝叶的玫红荔枝。实际上，人人都注意到了荔枝，人人都会买一串荔枝，因为今天是大暑。莆田有风俗，过大暑，吃荔枝。

我也买荔枝，要让妈妈在医院也能过大暑。我还想买点什么好吃的给她，就像以往她为我们过节准备食物那样。可是一时之间呆住了，买什么似乎都没用了。

我手里捏着一串荔枝，孤身穿过现实中的人群，穿过伟大的生活，慢慢走出胜利街的菜市场。

刊于《雨花》2022年第9期

辑 三

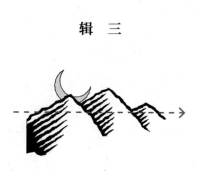

羡晋江

彭学明

没到晋江时，晋江对我是一个谜。

一个南方的县级市，为什么会如此富裕发达、繁荣昌盛？为什么会有如此众多享誉全球的国家品牌、国际品牌？为什么有底气和能力承办一些国家级和世界级的比赛和盛会？晋江到底有着怎样的时代奇迹？时代又该有着怎样的晋江经验？到了晋江，晋江就成了我的一个梦，我梦想在晋江有一套房、一辆车、一个家，梦想在晋江有一群写诗的朋友、听歌的观众、煮茶的知音，当然，更梦想成为一个晋江人。

到了晋江，那条江是得看的。这条与晋江市同名的江，因古代晋人南迁而得名。南迁的晋人因为思念故乡，就把这条河流取名晋江。晋江承载了一种情感，蕴含着一种温度，有了厚重的历史、不了的相思和美丽的乡愁。听到晋江这个名字，我这个他乡而来的旅人，也能够感同身受地一下子顺着晋江穿越，看到晋江的祖先们正赤裸双足翻山越岭、涉水而来，也能从心底涌起一种温柔的情意。

站在晋江岸边，晋江如一匹悠长的绸缎在群山、平原和台地中蜿蜒。绸缎蔚蓝。四野滴翠。金黄的阳光以无数把剑的模样从天空中横斜下来、直插下来，交相辉映在烟波浩渺的水面上。近，是阳光溅起的芒刺、河风拂起的潋滟和江水洗印的倒影；远，则是一片斑斓而朦胧的七彩光圈和光晕。

到了晋江，那海也是不能不看的。晋江的海，跟所有的海一样，宽广无垠、一望无际。既有孤帆远影，也有千帆竞发。既有万顷碧波，也有千顷雪浪。海湾旋律一样起伏，沙滩诗意一样柔软，海鸥云朵一样飞翔。而万年牡蛎生就的古礁和千年不朽的海底森林，则和海风、涛声一道，讲述着岁月的沧海桑田、潮汐的海枯石烂。

有了山和水、江和海，晋江人就有了得天独厚的条件。靠山吃山，靠水吃水，靠江吃江，靠海吃海，就成了晋江人自古遵循的生存法则。但在长时间的农耕文明时代，晋江再得天独厚，也是靠天吃饭。靠天吃饭，都是一样的饭，风调雨顺，就丰衣足食；天干地涝，则灾荒连年；天老爷的一碗饭，对芸芸苍生都是公平的，谁也不会多一粒，谁也不会少一粒。要多要好，只有自己去创造。这正应和了晋江人最爱的那首《爱拼才会赢》里的一句歌词：三分天注定，七分靠打拼。

山给了晋江人刚强。

水给了晋江人灵性。

海给了晋江人胸襟。

晋江人刚强，在于晋江人有勇敢无畏的胆魄。刚强的晋江人，有山一样的骨头，不怕苦、不怕累，敢闯、敢拼。闯和拼是刻在他们骨血里的基因。

像千万条流向大海的小溪和江河，晋江人在唐朝时期就开始背井离乡、漂洋过海闯天下，建起了一条古老的海上丝绸之路。大量的丝绸瓷器从晋江运向世界各地，几百万晋江人在世界各地站稳脚跟定居下来，成为华侨。每一个晋江华侨的背后，有多少功成名就的辉煌志，就有多少忍辱负重的血泪史。在晋江新塘街道梧林村，有一座很不起眼的侨批馆。正是这座很不起眼的侨批馆，生生记录着晋江人闯天下的世界记忆，讲述着晋江人敢闯敢拼的奋斗精神。"侨批"是海外华侨华人寄给国内家乡眷属的汇款、书信的合称，是一种银信合一的特殊邮传载体，所以也称为"银信"。侨批档案因其"真实性、唯一性、不可替代性、罕见性和完整性"，入选联合国教科文组织《世界记忆名录》。每一封侨批都纸短情长，每一封侨批都家书万金，每一封侨批都带着历史发黄的幽光，念动着沉沉乡愁乡关，传递着浓浓亲情乡情，承载着厚厚的家国记忆。

在改革开放的经济大潮中，晋江人传承了祖先们敢闯敢拼的奋斗精神，一个个争先恐后地下海，一个个争先恐后地经商，办企业，找出路和饭碗，找未来和希望，"村村点火，户户冒烟""人人都想发大财，个个都想当老板"，成了晋江商海一道壮观而奇特的风景线。他们呛再多的苦水也不后退，碰再多的钉子也勇往直前。"爱拼才会赢"，成了晋江每个人都会自觉继承的传统和每个人都引以为荣的座右铭。所以，晋江的企业和个体工商户像雨后春笋层出不穷，大大小小25万多家。安踏、恒安、特步、劲霸、利郎、361度、七匹狼、贵人鸟、九牧王、柒牌、盼盼食品、蜡笔小新等蜚声全国的企业就数不胜数。

晋江人灵性，在于晋江人有出类拔萃的胆略。他们敢干、苦干，却不蛮干、傻干。他们勤劳勇敢，更是聪慧睿智。他们有山的刚性与韧性，也有水的灵性和活性。他们既不怕逆水行舟、迎难而上，也知道顺水推舟、顺势而下。他们既能够勇往直前、坚定不移，也善于弯道超车、改弦易辙。他们既懂得自我奋斗、自强不息，充分发挥内力的核聚变，也懂得借船下海、借梯上势，充分利用外因的加速器。这种灵性和胆略、聪慧和睿智，真是随处可见，俯拾皆是。所以，他们的企业，都能够绝地拔起、绝处逢生，他们的企业才茁壮成长、越大越强。

不说别的，就说晋江国际机场。你做梦都不会想到，这个晋江国际机场是经过晋江人民多方努力获准后，由晋江企业、晋江侨胞和晋江每家每户每人自己捐款建起来的！这需要多么聪慧的头脑？需要多么大的胆略？换着其他地方，想都不用想！也不会这么去想！而这个机场的建立，一下子打通了晋江连通世界的快捷通道，为晋江走向世界插上了腾飞的翅膀。游子回家的路，晋江出海的路，旅人看景的路，商家贸易的路，都因这个机场而变得意义非凡。

是的，他们有远大目标，但却不好高骛远；他们想迎风飞扬，却脚踏实地。他们的过人之处，就是他们所想的、所做的，都是事关民生，都与我们每个人的生活息息相关、丝丝相连，比如鞋、衣、食品、瓷砖等，都是我们每个人必不可少的衣食住行。这不相当于全中国全世界都在给他们投资，帮他们办企业吗？晋江2021年GDP突破2900亿元，财政收入200多亿，不是光靠勤劳苦干就能得来的。

晋江人有胸襟，在于晋江人有卓尔不群的胆识。胆识是视野，胸襟是格局。这个胆识就是始终深谋远虑，既站得高、看得远，又落得实、做得准，始终都在求新、求精、求变。求新，求的是不故步自封、抱残守缺，不鼠目寸光、养尊处优。每个企业都有危机意识、前瞻意识，都在未来的发展中，找自身的不足，谋新的出路。比如他们无论在国内国外考察学习，都会把别人优秀的地方学来、记住、思考，然后把自己所看所闻、所思所想，写成心得和建议，提交给政府，希望政府帮助研判，提供支持。为了求新创新，他们会不惜一切优厚待遇，请来高端人才，进行技术研发和市场开拓。求精，求的是精益求精、好上加好，是领航领跑、百尺竿头更进一步。他们每一个企业的目标，都是不做成中国的某一外国品牌，而是要做成世界的中国品牌。诸如"不做中国的耐克，要做世界的安踏"之类的目标，是每一个企业的真切追求。求变，求的是以不变应万变，以万变赢质变，以质变得巨变。不变的是企业的目标理想，是企业的品牌灵魂，万变的是各种风险和机遇。几十年来，晋江经历了从贴牌仿制到自创品牌之变，从手工作坊到现代化企业之变，从家族企业制度到社会企业制度之变，从民间小资本联合到社会大资本集合之变，从依附创新到自主创新之变，从小商品市场到全球性市场之变，从同类小企业仿效竞争到大产业集约发展之变。每变一次都是凤凰涅槃、脱胎换骨。每变一次都是日月更亮、山河更新。

俗话说，同行是冤家。无论商场官场还是业界，我们看到了太多的同行相互诋毁、攻击和拆台的悲剧。可是在晋江，那么多同类的鞋服、食品和体育产品，却个个风光高光，个个抢眼打眼，为什么？就在于晋江人有胸怀胸襟，在于他们至诚至善、有情有义。他们不会像某些地方的企业那样相互诋毁、攻击、拆台，而是相互提携、取暖、共赢。他们不认为同行间是你死我活的关系，而是唇亡齿寒的关系，是一荣俱荣、一损俱损。他们认为同行不是一对冤家，而是一个大家。一个地方的品牌要形成集团优势、集体力量，就得是一个众生合一的大家，而不是独此一家的小家，家大业才大，家和万事兴。所以，他们的竞争是一种你追我赶、携手共进的良性竞争，是互通有无、互给订单、互不催欠、互相担保的竞争。这是怎样的一种胸襟？怎样的一种美德？是怎样的一种商业奇观和企业精神？晋江能够拥有126家国字号企业品牌、45枚中国驰名商标、16个国家区域品牌、50家上市公司、25万家市场终端、70多家境外商务机构，全靠了这种胸襟、美德和精神所凝聚起来的合力与大家！

在晋江，有一座古老的石桥，叫安平桥。这座历时14年才建成的南宋时期海港石桥，不是我们通常看到的石桥那样有美丽的弧形桥拱，也不是我们现代大桥那样有美丽的塔柱和斜拉索，更没有现代桥梁那么气势恢宏和高大嵯峨。它矮小、简朴、修长，普通得就像现在的一个栈道和游道，但它却入选了联合国世界文化遗产，是如此高贵、高光。远看，我们也许不会怎么在意，走近后，就会一下子升腾起一种难言的敬意和自豪，一下子就会为你刚才的轻慢和不经意感到羞愧，因为，它在用"桃李不言，下自成蹊"的古训告诉你什么叫大音希声、大象无形、大美无痕。的确，如果不走近这座石桥，你就不会想到那全是用一块块巨大、厚重的长条石头铺就的！不会想到那些石条竟会如此巨大、如此厚重、如此深长！连连称奇和惊叹的同时，你会连连发问、纳闷，那一块块巨大厚重得达十几吨、二十多吨的石条是怎样切得如此整齐的？十几吨、二十多吨的石条又是怎样放上桥墩铺成桥面的？那么重的料，那么深的水，那么长的桥，是怎样造就、怎样完成的？那该是怎样浩大的工程、怎样复杂的工序、怎样圆满的功德？

历史说，晋江的祖先们是利用潮汐的力量把桥建成的。祖先们把一块块巨大的石条放在船上，停泊在桥墩之间。潮涨时，船跟石条一同上升；潮落时，石条就在两个桥墩上搁浅了。这样一路过去，一块块巨大厚重的石条就放上了！这绵延五里的石桥就这样在艰难困苦中玉汝于成了！晋江祖先的智慧多么伟大！

800多年的岁月风雨，已经把一块块坚硬的石条侵蚀得斑驳陆离了。人类800多年的脚步，已经把一块块厚重的石条踏磨得光滑闪亮了。虽然再新鲜的阳光都翻晒不透岁月古旧的颜色，再清新的雨水都清洗不了时光积淀的锈迹，但那长长的安平桥，却一直在用深情与我们凝望，给我们诉说。它是晋江历史写给未来最深远的一句长诗，是晋江前世弹给今生最悠扬的一缕琴音，诗歌和琴音的韵脚里，是晋江人永远的荣耀和自豪！

安平桥是古代由内海通向外海的海港桥，伟大而不朽，你不能不看。而今，还有一条党和政府通向民间的连心桥，温暖而动人，我不能不说。

晋江的党政机关里，有一个宝贵的共识，那就是机关是家门，不是衙门，人人都是企业的护航者，个个都是群众的贴心人。你在晋江既看不到门难进、脸难看、事难办，也看不到门好进、脸好看、事不办，更看不到雁过拔毛、索拿卡要和把外商打成内伤等现象。你在晋江看到的只是党政机关怎么真心真意地为企业排忧解难、保驾护航，怎么全心全意地为群众改善民生、谋求福利。

改革开放之初，当农民办企业还没有得到鼓励时，当时还没有撤县建市的晋江县委、县政府一班人就冒着可能被摘掉乌纱帽的政治风险，鼓励农民联户集资办企业；当民营企业遇到姓"社"、姓"资"的风波和挫折时，他们又冒着极大的政治风险，通过戴"红帽子""洋帽子"的方式，把那些民营企业全部纳入集体企业或"三资"企业范畴进行保护。民营经济合法化、市场经济体制确立后，晋江市委、市政府为壮大民营企业和民营经济，又通过一系列措施为民营企业松绑，化解民营企业在创业创新中遇到的发展瓶颈。比如某个企业为了扩大发展规模，需要建一个新的厂，而这个所选的新厂址不通路、不通电，政府就会立马把路修过去，把电架过去，让企业放开手脚建新厂。为了鼓励企业求新、求变、求精地去创品牌，晋江市委、市政府出台了一系列优惠政策，重奖创牌企业；为了鼓励企业上市，晋江市委、市政府又设立上市发展基金，积极扶持企业上市；为了提升企业的创新水平、管理水平，晋江市委、市政府邀请全国知名专家学者来晋江办培训班，开大讲堂；为了让科技人才成为科技创新的永恒动力，晋江市委、市政府还力邀两院院士在晋江落地了21家博士后和院士工作站，创立了留学人员创业园、高端人才孵化基地；为了企业立于不败之地，市委、市政府出台政策，投入资金，建立了晋江市创新创业创造园，大力引导企业转型升级鞋服、食品等传统优势产业，培育壮大集成电路、石墨烯等战略新兴产业，孵化孕育一批生物科技、医疗健康等未来产业。

市委、市政府对企业的一片苦心，换来的不仅是企业的欣欣向荣，更是晋江政治、经济、文化各方面的巨大发展，是城乡人民物质和精神生活的巨大改变。晋江市委、市政府一届接一届地接力民生工程、民心工程，使晋江在全国率先实现了城乡一体化的医疗保障，实现了城乡居民社会养老保险全覆盖、城乡免费教育全覆盖、城乡三级治安巡逻全覆盖，特别是那些在晋江打拼的100多万外来务工人员，只要在晋江工作半年以上，就可以跟晋江人一样享受医疗、教育、就业、住房、参保等各项平等的福利和待遇，特别困难的外来工，也跟少量特别困难的弱势群体一样享有特别的补助和救助。晋江人没有把外来工当作晋江的打工者、旁观者，而是当作晋江的建设者、贡献者，当作新的晋江人。这是多么有温度的理念！是多么直抵人心的关怀！

晋江是丰饶富裕的，也是生动美丽的，晋江不仅奔涌着时代的大潮和气象，也流淌着人间的温暖和真情，呈现着社会的温度和表情。生活在这里的晋江人，无论先来的、后来的，还是本地的、外地的，都至善至美、至真至纯，都情同手足、亲如一家地为更加幸福美好的生活一起打拼，共同奋斗，奔向未来。做一个晋江人，无疑是幸福的！幸福的晋江人，是让人羡慕的！

是的，在晋江，你是幸福的。你若靠海，整个大海就是你的，你尽可以在晨光洒满海面时撒网、打鱼、赶潮、冲浪；你若在山，整个大山就是你的，你尽可以在山花烂漫时踏青、赏花、种田、织布；你若是在一望无际的平原，整个平原就是你的，你尽可以骑一匹梦马，在秋风里策马奔腾、临风飞扬，看一片金黄的稻浪往身后狂飞；你若生活在这个繁华的城市，整个城市就是你的，你尽可以在超市里购物，茶座里品茶，尽可以在无处不在的公园挽着爱人的手，看晚霞燃烧，听清风缠绵，谈一场永不老去的爱情。

为什么你在哪里，哪里就都是你的，因为晋江都是你的。晋江会敞开博大的胸怀接纳你，拥抱你，疼爱你！晋江会给你人间的梦想和烟火，晋江有你所需的情意和甜蜜。

刊于《人民日报》2022年3月16日

米与面

王兆胜

我们生活的世界复杂多样，许多方面往往都超出我们的想象。

宇宙浩瀚无垠，地球在它的怀中小得可怜，沧海一粟都算不上。另一面，地球又以其博大养育了无数生灵，在它面前许多东西都可忽略不计，比如一粒米。

即使与桃李西瓜等许多东西比，一粒米也小得不足挂齿；但不能否认，米也有一个世界，有不为人知的博大。

米虽小，它的世界却很大，特别是功用。如让人自由选择，只取其一，更多人恐怕会毫不犹豫选择米，其次是水，而不是瓜果蔬菜，更不是金银财宝和绫罗绸缎，因为没人愿意饿死。

少年时光我挨过饿，米变得金贵，不得不以红薯为食。后来，国富民丰，粮食充足，但从不敢浪费，一粒米掉到饭桌上，哪怕落到地上，也捡起来吃掉。在困难年月，一粒米就是一块金子，是与生命息息相关的。

不过，米之于我，又有更丰富的内涵，也有深入骨髓的永恒记忆，还有难以形容的美好想象。就像春天到来，被染绿的柳树在春风中漫舞，总让人感受到一种难以形容的优雅与沉醉。

童年时，家中无米，但生产队的场院里，谷米堆积如山。单个的米粒虽小，但在一个童子心中却生出惊奇与感叹：原来，小也可以变大，一粒粒米堆积起来也能成山。后来，在读书和成长过程中，看到"日积月累""积少成多""积羽沉舟""集腋成裘"，特别是老子所说的，"合抱之木，生于毫末；九层之台，起于累土；千里之行，始于足下"，我对米就充满敬意，再也不敢瞧不起它，以及那些小的事物。

家乡盛产玉米，其工程浩大而有趣。不要说从种到收，就是待玉米熟了，从硕大的玉米棒子上剥下碎金般的玉米粒，就是一种辛苦的享受。金黄的玉米粒牙齿般整齐排列，我们的小手将它们一排排剥下，如水般哗啦啦落下。聚在一起的玉米粒，像个庞大的家族，充满生机活力。为了省力，父母和哥哥姐姐还教我用剥剩下来的玉米核做工具，将玉米粒从棒子上剥下，工作效率大增，这是"借力打力"的较早实践。在磨坊粉碎玉米，看到金黄的玉米粒变成温柔的细面，在清香四溢中又有一种痛惜，似乎能听到玉米在高压碾磨时发出的哀鸣，此时的心怀为之震动。那时，偶能吃到玉米面饼或年糕，也充满复杂的滋味。一面是清新可口的甜美与享受，一面是将完整的玉米粒经过磨、压、蒸、咬后，成为口腹之物，于是，就对玉米生出不忍与感怀。

大米非故乡物产，童年少年时，见得少，吃得更少。只偶尔过年，不知家父从哪里弄来一小碗。那时，我吃大米为次，主要被其形状震撼。一是小，"大米"中虽有"大"字，但比玉米小得多；二是白，它晶莹剔透，仿佛装着一个透明的灵魂，它既能被我们这些孩子的眼睛看透，本身也是一个能看透孩子心事的明眸。后来，长大成人，看到和田玉，我第一个想到的就是大米，那温润的白就是一粒粒和田籽玉，是高级的羊脂白。相反，"玉米"中虽有"玉"，其色泽更像黄金。当大米被蒸成米饭，那个香气、透亮、晶莹、柔软，可谓入口即化、沁人心脾，无须吃菜而只干吃，就有一种说不出的满足与幸福。此时，我也知道，由大米变为米饭，它所经历的艰辛与苦痛，最后是用精气与灵性滋补我们的身心。还有泰国香米，它的形状让人心酸，瘦弱得失了普通大米的丰腴；然而，却有着令人销魂的浓郁香气和美感享受。它仿佛带了佛性，一下子将我的心性带到一个顿悟和超然的境地。

花生米也是一种"米"，在我家乡广为种植，我对它特别熟悉。开始，花生还未长成，轻轻一剥就开了，花生米像被水泡过，有点白，脆生生的，吃起来别有味道，是初解了人生的滋味；当花生成熟，变得较难剥开，用指甲费劲打开，里面的花生米满而实、坚而脆、甜而香，可咀嚼得满口生津，加上我们童子的笑意，画家可画出一幅"快乐图"；当花生晒干，花生米从皮壳中剥出，在一声脆响中，紫红色的仁儿活蹦乱跳脱颖而出，嚼在嘴里干爽有劲、其乐无穷；用花生油炒花生米，是男人颇为喜爱的下酒小菜，略加点盐，让火候正好，稍凉一会儿，花生米在嘴里咀嚼，脆响中有无穷的韵味。不过，在满足中，也常从花生米的角度浮想联翩：为什么花生米不能摆脱被咀嚼的命运？本来完好的花生米，安安稳稳躲藏在硬壳里，却被剥开、取出，然后在滚烫的水和油中煮炒，再被咀嚼。读大学时，当我读到曹植《七步诗》中的"煮豆燃豆萁"，怦然心动和情不自禁想起花生·用花生秆和叶子作燃料，花生油烹炒花生米。于是，心灵就会变得无限柔软，有一种说不出的感恩油然而生。还记得，童年时，村里有个榨油坊，我常去那里玩，看到整个榨油过程，特别是花生米怎样被挤压，最后变成花生油的艰辛。那些赤身裸体的油工，是一点点将油从花生米身上压榨出来的，在吆喝声、吱呀声中，我能听到有一种痛苦的声音。当油工将一把花生渣或一块花生饼送给我，我在大快朵颐时，总忍不住为那些花生米惋惜和流泪。

最让我感动和深思的是小米。在米的世界中，小米可能最小，也最柔弱，看它的身型，就有一种说不出的"悲"从中来。像娇小的弱女子，一见之下就会生出怜惜。还有小米的黄色，那是从大地深处幻化出来的精魂，一种让人心安和愉悦的存在。当秋天到来，凉风习习，万物萧条，我能感到小米的意境；当严寒到来，寒风瑟瑟，冬夜的小米粥在叙说着温情；当生病了，别的什么都吃不下，唯有小米粥上面漂浮的一层淡黄的色泽，能提起食欲、增加底气、活化生命。我家乡产的小米极少，只会在庄稼地边或一角种一点，俗称谷子。当谷子长成，它会像年轻姑娘的长辫子般粗壮，那是难忘的风景：头低得很低，沉实得有点沉重，风吹过，连带着周身的枯叶，边摇晃边发出秋声。此时，我会特别感动于一年的收成，体会谷子做的美梦。

在农村，只有妇女生孩子或有贵客来，家人才会做一碗小米饭煮鸡蛋，那时的我无缘品尝，只从味道和色泽就能感到人间的美妙：生命就在这种不自觉的转换中升华，一种难以言说的悲喜交集在心头荡漾。后来，有亲戚朋友寄来山西和陕西小米，这让我感到天下的小米何其伟大：那种黄得有点深沉的色泽，加上美妙动人的包装，它养育了多少中华儿女和天地之子，也用自己的柔弱诠释了难以言喻的神秘。

后来，我到中国大西北，特别是站在敦煌鸣沙山前，那细如尘土的沙粒让我突然想到小米：细沙虽不能吃，但与小米何其相似，那种柔软得近乎无的微细与柔弱，从内心深处激起我们的怜惜、悲悯与感恩。换言之，细沙何尝不是天地的小米，它以一种哲学精神和宗教情怀一直在普度着众生。

"米"字很神奇，它由一个"十"字加四个不同方向的"点"组成；如果旋转起来，那就是一横之上有三个"点"；将它看成八个"点"也未尝不可。另外，"米"字略加修饰，就会变得更加生动起来，从而成为"迷""谜""眯""咪""糜""醚"等。比如说，糜米，据《辞海》解，它又称"糜子"，是一种不黏的黍类，与软糜米的黍子不同。由此可见，"米"字表面看来简单，其实并不简单，用妙趣横生和妙不可言来形容亦不为过。

中国历史上有个著名的书法家叫米芾，又称米南宫，其"米家山水"画法名气很大，影响深远。中国新疆以前有个米泉市，常牵引着我的思绪。作家张晓风有篇文章的题目叫"米泉"，她表示："在米上打个孔，酒就会流出来。"中国的度量衡往往以米为单位，一米等于三尺，又相当于一百厘米。有人说，之所以如此，那与中国人对米的喜爱和崇尚有关。

不过，到底需要用多少颗米粒摆成一米的长度，我们不得而知。

有心人如有时间，不妨试试，在一米中到底能摆上多少粒小米？

面粉如雪

在贫穷年月，面粉极金贵，不要说吃，连看到就很难。

我家人多，平时以地瓜为主食，只在过节时能见到黑面、杂面。

所谓黑面，是指将小麦粉碎到第三四遍，颜色如土；所谓杂面，是混合着高粱面、地瓜面、豆面，再加少量黑面和白面而成。

记得，母亲用黑面、杂面包饺子包子，因缺乏黏性和韧劲，常常是包了裂、开了捏、捏了散，做一顿饭总是大费周章，累得额头出汗、长吁短叹。

只有当姥爷来了，母亲才会不知从哪里抓来小半瓢白面，轻轻倒进泥盆。然后加水，慢慢搅动，于是雪白的面粉由松散变成缕，再成为一堆和一团。经反复揉搓，面团被母亲用擀面杖不断压、推、擀，范围变大，很快成一张大饼。

接着，母亲将面裹在擀面杖上，开始向前推、往后拉，在有节奏的运动中，面皮越来越薄，也愈加地白。

当母亲将白面粉撒在白面上，那真有点变魔术，同样是面竟有不同功用：一是为了凝聚成团，二是为了分开不黏。

当透明如纸的白面将擀面杖包裹多层，母亲将它高高抬起；然后放手，转眼间，面皮飞瀑一样撒落，像折纸一样很规则、整齐地自然堆在面板上。

于是，母亲一手拿刀，一手轻按折叠起来的面皮，手起刀落，切面声铿锵，随后又迅速将切好的面条抓起，秀发般撒落于面板之上，动作极其优雅。

这与母亲包黑面和杂面的饺子包子形成鲜明对比，也让我对白面有了新的认识和理解。

母亲擀好面，就用姜和小嫩葱炝锅，香气扑鼻，传之久远。

然后，加水，烧开锅，打几个荷包蛋，加进面条。

当母亲将一大碗晶莹剔透、诱人馋人的面条，小心翼翼端给姥爷，他总让母亲再拿一个碗，分拨一些给我和弟弟。无奈，母亲只好照办。

那是最幸福的时光。雪白的面条如银丝，根根透彻修长，吃在嘴里，有一种绵长柔软又暖心的感觉，香气清新悠远，一生不会忘记。

除了姥爷到来，童年的我还有个特殊时间，能享受母亲的面条与慈爱，那就是感冒发烧之时。

在生病发烧的难受和朦胧中，我能重温母亲为姥爷做面条的身影，以及面粉、小葱炝锅、面条和面汤的特殊色泽与味道。

对农村孩子来说，过年是一年的希望。除了热闹，最重要的是能吃上白面。

腊月二十三日过小年，我家还只能吃上黑面和杂面，那已是爽心快事了。

腊月二十八开始吃白面，此时的母亲毫不吝惜从缸中取用白面，一会儿就用去一盆，仿佛取之不尽用之不竭似的。

最有代表性的是做白面大馒头，母亲先将大半盆白面加水调好，醒一会儿之后，大哥、姐姐就与母亲围坐在面板前，一起轮流揉面。

当揉上几圈，原来松软的面团就变得颇筋道，这样蒸出的馒头既瓷实又分层，口感也好。

最壮观的是打开蒸锅的时刻：原本并不大的馒头一下子变大了，像春花绽放，也如清水出芙蓉；那些被做成鸡狗鱼羊的面食小动物，也仿佛活着似的动人。此时，姐姐就会拿着火柴杆为面食点上胭脂，这就更增加了白面之白，也使白面变得更加楚楚动人。

丰足美满之年很快就会变成过去，家中的白面也会随着年的脚步离开，于是，一家人又归于吃红薯、黑面和杂面的日子，我们这些孩子则重新进入对于年的渴盼与希望之中。

当冬天的雪花向大地飘落，我就会想到白面，那令人永远难忘的美好时刻。

痴心的孩子心中就会产生这样的奇想：如果白雪能变成白面该多好！

其实，站在天地自然的角度看，白雪也是一种白面，否则，万物生灵如何得到生命泉水的滋润，获得勃勃生机。

当大雪覆盖整个大地，农民就会心满意足地感叹：这真是瑞雪兆丰年啊！有了这床厚厚的白雪棉被，麦子就可以好好过冬，不愁来年没有丰收！

可见，由白雪到麦子再到白面，原来确实是一条坚韧的链条，因此，我才称面粉如雪。

今天，白面再也不是什么奢侈品，只要想买，超市有成袋和成堆的可供选择。由于网购极为便利，人们足不出户即可买到想要的白面品牌。

知道我特喜欢吃白面饺子包子，妻子总变着法子给我做：除了变换各种白面品牌，还尝试使用不同的馅儿，真有些变魔术似的。

如今，我再也不用像童年和少年时光那样，因贫穷而痴迷于白面了；不过，对于白面以及它的雪白，特别是其间包含的哲理依然非常向往。

有一次，看到一位大师傅拉面，他竟能在白面间施展如此绝技，这让我有了新的认识和想象。

一个湿面团，在干面的辅助下，它竟可以拉得那么细，细得可穿越针眼；它还那么富有韧性，细长而不断；它甚至变得那么美，在一片雪白之中衣带当风；我甚至将它想象成一架由白面织成的竖琴，被面点师和阳光之手巧妙地弹奏。

白面，比细沙还细；白面，比泥土还散；白面，比米粒还软；白面，比白雪还白。然而，白面却有着内在的力量、无与伦比的功用和魅力。

在世俗世界中，人们对白面往往多有偏见，至少是没有好感，于是就有了"白面书生""小白脸""涂脂抹粉""粉面"等贬义词，也有用"白脸"表示奸相。其实，这都是不理解面粉之妙的缘故吧？

现在，即使在北国，下雪的机会也变得少了。

不过，没关系，当春天到来，一树一树的梨花和槐花开放，也能让我想起白面，特别是童年和少年时光留在心中的极其难得珍贵的白面。

因此，除了白面如雪，说白面如花也是可以的。

刊于《美文》2022年第2期

母亲的蜀道（节选）

李银昭

朝天的大路

那次远行，是母亲走得最远的一次，也是姑妈走得最远的一次。现在的母亲，常说起那次远行。她说，从剑门关出发，回老家盐亭，为省路上的盘缠钱，退了车票，用脚走。姑妈背着背篓，母亲挑着扁担，两个女人，在荒凉的山道上，走一程路，问一程路，当过了盐亭，翻过高山庙，那个叫西方子的地方在母亲的扁担前方冒出来，母亲眼眶就盈满了泪水。西方子，是我们村子的名字。母亲还来不及转身告诉姑妈"到了"，就听见了姑妈的哭泣声。姑妈哭，母亲也哭，望着家的方向，两姐妹放开哭的胆子，放开哭的嗓子，抱在一起哭，哭走过的那条漫漫长路，哭漫漫长路上的一路艰险，哭像路一样漫长的她们微小的生命，微小的人生。

那次漫长的远行之苦，母亲常给我们讲，每一次讲，母亲都会讲到姑妈，可无论怎么讲，现在，姑妈都听不见了。

姑妈已走了多年了，走后的姑妈，埋在了她和母亲远行回来一起哭泣的那个山口的路旁。姑妈的坟头就向着那条路。后来，随着时间久了，慢慢地会发现，不论是新坟，还是旧坟，不论是靠路近的，还是靠路远的，甚至有些隔着一条河，挡着一面坡，好多的坟，都将坟的头，一个又一个，齐齐地向着那条朝天的大路。

母亲踏上这条路，是受大爸的邀请。大爸在剑阁。

剑门火腿与柏木桶

那时的母亲还年轻，年轻的母亲为李家生养了包括我在内的六个儿女。现在看来，那真是一个女人的壮举。而母亲被邀请踏上那条漫漫远行之路，不是她年轻的生命给李家生养了多少儿女，而是，她无怨地在眼泪中，在辛劳中，送走了李家的三个人。养老送终，本是李家男人的事，命运却安排给了做李家儿媳妇的我的母亲。

大爸是李家的老大，他却远在剑门关下的剑阁县城。那时，从剑阁，经梓潼，或经江油，或经阆中，到盐亭，路途实在是陡峭、艰险。关于这条路，史书上记载有很多，无论是古人记载的，还是今人记载的，抑或是民间流传的，总之，这条路的故事，多得如秦军汉马卷起的尘埃，遍地漫天，在此不必多说。还是回到行走在这条路上的我的微小的母亲。

那些年月的那些日子，母亲送走了她的公公，母亲又送走了她的婆婆，母亲还送走了她的男人，也就是大爸唯一的同胞亲弟弟 —— 我的父亲。事后，剑门关下的大爸，被一位姓汪的女子嫁到李家做儿媳妇后，她的善行、孝道所感动。一封从剑阁寄到盐亭的长长的信里，全是眼泪泡出的伤心、愧疚和作为李家长子对我母亲的谢意。大爸在信里邀请母亲去剑阁，让母亲出一趟远门，乘一次汽车，见一回世面。大爸让他的妹妹 —— 我的姑妈陪着母亲去。

母亲在剑阁待了十多天，但母亲是个闲不住的人，她常说，在家千日好，出门难上难。其实，母亲的心里，是放不下在盐亭那个叫西方子的老家里的她的六个孩子。

西方子，窝在川中丘陵的一个小山包下。母亲把我生在了那里。我的父亲也被我奶奶生在了那里。我的爷爷也被我的祖奶奶生在了那里。我离开的时候，西方子小得没有一点名声，走到任何地方，说起，都没有人知道。现在可不一样了。在我放过牛的山头上，一条高速公路穿过那里。这条名叫"成巴高速"的路，起于成都，经龙泉、金堂、中江、三台，约一个多小时，到达盐亭休息区。就在休息区的地方，一个"西方子大桥"的牌子立在路旁。这，就是我出生的地方，就是母亲在剑阁县城怎么也放不下的有她六个孩子的那个名叫"西方子"的老家。

当年，母亲在和大爸告别的时候，大爸给了母亲和姑妈一人一张从剑阁到盐亭的车票，还给了两人各一份路上的盘缠。

那时的汽车站，人多，车次少。等车的时候，母亲和姑妈将两张车票退了，换成了钱，用这钱买了两块剑门火腿。母亲要把那黄灿灿的剑门火腿带回西方子，带给她的孩子们。

母亲肩上挑着一根扁担，扁担前面挂的是一只木桶，扁担后面挂的也是一只木桶。母亲说，两只木桶都是新打的，崭新，而且都是柏木，在大爸家很亮眼。走的头天晚上，大爸把柏木桶拿到母亲身边，又拿了一根扁担，扁担也是柏木的。大爸叫母亲把这两只木桶挑回盐亭去。剑阁出火腿，剑阁也出柏木。火腿和柏木，盐亭都稀奇。

从汽车站出来，用两张车票，换来的两块剑门火腿，躺在两只柏木桶里，被母亲幸福地挑在肩上。姑妈在前，母亲在后，两个女人，向着家的方向，走上了她们没有想到的，令她们一生都难以忘记的一次艰险的旅程。

大路好赶马，小路好超道

母亲觉得头顶有些发热，抬头看天，太阳已到了头顶。乡下人赶路，看天就是看时间。那时，太阳在天上走，人在地上走。母亲回头看走过的路，剑阁县城还在她身后的脚下。就在想找路边歇息一下的时候，母亲听见了姑妈的声音，"到顶了"。母亲就没停歇下来，抬头望前面，母亲望见了一堵高高的墙，墙上三个很大的字，那字母亲认不得，多年后，我告诉母亲，那三个字叫"剑门关"。

母亲穿过高大的城门，脚下仍是一片荒芜的山坡。一口锅里冒着热气，一股煮豆腐的味道，随气雾，弥漫而来。几根木凳子，围在锅旁，锅里是热热的剑门豆花。

母亲，将肩上的担子放在凳子旁，一碗剑门豆花，姑妈让给母亲，母亲让给姑妈，碗在两人手中让来让去。姑妈掏出一个干饼子，姑妈一半，母亲一半。守店子的大娘过来收拾碗筷，问母亲往哪里去，母亲说回盐亭。大娘说，还远哦，怕是两天也走不拢。母亲起身去挑担，准备赶路，大娘端着两碗豆花过来，叫母亲吃了再上路，说前面没店子，找不到吃的了。母亲给钱，大娘怎也不收，说她是射洪县人，与盐亭人是邻居，她十几岁嫁到这里来，少回老家去，这里相遇，也算是遇上了家乡人。

剑门豆花、干饼子、少许的歇息，让母亲和姑妈的腿脚，渐渐恢复了力气。

无尽的古道

原打算歇梓潼县城，可这晚她们住进了一个破败的庙子。这个庙子，相传建于晋代，就是现在的七曲山大庙，在梓潼县北面的一段古蜀道上。

蜀道，是古代的一条官道，由长安通往蜀地。有"世界陆路交通史上的活化石"之称。这里，山高谷深，蜿蜒崎岖，连山绝险，诗仙李太白惊叹蜀道之艰险，"难于上青天"。

既然"不与秦塞通人烟"，为何秦人、蜀人代代开山不断？千年前，一个叫杜牧的人，在他的传世之作《阿房宫赋》里，开篇就说，"蜀山兀，阿房出"。原来，"覆压三百余里"的阿房宫是用蜀国巨大的乔木之树撑立起来的。杜牧可谓一语言中，后来的历朝历代，剑门外是马啸啸，古蜀道上就是车辚辚，出关的是军粮马草，入关的是残载流民。斗转星移。时光，拨转到二十世纪中期一个日落西山的下午，我的母亲，挑着担子，孤苦地行走在这条被诸葛亮兵车碾压过，被杨贵妃悲泪倾洒过，被李太白长吁惊叹过的穿越千年的古蜀道上。

拐过一个山嘴，母亲听见姑妈在前面说，柏树，好大的柏树！其实，那柏树，是千里古蜀道上被赞为"三百余里官道，数千万株古柏"的翠云廊。

柏树，树干直，有香气，耐腐力强，不仅是打家具、修房造物的上等木料，更是乡下老人盼望的一件美事：死后，能躺进用柏木打造的一口厚厚的棺材里。母亲说，作为嫁到李家的儿媳妇，我的爷爷死后，母亲为爷爷准备了一口柏木棺材，我的奶奶死后，母亲也为奶奶准备了一口柏木棺材。母亲说，遗憾的是我的父亲。

父亲死于上个世纪六十年代中后期，也就是学生娃闹革命的时候。母亲说，你爸从朝鲜战场回来，那一身的军装，可威武啦。从战场归来的父亲，进了盐亭县公安局做了一名警察。母亲第一眼看见父亲，就打定主意要跟了这男人一辈子。可父亲却是个命不长的人，死时三十多岁。村人把父亲从县城运回西方子，为他能有一口柏木棺材，母亲求生产队长，求大队队长，一直求到公社干部那里。公社武装部长和父亲是朝鲜战场上的战友，经战友联系，在金华山问上了两棵柏树。金华山在射洪县，就是还保留有唐朝诗人陈子昂读书台的那个金华山。母亲和村里几个人连夜赶路，将两棵柏树运回西方子。父亲和他的柏木棺材现在就躺在盐亭西方子的后山上。清明上坟，母亲总让我们多给父亲的坟头捧几把土。母亲的意思好像是说，父亲的柏木棺材单薄，在下面冷。每次，当我用热手，捧着冷土向父亲的坟上盖去的时候，心里总会涌起一股苦苦的滋味。

古栈道，曲折起伏，柏木森森。母亲一路行走，一路想着躺在单薄的棺材里的她的丈夫，想着李家的一个又一个被她送走的亲人。

爷爷是个大善人。现在西方子的村口，爷爷的坟头，就刻着"李大善人之墓"六个字。爷爷人虽善良，命却苦，死于饥荒年代。那天，一屋子的人围着爷爷。奶奶说，你走了，可留下我这老太婆，怎么活呀？爷爷的目光，四下张望，张望到了站在外围的我的母亲，母亲从家人让开的道中，怯怯走到爷爷床前。爷爷对奶奶说，有她呢，有这儿媳妇，你会好的！爷爷的这话，没有说给他的儿子，没有说给他的女儿，而是把奶奶余下的孤生，托付给了他的儿媳——我的母亲。

爷爷说，母亲是我们李家的一份福气。此刻，我在书房敲打键盘，年逾八十身体还不算差的母亲，在我的书房外走来走去。她手里拨动着念珠，她一生都在为儿孙们祈福，她一生都在为李家的兴起和延续操劳。她知道我在写文章，就没进来和我说话。只要我坐在键盘前，她就知道我是在努力地工作。偶尔她会在书房的门口静静地望着她儿子坐在书桌前的背影。只要她往那里一站，只要她在望着我，我就能感受到。对母亲，是不需要用眼睛去看的，她在哪个方位，我的心脏就朝着哪个方位跳动。儿子的身体，永远是母亲身体的一部分。

那时，最让母亲伤心的，是奶奶的去世。奶奶拉着母亲的手，不断地喊母亲："孝子媳妇、孝子媳妇，你会好起来的。"那时的母亲，怎么都不会相信日子"会好起来的"。李家的两个男人，一个是我爸做了"短命鬼"，一个是大爸远在剑门关，李家给母亲留下的，是一窝只是吃饭，不能干活的孩子。这苦日子，似只有绝望，那时的母亲，就像她正在行走的这条延绵千里的古道，一眼望去，望不到边，望不到岸，望不到尽头。

心空得像无底的桶

母亲就这样边走，边想着李家离去的亲人，想着伤心的一件事又一件事。肩上的扁担，顺着母亲的身子往下滑落，两只柏木桶哐的一声，掉落在栈道上。母亲失去平衡，也从栈道边跌落下去。两只木桶拖着扁担往山下滚，哐哐哐，木桶的响声，惊飞了树上的鸟，惊醒了寂静的山坡。突然，一棵柏树如一面墙，母亲的身子，稳稳地直接滑到了古柏树的中间。那棵古柏树，拦着了母亲，拦着了母亲掉落下悬崖的去路。

惊吓的母亲，被姑妈扶回到栈道上。

柏木桶，被一根树桩，拦在山崖边。

可是，两块剑门火腿丢落在了山崖下。

路边的藤蔓，被母亲扯下，藤蔓在她的脚上缠绕捆绑。这是乡下人走泥泞路，走陡坡路常用的办法，使鞋底和路面增大摩擦，不易摔倒。母亲顺着陡峭的山坡，去找剑门火腿，一条长长的东西横在地上。母亲认得，那是一条大蛇脱的白粼粼的蛇皮。母亲打了一个寒战，一股阴冷之气从四周漫过来，母亲没敢再往前走。

多年以后，我陪着母亲，重走那条古蜀道，按母亲的记忆，我们找到了那地方。做儿子的，仍为母亲那个痛心的下午差点走向的绝壁险途，捏着一把冷汗。可我的母亲，重见此地，她念叨的还是跌落在崖下的那两块黄灿灿的剑门火腿。那时，挑着担子往家走的母亲，像泄了气的皮球，心里空荡得如无底的木桶。

火星是灵异的鬼火

夜幕渐渐降临，母亲鼓足腿脚上的劲，想在天黑前，赶到梓潼县城。可怎么走，母亲和姑妈还是没有赶到，而是歇在了半道上的一个破旧的古庙里。

母亲说，那天的夜很黑，她们走在两行树的中间，几乎是一棵树、一棵树地摸索着慢慢挪动脚步往前走。母亲抬头望前方，在远处，似乎有火星在闪动。那火星，忽明忽暗，时有时无。

闪动的火星，对夜行的人，是信心是希望。然而，闪动的火星，又是恐惧，是灵异的鬼火。母亲停住脚步，四周一片漆黑。孤独、恐惧、绝望，夜潮一般向母亲漫过来。

难耐的姑妈，咳嗽一声。乡下人走夜路，常用咳嗽向黑暗处的什么东西以暗示，同时也是用咳嗽声给自己壮胆。随后，有人在小声说着话，随后传过来一句：是去灵泉寺的吗？

一听说灵泉寺，母亲和姑妈少了些害怕。

灵泉寺，在遂宁，相传是观音菩萨出生的地方。川中丘陵几个县的人常去那里烧香求佛。"破四旧"以来，灵泉寺的庙子被毁了，只剩下一口千年不绝，涓涓流淌的泉水。那泉，说是一口神泉，是"神水"。附近三台、中江、射洪、蓬溪、盐亭、南部多县的人，都去那里取"神水"。说"神水"能消灾祛病，很是灵验。

原来，火星忽明忽暗处，是人在抽烟。这是夜奔灵泉寺的人，在路旁一个四面透风的地方小歇。母亲说，那天夜里，实在走不动了，就在有人小歇的地方，她和姑妈歇了下来，歇在一面避风的墙下。

走向喷薄而出的红日

当母亲的眼睛睁开的时候，远山已清晰明朗，朝霞已在山头上喷薄而出。母亲唤醒还在小歇的姑妈。她们一起打点行囊，准备上路。此时，母亲才发现，她们歇息的这个地方是一个破败了的庙子，就在古蜀道的路边。

这庙，就是现在的七曲山大庙。庙宇早被修葺一新，香火很旺，游人不绝。儿子高考那年，母亲说要去给她孙子祈福，我顺从母亲，陪她来到位于梓潼的这座寺庙。走上山门的台阶，母亲就愣住了，她左边看看，右边看看，似曾见过。她不知道我会带她来这里。我也不知道她在这庙里曾有过夜行的小歇。是门前的那株千年古柏树，使母亲辨认出了这里。自此，母亲从这个庙说起，还有柏树、柏木桶、剑门火腿，断断续续说，一直说到剑门关，说到大爸、爷爷奶奶还有我的父亲。一次多年前的远行之路，成了母亲这个"过来的人"念叨不完的话题。

时光流逝，母亲，一天天渐老，一年年变得越发微小。"子欲养而亲不待"，我知道，会有那么一天，母亲会离我而去，彻底消失在她儿孙们的眼前，就如这路上曾走过的无数的先人，都变成了道路两旁一个个新的土堆，融入进了这满眼的一座座的丘陵山峦。母亲，在我的眼里，是我们家族的一方地，一面山，一条曲折延伸的路。她身后的子孙，就是在她这方地里，她这面山上，她这条延绵不绝的路旁，长出的一棵棵草，一株株树，一片片林。

一夜小歇后，那天清晨，母亲和姑妈，走出破旧的古庙，走过庙门前的那株古柏树，继续上路。

太阳，在山口向天空冉冉上升。山口的古道上，传来瓶罐的脆响声。从朝霞的阴影处，走出一个个在路上忙着的人。母亲知道，那是奔灵泉寺而去的赶山人，在前面的山道上，与早起的太阳比赶着时间。

扁担，实实地被母亲扛在肩上。千里古蜀道，在母亲的脚下，一步一步，向她身后延展，母亲要在今天下午，赶回盐亭，而最好是在太阳下坡前，就能赶到西方子。想到此，母亲加快了步子，走向山口，走向喷薄而出的红日，走向有她六个孩子的那个名叫西方子的村子。

刊于《收获》2021年第6期

夜晚部分的南师大

鲁 敏

所有关于南师大的记忆与回忆都在夜晚。主要因为，我在那里读的所有课程都在晚上，说母校显然攀附了，或可谓之为"我的夜校"。还有另一个次要原因，稍候再说。

先说夜校。

我初中毕业后没有读高中，而是考到了江苏省邮电学校。我从小念书算不错，中考也发挥不错，数学只扣了一分，学校告诉我总分是盐城市第三，但当时的苏北农家，首选总是中专，包括老师也会诚恳地主张，因为 —— 女孩子嘛，到高中脑子就不行了，而邮电那时是"铁饭碗"，且一下子就有了城市户口等，也是诸多现实的考量。1991年邮校毕业，我成了很富有年代特色的中专毕业生，18岁就开始工作，但从此也落下严重的毛病，总是觉得自己在知识结构与思维模式上有着不可弥补的原始缺陷，且形而上地表现为对大学文凭带有自卑色彩的顽固向往。可能这是一代中专生的心理病，我后来与类似背景的同代人有过交流，有写作同行（如乔叶、张楚、阿乙等），也有公务员、老师、商人、学者、设计师等，其中的复杂感怀，深矣、多矣，这是另一个话题，不提。

刚在邮局工作的那几年，年纪还算小，于是所有的热情全都用在代偿性和自助色彩的再教育上。我报考了自学考试中的汉语言专业，先是念专科，拿到专科再念本科，越念越来劲，顺手还念了一个英语专科，我可怜巴巴的英文即是那个专科的一些残留。总之，加在一起四十多门课，直念到我结婚了、快要生产，才算告终。最终，连同学位证，我有四张盖着南师大红戳的证书，若干年来，但凡填报个人履历之类，填写到这些缘木求鱼的成果，总有一种哑然之感，人在年轻时的盲目执着，多么透明多么宝贵啊。

作为教学与主考方，不论汉语言还是英语，南师大都给专业课开设了学期性的夜课，公共课则一般是临考前的冲刺复习班，统统都是晚上授课，以方便我们这些工作了的青工与小职员。夜色降临，大家从南京城各个角落匆匆奔袭而来，记得是阶梯大教室，总是坐得满满登登，板书太远，看得很累，若想靠前排，就得提前占位。同学真是各行各业，散发医院味道的护士，衣服上带编号的车工，公交车售票员，用记账本抄笔记的小出纳，大家都带着一点过路客的样子，怀着那种集体性朴素奋斗感，抵抗着劳作一天之后的疲劳。身边有人摸出一块月饼当作晚餐，窸窸窣窣地小口吞咬……松散粗糙的气氛中，我们到点儿来，仰头听课，下课即走，相互间很少有时间交流。

不过我倒是交到一个朋友——因我有天碰掉了后座上她的东西，便搭起话来。我很羡慕她的长相，眼珠漆黑，头发漆黑，皮肤极白，嘴唇极红。你这么好看，也来搞自考啊，我直白地夸赞，现在想想这话的逻辑很不正确。但她当时一下子笑了，挺高兴，我估计好看的女孩子很在意她的努力被人注意到。课间休息的闲谈中得知，她在一家合资公司做前台接待，跟我抱怨说门厅在冬天里很冷，她们又必须穿得很少。我则跟她说些邮局营业柜台的趣事，我们怎么一步步地，劝说节俭的顾客，把一封普通挂号信给升级成当时觉得很昂贵的EMS。我们又说起理想，她说想考到一个文凭，到南方去找更好的工作。我则头一次向一个外人羞怯地透露，我可能将来想"写点什么"……

我们就这样成了朋友，最主要是成了学习拍档。自学考试那几年很是热门，所分专业和科目极为细碎，每年春秋两季的报名都会大摆长龙，并牵涉到订购教材、选择不同课时、选择考试地点、提前摸找考点以及考后拿分数条之类的事项，当时并无现今这样万能的电子系统，一切皆是原始与人工。如果有一个同伴配合着行动，便会有较高的效率。我们往往提前在电话里商量好这学期要学的科目，争取做到一致，然后再约定同一天去报名，两人分别排队，再商量补习课的时段，以便相互协作去占下好位置，偶有缺席可互借笔记，到总复习时我们彼此测评，挑最旮旯的刁钻问题，诸如此类吧。而今看来，自考所学，也许看不出明显的用处，但在当时，却像一番壮丽但渺小的事业，其中的艰涩与乐趣、自我怀疑、胆怯但周密的备考等，各种情绪，只有对方可以理解和分享。

但毕竟是夜课啊，上了一天班的我们总是容易打瞌睡，如果老师马虎点儿的话，那这样的大课，就听不到啥了。印象中给我们代课的南师大老师都比较年长，也很认真，似乎对我们这种非全日制的学生，挺有一种爱惜和照顾的意思，有时我犯傻气跑上去问很初级的问题，老师也是含笑耐心作答，还给我指点延伸读物。印象最深的是郁炳隆老师的课，他是沉浸式教学，不是让我们沉浸，而在他先自沉浸在他所构建的世界里。他给我们讲老舍讲曹禺，常会停下来，大段地诵读小说或剧本中的关键部分，一边来回踱步，分饰不同角色，彼此对话。若干年后，因工作关系，与江苏少儿出版社郁敬湘老师有些交道，她是郁炳隆的女公子，可惜我这学生也没法认的，偌大的阶梯课堂挤挤挨挨，日光灯白荧荧地高悬，从讲台看下来，我们的脸都跟红豆绿豆差不多吧。

而今回看，对当时所有的绿豆红豆来说，南师大这样一种夜晚的构成，是辅助与普惠意味的，是一种深入乡野街巷的庙堂演变，其怀阔哉，其力远哉。当年那些在报考点大摆长龙阵的自考生差不多都是七十年代左右生人，往大里说，这样的自学考试，于错失高考的这一代人而言，在补充教育、知识建构、职业变迁上，有着巨大的隐形之效。更主要的是，这里面有一种带着鼓励与肯定性质的价值观投射，深深融入我们这一代人的血液，至今，我们仍然坚信，奋斗与努力，即是生活的正义。

在讲完似乎带有励志色彩的夜课之后，现在要换下面孔，说说关于南师大夜晚的另一种记忆：跳舞。

九十年代的校园，每到周末，有跳舞的传统，把大食堂或体育馆整理一番，拉上红绿亮片拉花，挂上星星灯与彩色灯泡，在并联电路上轮流闪烁——那便是主要光源了，整个舞场都是昏黄色的，连彼此的脸都看不清楚，要的就是这样的意思吧。当时各个大学都有自己的特色场地，有些活跃人士甚至有跑码头、赶场子的雄心，南邮、南理工、东大、南大、南师大、南艺、南农，各大院校跑着比较，哪里留学生多，哪里校外人士多，哪里音乐更时新，哪里关门最迟。

我初中有个女同学，高中时以体育特长考入南师大体育系，带她练长跑的男生后来成了男朋友，她是我们所有同学中"定下来"最早的一个，这是闲话。因为有她在南师大读书，而南师大的周末舞场，据活跃人士口耳相传的综合鉴定，最富浓烈又亲切的浪漫氛围，乃诸院校周末舞场的上上之选，所以我们当时有一帮子在南京求学或工作的东台同乡与初高中同学，都借着找老乡的由头，纷纷到南师大去跳舞。大路货的三步四步、胡乱跳跳的小拉、男生们炫技的霹雳、简易版本的伦巴、中场和终场的十分钟迪斯科长曲，各有各的味道。我其实不大会跳，一大半的时候只是在闲看，这样的看客很多，三三两两地戳在大场子边上，旋转的灯球打在牙齿和眼睛上，脸色花花的很可笑。为何要穿过小半个城，有时还空着肚子，就为赶到这个舞场来，傻乎乎地站在场子边上？可能大家的想法都差不多，在漫长的务实的一周之后，来感受这种陌生、放松、四海般的气氛。偶尔上场，就没头没尾地彼此瞎聊几句。你哪个系的，哦，我已上班了。你下周末还来吗，不，下周我实习去了。跳舞在当时就是一种淡然的、无目的的、接触他者的社交方式。南京市区里，诸如军人俱乐部、市总工会以及虹桥饭店等一些地方，也都常年设有舞厅，包括工厂与公司里，每到五四青年节、三八妇女节、元旦新年之类，也常常举办即时的舞会，但在当时的我们看来，那些都太"社会"了，还是大学那率性简陋的临时性舞场，有种纯粹的迷茫的气息，是我们寄托美好而无用之想的青春根据地。

舞会终了，我们穿过长长的不断拐弯的通道各自回去，空气冷冷地打在仍在出汗的脑门上，拖沓的脚步发出凌乱的回响，大草坪上有一股清香，浓密的树荫使得清亮的月色忽隐忽现。不知为何，心中会升腾起一种自说自话的归附感，觉得南师大的夜晚部分，与我们各自的生命走向，会有某种潜在的隐形关联。直到今年（2022年）的春节前后，我们一帮子老同学老同乡聚会，全是开始秃顶开始白发的中老年人了，大家还是一条声地，一叶障目地，把共同的记忆集中在南师大的夜晚部分。

刊于《长江日报》2022年8月25日

战火中奔跑的奥运冠军

龙 一

很多年前我就想到潍坊走一趟，没有别的原因，只是想探访抗战时期日军在那里兴建的潍县乐道院集中营旧址，特别是想凭吊那位著名的"天津老乡"李爱锐。

李爱锐其实是苏格兰人，本名叫埃里克·亨利·利德尔，1924年巴黎奥运会400米跑金牌获得者，传记电影《烈火战车》的人物原型。因为他在天津出生，在天津娶妻生女，一生中多半时间又是在天津度过，所以，天津人通常会将他当作是一位同乡。即使到了今天，许多喜欢体育或电影的天津朋友，也会专门走访重庆道38号（旧英租界剑桥道70号），看一看李爱锐1934年结婚后在天津居住的寓所，并在门前摄影纪行。

假如我能够采用1943年的方式，沿着李爱锐走过的路线前往潍坊，应该是个绝妙的主意。如果是这样，我就应该一大早直奔天津西站那座新古典主义建筑式样的老站房，买票乘车沿津浦路南下，路过德州时顺便买一只扒鸡、两角锅饼，午餐和晚餐便都有了着落。即使是当年的快车，从天津到达亚洲最宏伟的济南火车站，至少也得十几个小时的车程，然后我需要在济南车站换车，改乘胶济铁路上那种站站停的绿皮慢车，到达潍县二十里堡火车站时，估计得第二天下午了。当我走出二十里堡车站北欧风格的站房，向街对面望去，便能够看见富得流油的大英烟公司在中国建成的第一家烤烟厂，乐道院距离火车站也不远。

然而，我也就只能这么一想而已，因为那是太平洋战争爆发后的第三年，伪联银券通货膨胀严重，即使是津浦快车的三等票，我也不知道是否买得起，更不要说那是吃玉米面、高粱面，甚至"混合面"的年代，德州扒鸡和山东锅饼的事就甭做梦啦。况且那年美军在南太平洋发动反攻，津浦铁路和京汉铁路正在运输大批日军南下作战，此时李爱锐作为"敌国人员"被押送前往潍县乐道院集中营，他生命中最后的这趟旅行，其辛苦和磨难可想而知。

　　其实，我乘坐的是高铁，天津西站至潍坊北站，两个多小时就到了。被迁移的天津西站老站房如今成为极受欢迎的旅游摄影地，沿途的济南火车站已经拆除重建，潍坊大英烟公司烤烟厂旧址成了文化创意基地，乐道院则改造成为潍县集中营纪念馆。

　　我在乐道院的庭院中看到了李爱锐的铜像，也看到了他的母校爱丁堡大学用粉红色苏格兰花岗岩为他树立的纪念碑，上面镌刻着《以赛亚书》中的一句话："他们必如鹰展翅上腾，他们奔跑却不困倦。"我依照天津的民间礼俗，摘下帽子，给这位天津老乡行了"四鞠躬礼"，心中感慨的是，这位老乡一生都在奔跑中旅行啊。

　　我首先想到的，便是1925年李爱锐从英国返回天津的旅程。前一年的巴黎奥运会上，李爱锐不得不面对一项重大抉择，他最擅长的100米跑预赛被安排在7月13日星期天，4×100米和4×400米两项接力赛则安排在另一个星期天，作为想要和父兄一样成为牧师的青年，他不得不放弃这三项比赛。于是，英国及其各殖民地舆论大哗，甚至有人斥责他为"祖国的叛徒"，并称他为"英国最不受欢迎的人物"，当然，这次事件也让他成为世界级的"争议人物"。正因为如此，当他赢得400米跑金牌并创造新的世界纪录之后，他也就成了世界级的知名人物，潍坊乐道院的铜像便是记录他冲刺那一刻的姿态，胸前号码是451号。那一年他才22岁，恰好大学毕业，他完全可以留在英国，一边工作一边训练和参加比赛，准备参加1928年阿姆斯特丹奥运会，甚至他还可能在30岁时参加洛杉矶奥运会。然而他做出了一个让世人大吃一惊的决定，他要回到6岁时离开的出生地天津，成为新学书院的一名教师，于是才有了1925年的这次旅程。

如果说巴黎奥运会是李爱锐体育生涯的高峰，那么回到中国则是他体育人生的延续与发展。他在新学书院（今天津第十七中学）担任化学和体育教师，据学生们后来回忆，李爱锐是一位教学生动活泼的老师，行为举止也是一位谦谦君子。他回到中国后，恰逢天津英租界工部局改建民园体育场，很是希望听取他这位世界级田径运动员的建议。据相关资料记载，李爱锐借鉴他最为喜爱的伦敦斯坦福桥体育场的设计，加上自己的比赛体验，对民园体育场的设计提出了多项建议，使这座体育场成为当时亚洲最出色的体育场之一。四十年前我时常在民园体育场观看天津足球队的精彩比赛，至今记忆深刻。

1929年11月，改建后的民园体育场举办了一场盛大的"万国运动会"，400米跑世界纪录保持者李爱锐与当时在东北大学任教的德国教师，800米和1500米跑世界纪录保持者奥托·帕尔佐同场比赛，当时的《大公报》和英文《京津泰晤士报》都进行了集中报道，时髦的《北洋画报》还刊登了比赛现场照片。今天我们最常看到的李爱锐那幅著名的比赛照片，很明显他已经不年轻了，胸前号码是B9号，这或许就是他当年在中国赢得某场比赛的瞬间。

除了在新学书院任教，李爱锐在天津也时常进行体育推广活动。天津体育运动最为发达的南开中学的两位创办人严修和张伯苓都是新学书院的校董，他们曾多次邀请李爱锐到南开中学指导学生的跑步训练，并发表演讲阐述体育精神，今天在该校的校史馆中能够看到相关资料。

李爱锐在中国的人生经历丰富，我们在这篇短文中只能挂一漏万，还是直接谈他在潍县最后的日子吧。现在的潍县集中营纪念馆位于潍坊市奎文区，乐道院的建筑保存完好，展示的内容丰富翔实，大有可观。纪念馆内为李爱锐专辟一室，展示这位将中国视为第二故乡的苏格兰人的一生。

根据现有资料查证，抗战前期李爱锐作为牧师一直在河北省枣强县萧张镇工作，他目睹了日军的种种暴行和中国人民的深重苦难，这些观感反映在他给家人的一系列书信当中。"在一个对中国百姓前所未有的艰难和受苦的年间，我从城市被差派到萧张县来，让我有机会 …… 看到一些受害最深的地方。"（1937年）"这是一个被毁的人家，整幢房子除两间屋子之外，其他都已经焚烧殆尽，只剩下又大又长被烧焦的木栅栏，两位寡妇带着两个女孩还守在此地。之前，日本人来过这里，带走了家里的男人，由于没有及时凑齐赎金，男人被枪毙了，留下两位寡妇苦苦挣扎，无奈面对这悲惨的世界。"（1938年）

1939年李爱锐曾因公回英国一年，但他还是回来了，又在中国的日军占领区工作了整整四年，直至1943年他被送入潍县集中营。幸运的是，1941年他将太太和两个女儿送回了太太的娘家加拿大，使她们逃离了集中营的苦难，而不幸的是，李爱锐不曾见过在加拿大出生的小女儿。

太平洋战争爆发后，日军在中国建造了多处关押"敌对国国民"的集中营，例如上海的龙华集中营，斯皮尔伯格导演的电影《太阳帝国》对其有所反映，该片1987年公映，1988年获得六项奥斯卡金像奖提名。再例如香港的赤柱集中营，美国著名女作家项美丽在这里被关押了两年，她于1946年出版的自传体文集《香港日记》，如今已经成为这段历史的重要史料。关于潍县集中营，当年的受难者也出版了不少回忆录和书信集，但影响最大的还是李爱锐的传记《神圣的终点》和关于他的励志电影《烈火战车》，1982年该片荣获奥斯卡金像奖"最佳影片"在内的四项大奖及三项提名，四十年后的今天，仍然有许多年轻人喜爱这部影片。

关于李爱锐在潍县集中营的生活，网络上能找到不少相关内容，我在这里就不赘述了。1995年，一位日本历史学教授发现了李爱锐的三页死亡证明，记录证明他的死亡时间为"1945年2月21日晚9点20分"。李爱锐是因为长年辛劳加上集中营生活的困苦和营养不良，罹患脑瘤不治去世的，享年43岁零1个月。就在他去世当天，太平洋战争的重要转折点硫磺岛战役刚刚展开不久，美军与日军在海陆空全面激战，美军"俾斯麦海"号航空母舰中弹沉没。在他去世前一个月，中国共产党领导的八路军，根据确切情报在山西阳泉火车站附近设伏，炸毁火车，活捉了日本裕仁天皇的外甥铃木川三郎少将，并将他送往延安接受反战教育。战后回国，铃木川三郎撰写并出版了回忆录《一个"老八路"和日本俘虏的回忆》，他写道："当时，中国共产党的工作非常出色，我认为这是因为，一方面是中共中央有卓越的领导才能，另一方面是那些年轻的工作人员为了实现他们建设新中国的共同理想，不追求名誉地位和家庭幸福，埋头于自己所担负的政治工作。"

来到潍坊乐道院参观潍县集中营纪念馆的人们，多半会为李爱锐的去世感到惋惜，因为，还有不到半年的时间，世界反法西斯战争便取得了最后胜利，然而他却没能等到这一天。他的难友们将他埋葬在当时日本侨民和军属宿舍后边的坟场，应该就是现在他的塑像和纪念碑不远处。他生前在集中营内长期关心和辅导的年轻人也来送行，在他的墓前竖起一只小小的十字架，并用黑色鞋油写上他的姓名：Eric Henry Liddell。

77年后，北京冬季奥林匹克运动会刚刚闭幕，我在此时写下这篇短文纪念李爱锐，心中感慨良多，想说的话也很多，然而，我们还是借用李爱锐1944年在潍县集中营内对年轻人讲的几句话来结束此文吧。他说："运动是很美好的事情。最美妙的，不是那近乎超人般的成就，而在于它所表现的精神。拿掉那种精神，它就是死的！"

刊于《天津日报·副刊》2022年3月3日

知死不可让（节选）

张执浩

　　也许我们可以从中国古代的诗人之死，来反推他们在世时的活法。譬如李白，他的死因犹如他的出生和血统一样，充满了各种各样的谣诼，很少有人能像他这样终生都活在扑朔迷离之中。有确凿记载的是，公元762年，李白病死在了他族叔当涂县令李阳冰的家里。"公遐不弃我，扁舟而相欢。临当挂冠，公又疾殛"，这是李阳冰后来在李白遗稿《草堂集》序中，留下的有限的线索。作为诗人临死前的近身见证者，这篇序言里有两个字令后世联想翩翩：一是"舟"，一是"疾"。于是，后世就有了关于李白之死的两个版本在坊间流行：一是诗人是酒后泛舟落水溺亡的。北宋梅尧臣在他的诗作《采石月赠郭功甫》中就说，李白的死因是"醉中爱月江底悬，以手弄月身翻然"。这种死法固然不太体面，似乎有损大诗人的形象，但也符合人们对诗人放荡不羁的心理期待和预设，毕竟在世人的心目中，李白就应当以这种离奇又浪漫的方式，为自己的人生画上句号。另外一种说法是，李白死于"腐胁病"。按照现代医学的解释，所谓"腐胁病"就是慢性胸肺脓，而酒精中毒就是引发此疾病的重要诱因之一。《旧唐书》中记载李白是饮酒过度，最后醉死在了宣城。晚唐皮日休作《七爱诗·李翰林》，其中有云："竟遭腐胁疾，醉魄归八极。"无论是哪一种死因，李白之死大概都与酒脱不了干系。

　　在李白流传后世的诸多诗篇里，饮酒诗满目皆是，可谓放浪形骸，酒气熏天。我们在阅读李白的时候，实在没有办法逃离各种觥筹交错的人生现场，唯有踉跄着跟随他，去天地之间遨游。这个走在我们前面衣袂飘飘的诗人，像一道光，你永远不可能追上，即便他停驻，转过身来，你也无法看清他熠熠生辉的面容。"不见李生久，佯狂真可哀。世人皆欲杀，吾意独怜才。敏捷诗千首，飘零酒一杯。匡山读书处，头白好归来。"这是杜甫在流落巴蜀、途经江油大匡山，突然想起久未听闻李白的消息时，写下的一首充满深情厚意的小诗《不见》。作为与李白风格迥异的大诗人，杜甫尽管也行于李白身后，但我相信，在那个离乱纷飞的年代，只有他真正看清楚了李白的真实面貌。

与李白横行于天地间的姿态不同，杜甫几乎是躬身匍匐着行走在人世间，而且，愈是到了晚年，诗人的身形愈显佝偻和卑微。公元770年，杜甫死在了从潭州前往岳阳的一条小船上。关于杜甫的死因，也是众说纷纭。许多史家都倾向于杜甫是"大啖牛炙白酒而卒"。从杜甫留下的诗中，我们大致可以还原他在生命最后阶段的行旅轨迹：杜甫带着家眷出川之后，一路沿江而下，经江陵、公安、岳阳抵达潭州，本来的计划是去衡州投靠昔日好友韦之晋，哪知因病耽搁了行程，当他到达衡州时，韦之晋已经调任潭州，而且上任不久后病故了。无奈之下，杜甫只有返回潭州。而此时，臧玠正在潭州作乱，杜甫只得逃回衡州，原打算再往郴州投靠舅父崔湋，但行到耒阳，遇江水暴涨，不得不停泊在方田驿，多日没有吃到东西，幸亏县令聂某派人送来酒肉而得救。由耒阳到郴州，需逆流而上二百多里，此时洪水一直没有消退，杜甫便改变计划，顺流而下，折回潭州。是年深秋，他决定北归，船行至岳阳一带时，终因不敌病魔而殁。

这一段的行程与遭际，如果画在一张纸上，我们很快就能看出，杜甫在生命的最后那段日子里，恍若一条无楫之舟，在南方风雨飘摇的云梦之泽里打转，浊浪滔滔，命不由人。从"飘飘何所似？天地一沙鸥"（《旅夜书怀》），到"亲朋无一字，老病有孤舟"（《登岳阳楼》），杜甫终于在这里走完了自己凄风苦雨的一生。郭沫若曾推测杜甫的死因是"天热肉腐"，诗人吃了聂县令送来的变质的牛肉，饮酒而亡。但这一说法的破绽在于，聂某派人送来酒菜，无疑是出于对诗人的敬慕之情，不可能有加害之心，何况杜甫还曾作诗《聂耒阳以仆阻水，书致酒肉，疗饥荒江，诗得代怀，兴尽本韵，至县呈聂令。陆路去方田驿四十里，舟行一日，时属江涨，泊于方田》以示谢忱呢。那么，合理的解释就应该是，杜甫在吃了牛肉喝了酒后，诱发了他体内一直就有的顽疾，随后数症并发，身体衰竭而亡。杜甫晚年百病缠身，出现明显的肝肾亏损，耳聋、齿落、眼花、乏力、头痛、失眠，还有肺部疾病，连他的家人都常常忧惧不已："老妻忧坐痹，幼女问头风。"（《遣闷奉呈严公二十韵》）有人考证说，杜甫最后很有可能是死于糖尿病："我多长卿病，日夕思朝廷。肺枯渴太甚，漂泊公孙城。"（《同元使君春陵行》）"长卿病"在古代也叫"消渴"，就是我们现在所说的糖尿病。由于长时间不得食，当日的暴饮暴食最终促成和加速了杜甫之死。这种解释弥补了《前唐书》和《后唐书》中记载的偶然性和戏剧性，更合乎情理。

如果说李白之死的关键词是"酒"，那么，杜甫之死的关键词就应该是"饿"。杜甫的诗中有大量描写关于饥饿、困苦的诗句，我们完全可以说，为饥馑者而歌，构成了杜甫饮食题材写作的重要动因，而他自己也是一个对饥饿感同身受的人，食草茎，啖树皮，都是他一路行来司空见惯的事情。杜甫的伟大之处在于，他从未将自己置于孤寒之境，他总是能从自身的处境直达时代的普遍景象，工笔般地刻录出众生群像，并从中提炼出高贵不泯的人格力量："恐有无母雏，饥寒日啾啾。我能剖心出，饮啄慰孤愁。心以当竹实，炯然无外求。血以当醴泉，岂徒比清流。"（《凤凰台》）这位以"凤凰"自居的诗人，总是想以自我的心血来喂养时代之饥荒。在这一点，杜甫与以"大鹏"自居的诗人李白有着显著的不同。

每一位诗人都是由自身的生命气象和不同的生活境遇共同塑造出来的，其中究竟有多少"天注定"的成分，只有在诗人完成了对自我的塑造或改造后，我们才能去细细揣度这一件件"上帝的杰作"。"缀玉联珠六十年，谁教冥路作诗仙。浮云不系名居易，造化无为字乐天。童子解吟长恨曲，胡儿能唱琵琶篇。文章已满行人耳，一度思卿一怆然。"公元846年，白居易以七十四岁高龄在洛阳去世。

白居易的死因，没有李白、杜甫那么多的不确定性，毕竟他活得比他俩都长久，完全可以算得上是诗人中的寿终正寝者。大约在六十七岁那年冬天，白居易曾患过一场风痹（中风），而在此之前诗人的身体就出现了许多故障，尤其是眼疾特别严重。医师总是劝他戒酒，但白居易又是一个嗜酒如命之人。在诗人看来，再也没有什么能比饮酒更让人忘忧的事了。后来白居易的听力也出现了问题，在《老病幽独偶吟所怀》里他写道："眼渐昏昏耳渐聋，满头霜雪半身风。已将身出浮云外，犹寄形于逆旅中。觞咏罢来宾阁闭，笙歌散后妓房空。世缘俗念消除尽，别是人间清净翁。"身出浮云，形寄逆旅，这是诗人对自我心境的真实写照，但日日觥筹交错，夜夜笙歌莺舞，同样也是诗人对自我生活的真实写照。晚年的白居易没有哪一天不是活在"庆余年"的心理状态中，身处高位，财富盈室，却无子嗣可以承继；环顾四周，身边已经没有了可以唱和之人，元稹死了，刘禹锡也走了，诗人只能在长吁短叹里怅望着徐徐到来的生命尽头，侥幸与窃喜交织："销磨岁月成高位，比类时流是幸人。"（《喜入新年自咏》）类似的咏叹调在白居易晚期诗篇中不停泛溢，几乎到了触目惊心的地步。这样的人生结局，或许是早年那位"心忧炭贱愿天寒"的诗人没有想到的，当年的他也曾以"采诗官"自居，抨击时弊，为百姓而歌，但一场贬谪令他逐渐走向了"卧迟灯灭后，睡美雨声中。灰宿温瓶火，香添暖被笼"（《秋雨夜眠》）的慵懒生活里，身体自然是舒服了，而心灵仍会不时悸动。

白居易死后，李商隐受其养子白景受所托，为他撰写下了《墓志铭》，文中历数白居易一生的仕宦经历和生活，却对其文学成就和贡献只字不提。在白居易去世十二年后，李商隐也因病去世，享年四十五岁。因其生前曾作《有怀在蒙飞卿》一诗，有人推断出，李商隐可能死于"消渴症"，而这种病象与杜甫多少有些相似。

当我们历数中国古代诗人的死因时，很快就会发现，死于贫穷，死于疾病，死于沙场，甚至像谢灵运那样，被人诬告"谋逆"，斩于街市的诗人，比比皆是，飘满了诗歌史的长河，然而，因诗歌而自杀的诗人却极为罕见：为了诗歌而选择死的人几乎没有；因为诗人身份而与现实世界发生龃龉，最终选择了自尽的人少之又少。这一点与世人对近现代诗人的理解和观感迥然不同。从本质上来讲，诗人之死其实较之于普罗大众之死并无特别之处，但正是因为普罗大众之死的多样性，反过来映衬了诗人之死的单调性。这无疑是中国古代文化中尤其是诗人群体里，非常独特的一个现象。尤其是，当我们考虑到中国历史上第一个有着清晰面貌的诗人屈原，是以抱石沉江的激烈方式，结束了自己的生命时，关于诗人对待生命的态度就显得格外引人注目了。

公元前278年，屈原在汨罗投水自尽。在长达两千多年的中国文明史上，从来没有哪一个人的死亡像屈原这样，被后世反复谈论，被祭奠，被引申，被牵强附会或微言大义。作为中国历史上第一位以自杀的方式结束自己生命的文人，屈原投江的水花从来不曾有过平息之日。有时候，我们甚至觉得，人们对屈原之死的兴趣盖过了对他生前生活的关注，仿佛这个人在人间六十二年的光景，都浓缩在了他毅然赴死的那一刻，人们只有通过反推，才能还原他本来的生活。

洁身说、殉国说、殉情说、殉道说、殉楚文化说、尸谏说、政治悲剧说，甚至赐死说，等等，学界对于屈原之死的原因，做了各种各样的阐释，真正能让大众接受的，不外乎是以下几点：首先，屈原是一个具有高洁理想和品格的人，"帝高阳之苗裔兮，朕皇考曰伯庸""纷吾既有此内美兮，又重之以修能。扈江离与辟芷兮，纫秋兰以为佩"。诗人自认为，他生来就应该肩负着为国家"美政"的义务和责任，何况他具有与生俱来的美好品德，而且行为上也一直洁身自好。因此，当遇到贤明的君王时，他就能践行自己"美政"的愿望，而当他遭遇昏庸的君王时，理想就会破灭。而他侍奉过的两位君王，无论是楚怀王还是顷襄王，都恰好是昏君，但他绝不会放弃"路曼曼其修远兮，吾将上下而求索"的宏愿。其次，屈原是一个情感热烈甚至激烈的诗人，除了《离骚》，我们看到他的《九歌》《天问》《远游》《九章》等诗篇，都具有非常强烈和浓烈的情感架构，咏叹调是诗人最主要的发声方式，高亢、明亮、无与伦比的想象力，以及复沓与回旋结构，是这些作品的基调。这种上天入地的浪漫主义文学情结，包罗万象的审美体验，显然不可能兼容人世间的污秽，因此，才有了屈原与渔夫之间那场著名的对话，所谓"质本洁来还洁去""安能以皓皓之白，而蒙世俗之尘埃乎？"。最后是灭国之灾。屈原一生遭遇了两次放逐，四十四岁被第二次放逐后，他自知已经很难再返回政治权力中心，"美政"的愿望儿近落空，但仍然没有熄灭他呼告的热情和救世的热忱。公元前299年楚怀王被秦国掳走，顷襄王即位后自不量力，大行"射政"，随后秦将白起率军大举南侵，攻占楚国陪都鄢，翌年又占都城郢，楚国被迫迁都。这件事无疑是对屈原的致命一击："知死不可让，愿勿爱兮。明告君子，吾将以为类兮。"这是诗人在其绝笔诗《怀沙》中对自己发出的内心的律令，至此，杀身成仁只是早晚的事情了，再也没有任何挽回的余地和悬念。

屈原创造了中国古代士大夫阶层，尤其是诗人，面对国家、面对理想的破灭和现实的无情时，所具有的人生态度的一种模板或样式，不断启发着后人反复追问生命的终极价值和意义。屈原生活的时代，儒家思想或儒家文化所倡导的生活方式，尚未完全波及中国社会的各个层面，而楚国当时盛行的是道文化，"予恶乎知说生之非惑邪？予恶乎知恶死之非弱丧而不知归者邪？"，这是庄子在《齐物论》里提出的疑问，意思是，死亡其实就是回家，一个人不能因为长时间流落在外，回到家里后反倒感到了不适和惧怕。"弱丧"的观念，以及由此进一步推导出来的"恶生悦死"观，与楚国民间盛行的"娱死"文化大有近似之处，这种视死如归的生命观远比儒家文化来得激越，也更为自由任真。屈原在诗篇里无数次强调自己与众不同，也必将特立独行，终使他的自杀行为也成为中国文化史上的一件孤例。

"东郊绝此麒麟笔，西山秘此凤凰柯。死去死去今如此，生兮生兮奈汝何。"公元680年，享有"初唐四杰"之称的诗人卢照邻，在留下了这首生无可恋的《释疾文·粤若》后，跳河自尽了。这位曾经写出过名作《长安古意》，吟诵出"得成比目何辞死，愿作鸳鸯不羡仙"的杰出诗人，已经被没完没了的麻风病，折磨得完全丧失了生活的耐心，他提前给自己挖好墓坑，隔三岔五就让人将自己抬入坑道，一心求死，最终却以跳河的方式达成所愿。

死亡因为是一次性的，因此，它总是人生中最为庄重的一件事情，而自杀因其惨烈，更需要我们厘清生命的意义究竟何在。如果活着仅仅是为了承受悲苦，那么，就有两种人生态度横亘在我们面前：一是你想拯救世人之悲苦，却无能为力，又不情愿眼睁睁看着悲苦在世间汹涌蔓延，你该怎么办？二是你视自己为悲苦的化身，直面悲苦，咀嚼悲苦，直到悲苦将你吞噬，你又该怎么办？每一位诗人都在用自己的方式给出答案，但事实是，这个问题没有，也不应该有标准答案。死亡总在为求生者让路，但每一条道路总有尽头。公元427年深秋，陶渊明意识到自己很快就要抵达生命的尽头了，于是，写下了那篇著名的《自祭文》："天寒夜长，风气萧索，鸿雁于征，草木黄落。"平静，坦然，毫无情感上的起伏，他终于成功地将自己的一生兑换成了草木生长与凋零的过程。源于自然，归于自然，终至圆满。

刊于《山花》2022年第8期

辑 四

明 眸

—— 长白山和它的守山人

李 舫

世界一下子静下来，日子一下子静下来。

于德江走在山林里。

天地寂静，山野寂静，四周只有他的脚步声。

东经127° ～ 128°，北纬41° ～ 42°。

中国，吉林，长白山。

"吉林"，得名于满语旧名"吉林乌拉"，意为"沿江"。如果说中国的地图像一只昂首高歌的雄鸡，毫无疑问，吉林是这只雄鸡高昂的鸡头，长白山便是它明亮的眼眸。

远处传来一声嘶鸣，是马鹿还是黑熊，抑或是东北虎？路边，一只狍子横穿而过，看见他，猛地站住，立起胖胖的身子，竖起弯弯的犄角，瞪着他同他对峙，冰天雪地里格外醒目。于德江笑了，傻狍子果然是只傻狍子，真的是傻透了。他常常在路边捡到被车撞伤的狍子，它们不怕人，见到人就这样傻傻地站住，呆呆地与人对峙，可是，这小傻瓜的血肉之躯能挡得住大汽车的钢铁骨架吗？

小年过了，山里越发冷清。还有六天就要到除夕了，于德江掰着手指数着。不，不能掰手指，零下三十摄氏度的气温，滴水成冰，裸露的皮肤转瞬间被冻伤。他穿着厚厚的棉衣，可还是挡不住山里刺骨的冷风，雪花落在他的脸上、肩上、身上，越积越厚。他用厚厚的围脖裹住了面孔，他呼出的气息在眉毛、睫毛上结出厚厚的冰霜，他想象着自己的模样，就像一个会走路的雪人。小时候，他一看到下雪就欢呼雀跃，跑出去打雪仗、滚雪球、堆雪人，在雪人的头上插一根胡萝卜，每到这时，雪工程就完工了。现在，他和雪人之间，只差一根胡萝卜。

于德江在心里数着——

一、二、三、四、五、六，六、五、四、三、二、一；

一、二、三、四、五，五、四、三、二、一；

一、二、三、四，四、三、二、一；

一、二、三，三、二、一；

一、二，二、一；

一，一；

一；

一；

……

数着，数着，年，就这样来了。

每一年的这个时候，他都会这样数着天数，就像牙牙学语的孩子在学数数。

一个人的年，一个人的家。

除夕终于到了，像往年一样，于德江给自己包了三十个酸菜馅饺子。他小心翼翼地将饺子倒进沸腾的大铁锅，等锅里的水沸腾加进冷水，再次沸腾再次加进冷水，第三次沸腾，饺子便可以捞出来了。一个饺子皮儿都没破，好兆头！于德江得意地看着自己的杰作，倒了一杯老白干奖励自己，对着镜子，祝福里面的那个自己："德江，新年快乐！"

一个人的家，一个人的年。

长白山维东保护管理站站长于德江不是没有家。他的家，在大山外，而他的岗位，在深山里。某一年的除夕，寂寞的于德江在日记里写道："过年了，我也想家，此时家里正在热热闹闹地准备着年夜饭吧？烟花有多绚烂，我的心里就有多牵挂，想念着母亲的一手好菜，想念着父亲理解的微笑，想念着当兵的儿子也在岗位坚守，也想念着妻子温暖的拥抱。"

不，准确地说，于德江的家，在大山里。他是守山人，长白山林海中的九座保护管理站，就是守山人的家。起伏的群山、茂密的林海是大山的繁华，挺拔的白桦、黝绿的松林是大山的热闹，神秘的野兽、翱翔的飞鸟是大山的喧嚣，曼妙的青苔、淙淙的林泉是大山的荣耀，可是，于德江的生活与繁华无关，与热闹、喧嚣、荣耀都无关。

他只有寂寞，寂寞是他每日的工作，寂寞是他的一切。

于德江还有许多好听的绰号——森林卫士、林海哨兵。士也好，兵也罢，于德江却没有军装，没有工装，更没有职称。他有的，是对大山无尽的爱。

没有到过长白山的人，或许以为它只有白山黑水的黑白两色。熟悉长白山的人知道，缤纷多彩、丰赡多姿才是吉林的本色——

吉林地貌形态差异明显，东南高、西北低，东部群山环抱，中部江河相济，西部草原广袤。大黑山自北向南将吉林分割为东部山地和中西部平原。数万年来，冰川、流水、季风，在这里侵腐、剥蚀、堆积、冲积，雕刻出山地、丘陵、台地、平原、盆地、漫滩、谷地、冲沟等丰富多样的流水地貌。远古时期，已有人类在这片辽阔肥沃的土地上繁衍生息。悠长而深情的岁月，在白山、松水、黑土留下了鲜明的印记。

没有到过吉林的人，或许以为吉林只是东北三省最低调的那个。熟悉吉林的人懂得，吉林担着国家边疆安全、粮食安全、生态安全、生物安全的重任——

朝鲜半岛、日本列岛、俄罗斯远东地区与中国东北构成的广大地理区域，便是大国力量交汇、为世界瞩目的东北亚，辐射中国、俄罗斯、日本、朝鲜、韩国、蒙古等亚洲重要国家。吉林，恰在东北亚地理几何中心，边境线总长1438.7公里，是国家"一带一路"倡议向北开放的重要窗口，是近海、靠俄、临朝的"金三角"。

长白山，地跨安图、抚松、长白三个县，是大自然留给吉林的永世财富。

1960年，经国家批准建立长白山自然保护区。以天池为中心，南、西和北三面围成长白山自然保护区，总面积196465公顷，野生动物1588种，野生植物2806种，树木蓄积量4400万立方米。

长白山从山麓到山顶，随着海拔的升高，呈现出阔叶林带、针阔混交林带、针叶林带、岳桦林带和高山苔原带五个植物垂直分布带，呈现出"一山有四季，十里不同天"的景色。万顷原始森林里草木森森，鹿鸣鸟啭，瑞气氤氲，这是地球上保存完好的庞大的原始森林系统，森林覆盖率高达85%，被誉为中国东北"生态绿肺"。

这片广袤的原始森林，这个数千种野生动植物生存的天堂，上世纪八十年代被联合国教科文组织批准加入"人与生物圈"保护区网，成为世界自然保留地。长白山还是松花江、图们江、鸭绿江的三江之源。生态环境优越，天然水系丰富，让长白山之水天下闻名，与阿尔卑斯山和高加索山一并被公认为"世界三大黄金水源"。

　　天地有大美，奇绝长白山。

　　百兽栖息地，千鸟竞飞林。

这是来到长白山的文人墨客为长白山吟咏的诗歌，写得真好。于德江将它们牢牢记在心里，以后在山里遇到游客可以这样对他们夸耀。

于德江对长白山的每一棵树、每一座峰、每一条河、每一个故事都如数家珍。老一辈守山人告诉他，远古时期水神共工与火神祝融争战，共工兵败，气急之下用头怒撞不周山的撑天之柱。天柱崩溃导致天庭塌陷，天河水从天豁峰处灌入人间导致洪水泛滥，女娲娘娘为民福祉，在大荒之中不咸山无稽崖下烈焰冲天、岩浆翻滚的巨大火山口中，炼成高经12丈、方经24丈的顽石36501

块。女娲用了36500块五色石，堵住了缺口，只单单剩了一块未用，留了个小小的豁口，叫天庭之水缓缓地流下，沃灌人间，形成了通天乘槎河，又斩下龟足把倒塌的天边支撑起来。那无用之石便遗弃在青埂峰下，就是今天的长白山，那水便是长白山天池。这块补天石后来还演绎了一场悲金悼玉的《红楼梦》，这些都是后话。

传说天庭之水沃灌的长白山天池里还住着上古神兽，清代《长白山江岗志略》这样记述："自天池中有一怪物覆出水面，金黄色，头大如盆，方顶有角，长项多须，猎人以为是龙。"这些年来，长白山越来越名播遐迩，各个国家的科学家争先恐后来到长白山，在这里开展试验。他们发现，天池是火山喷发形成的高山湖泊，四周被十六座群峰拱护，这里草木不生，自然环境险恶。奇怪的是，一般高山湖水中极少有机质及浮游生物，科学家在乘槎河里却不断发现生命体的存在。这些生命是如何在高寒险恶的环境生存下来，又进化到生物链的顶端？这真令人百思不得其解，连科学家也没有答案。

于德江将他对长白山的爱融入了每一天。

长白山无限风光的背后，是无数个于德江这样的守山人的无私奉献。他的职责只有上限，没有下限：防火、防盗、防风、防沙、防虫、防病、防害、防止游人走失……守护长白山没有捷径，多巡查，多防范，才是硬道理。一座山、一条路、一段坡，于德江对这里比对山外的家里都熟悉。每一寸土地都需要他用脚步丈量。守山人有多苦？于德江说不出来，他只知道，自己每天要在烈日暴晒或者风暴肆虐中穿越数十公里的泥泞丛林，一路上还要遭遇蚊虫叮咬、野兽袭击。有一种害虫叫草爬子，每年春夏都在偷偷"骚扰"守山人。巡山时，草爬子悄悄落到人的身上，潜伏下来。于德江被草爬子叮咬不是一次两次、一天两天的事了，有时候满身红肿，随之高烧不止，曾经有同伴因此得了森林脑炎，差一点见了阎王。这些年好了，有了预防草爬子叮咬的疫苗，于德江的心里踏实了许多。

长白山自然保护管理中心现有五百余名守山人，这就是奔波深山林海的于德江的同伴们。他们都有一个朴素的名字 —— 管护员。他们还有许多骄傲的称谓 —— 千里眼、铁脚板、活地图。这是对他们的最高赞誉:"千里眼"是瞭望塔上的瞭望员,十五座瞭望塔,辐射全区80%的区域;"铁脚板"是每一位守山人的称呼,每年他们巡护里程高达十二万公里以上;"活地图"是在夸他们对山里地形了如指掌,即使没有GPS全球定位系统,他们也不会迷失在深山林海。

守山人的岗位在山里,每次巡山,所有的衣食住行都要自给自足,上山前,必须备好半个月的给养,而且要自己背到山上来。春季进山时,山路上厚厚的积雪还未融化,从山下走到山上,衣裤已被积雪和汗水填满。到了山上,凛冽的风瞬间便将人牢牢地冻住。瞭望台海拔高,温度低,瞭望员大都患有高血压,治疗的前提就是远离高海拔低温处的生活,可是岗位上怎么能没有人呢?

最艰难的是遭遇风暴,气温陡降。于德江记得有一次,他和同伴在巡山路上遇到天气突变,所带粮食不足,只好每天减少一顿饭。大雪封山,积雪半人之深,上山、下山都只能爬行,短短几公里路,于德江和他的伙伴们要爬上十几个小时,他们的手上开出了"血花"。突来的困难延缓了行程,背囊的食物已尽,寒冷加上饥饿,他们靠积雪充饥,完成了任务。

于德江走在山林里,四野寂寞,天地寂寞。

他就这样走啊,走啊,走啊。

长白山的绿水青山,正是于德江这样的守山人一步步走出来的。

2020年,长白山自然保护区建区六十周年,一代代守山人成为庆典的主角。六十年来,他们顶风冒雨、趴冰卧雪、风餐露宿,在茫茫林海中昼夜巡护,走遍了长白山的山山水水、沟沟岔岔,累积巡护里程4000多万公里,可绕地球1000圈。他们用双足换得"铁脚板",用坚守练就"千里眼",用经验绘成"活地图"。一家三代人、一门三兄弟护山守山的故事薪火相传,淬炼出"天然天成、尚德尚美、创业创新、自立自强"长白山精神。

这是一座有着神祇守护的神圣山峰。其实,无数个于德江,才是守护着这神山圣水的神祇，正是因为有了他们的守护，才有这长白山的眼波流转、明眸善睐。是的，在这里，每一棵大树都有记忆，每一条河流都有历史，每一座山峰都有故事，它们绵密而悠长，汇成了长白山的传说。

松涛阵阵，流水潺潺，峰峦叠嶂，如果你俯身倾听，你会听到 ——

岁月，正在低声讲述着守护者的亘古传奇。

刊于《作家》2022 年 8 月

忆蜀山

赵丽宏

　　脚下的石板路，沿着依山傍河的小街蜿蜒。路面石板经历了千百年风雨，被无数代人的鞋底踩踏，虽斑驳不平，却光滑如玉。石板路的中间是空的，石板下面是排水沟。在石板路上行走，可以听见自己的脚步声，走得急时，扑通作响，仿佛是从遥远的地方传来了鼓声。

　　走在镂空的石板街上，不仅能听见脚步声，还隐约有流水的声音，那是河水的韵律，是山泉的吟哦，是积水从屋檐滴落在街边石条上的回声。小街的两边，都是古旧的砖木房屋，精致的木门木窗，斑驳的粉墙，墙角的青苔，呼应着墙上那些留存着岁月痕迹的店招和标语。小街两边的房屋间，不时出现一条条极窄的小巷，仅可容一人侧身穿过，如深山中那些"一线天"。小巷虽不长，却让人感觉幽深，因为，两边小巷尽头的风景不一样，一边，是绿意葱郁的山景，是山脚下茂密葳蕤的兰草灌木；另一边，是波光潋滟的河景，河水在斑斓天光下流淌。

　　小巷尽头的山，是蜀山；小巷尽头的河，是蠡河。

　　五十多年前，曾经踯躅在蜀山脚下，那时，我还是18岁的少年，第一次远离家门，在这里学木匠活谋生。我的住地在离蜀山不远的一个村庄里，经常来蜀山脚下干活。遇见蜀山古镇时，心情郁闷，身体疲惫，没有旅游者的心情，但是古镇上的景象，还是让我惊奇。

　　对蜀山古镇的第一印象，是镇头那座蜀山大桥。这是蠡河上的一座古老的石头拱桥。初春之晨，稀薄的晨雾还在河面飘漾，蜀山大桥却是一番热闹的景象。高高的桥面上，行人熙熙攘攘，小贩在桥上摆摊卖水果蔬菜日用百货，人们在桥上大声吆喝，讨价还价，也有人站在桥头聊天拉家常。桥下，暗绿色的蠡河水在流动，河上船只来来往往，桥上的行人和桥下的船工高声应和互相打着招呼。稍大的木船从拱桥的圆洞中穿过去时，有一番惊险的场面。艄公站在船头上，挥动一根长长的竹篙，在河面和桥墩上撑击点舞，船上的人和桥上的人都在紧张地大呼小叫，唯恐木船撞到石桥上。最终的结果，总是木船安全地穿过了桥洞……这景象，很像是《清明上河图》中那座大桥。走在这样的桥上，挤在杂色的人群中，我突然觉得自己成了《清明上河图》中的人物。

那时走过蜀山老街，总是脚步匆匆，没有看风景的闲情逸致。但是街上总有些独特的景物吸引我。蜀山镇附近，几乎家家户户都在做紫砂茶壶，那是天下少有的情景。做茶壶的人，男男女女，老老少少，不可胜数。他们有的沿街坐着，有的在门户敞开的堂屋里，也有在河畔的石桥边，在路边的树荫下，坐在低矮的板凳上，面对着一张质朴的木桌，盆盘中堆着紫泥，桌上摆着简单的工具，有一人埋头独做，也有二三人围坐合作。让人惊叹的是制壶人那些灵巧的手，紫泥犹如柔软的糯米糕，被这些手敲打着，揉搓着，拿捏着，搓刮着，塑造成一把把形态各异的茶壶。这些未经烧制的茶壶泥坯，看上去就是完美的艺术品，玲珑温润，闪烁着紫红色的光泽。

那时无知，曾以为这些紫红色的茶壶，就是成品，晾干后就是可用的茶壶。后来才知道，它们必须送进窑中经烈火焚烧，才能脱胎成紫砂壶。由砂石泥土变成紫砂茶壶，是一个奇妙的过程。而这个过程，就在蜀山周围完成。

我曾经问街边的制壶人，在哪里烧制这些紫砂壶，他们指着近在咫尺的蜀山说："就在山上。"我抬头看蜀山，只见山上云气飘旋，那是烧窑的柴火在冒烟。

做紫砂壶是蜀山人的日常生活，也是他们的生计。蜀山人离不开紫砂，而那些做紫砂壶的高手，也是蜀山人的骄傲。

古镇上有好几家茶馆店，每天早晨，茶馆里人头挤挤，很多人坐在茶馆里喝茶聊天。桌上，摆放着大大小小的紫砂壶，还有各式各样的紫砂茶盏。水汽、茶香和宜兴方言在茶馆里交融，形成浓酽的氛霭。坐在茶馆里的大多是老人，但我对茶馆有兴趣，心里常想着，什么时候有机会，也能进去坐下来喝一壶茶。一天下午，提前完成了一天活计，我到镇上的一个澡堂里，洗净了身上的汗垢，然后走进一家坐落在山脚下的小茶馆。

下午的茶馆，店堂里茶客寥寥。我找了一张临窗的桌子坐下来，窗外，绿荫闪烁，那是蜀山的影子。一把紫砂壶端上来，茶香扑鼻。我用笨拙的动作把热茶斟入小小的茶盏时，从壶嘴里射出的茶水大半都溅在桌面上。就在我慌忙擦桌子时，邻桌的一个茶客站起身，在我对面坐了下来。这是一个面目清癯的中年人，穿着朴素，举止文雅，像是个当老师的。他伸手提起我面前的茶壶为我斟茶。茶水从壶嘴里射出来时，水柱有点歪，但还是不偏不倚地斟入小小的茶杯。他放下茶壶笑着说："这不怪你，这把茶壶做得不够好。"

"你也是做茶壶的？"我问。

他微笑着，不置可否。这时，店里的一个伙计跑过来，惊讶地问我："你不认识他吗？他是顾景舟，他是名人，宜兴最好的紫砂壶就是他做的！"

顾景舟？我从来没有听说过这个名字。

中年人见我一脸懵懂，笑着说："别听他瞎吹。"他说着，把自己的茶壶从旁边的桌子上端过来，一边喝茶，一边问我："你就是那个上海来的小木匠？"

我诺诺地点头，又摇头答道："我刚来不久，还没有学会做木匠。"说心里话，我并不喜欢做木匠，在这里拜师学艺，曾被人告知，要先磨刀三年。每天的活计，除了为师傅磨刀，就是拉大锯，把粗大的树段锯成木板。一天下来，精疲力竭，浑身酸痛。我想，做茶壶，比干木匠活有趣得多。

他见我愁眉苦脸的样子，笑着说："你还小，应该读书。学点手艺也没错。"

我看着窗外摇曳的绿荫，突兀地问了一句："这里不是四川，这座山为什么叫蜀山呢？"

"问得好！"他脸上的微笑没有消失，"这是因为苏东坡上过这座山。知道苏东坡吗？"

苏东坡我当然知道，我还知道他是四川眉山人，也知道他曾经游历天下，写过无数美妙的诗词。他生活的年代，距今九百余年，想不到他也到这里来过。他来到这里，这座山就变成了蜀山？

他似乎窥见了我心里的疑问，慢慢地解答道："这座山原来叫独山，苏东坡来这里，上了独山，觉得这里的风景和他家乡很像，他说：此山似蜀。蜀山的名字就是这么来的。"

他喝了一口茶，看着窗外的绿荫，仿佛是自言自语："蜀山脚下，还有东坡书院呢。"

东坡书院？现在还在吗？当时到处都在"破四旧"，蜀山的东坡书院难道还能保存？我问他东坡书院在哪里，他说："在山的另一边，现在是学堂了。"

他放下茶壶站起来，拍拍我的肩膀，转身走出店堂，脚步悠然，感觉是飘出去的。我记住了他的名字，顾景舟。

很多年之后，我才知道顾景舟作为紫砂艺人的地位，他是承前启后的紫砂工艺大师。我在蜀山遇见他时，正是紫砂艺术被忽略的时代，也是他失意的日子。茶馆里邂逅的那一幕，在我记忆中却不是一个沮丧落魄的艺术家，而是一个平和睿智的读书人。我不会忘记他脸上那善意的微笑。

那天从茶馆店里出来，我沿着山脚一路寻找，走到古镇尽头，绕过蜀山，在山的南麓，终于找到了当年的东坡书院。那时，这里已成为一所小学，但依然保留着东坡之名：东坡小学。我站在校门口，隔着门墙往里看，只见院落里古树参天，天井里散落着一地斑驳的树影。正是放学的时候，孩子们的欢笑声从里面一路传出来……

我在东坡小学门口站了很久，心里想象着苏东坡当年如何在蜀山脚下流连忘返。后来我才知道，苏东坡和蜀山的传说，并非虚构，苏东坡确实到过这里，被这里的山光水色和风土人情吸引，曾有过置田盖房，终老蜀山的念头。这些，有苏东坡留下的诗文为证："吾来阳羡（宜兴），船入荆溪，意思豁然，如惬平生之欲。逝将归老，殆是前缘。"在他的一首词中，东坡先生这样抒发自己的情怀："买田阳羡吾将老，从来只为溪山好。来往一虚舟，聊随物外游。有书仍懒著，水调歌归去。筋力不辞诗，要须风雨时。"东坡小学的古老前身，曾经是苏东坡住过的草堂，故被人们称为东坡草堂，后来，在这里建起东坡书院，再后来，成为东坡小学。

那天离开东坡小学，已近黄昏，但我还是不想急着回我寄居的村庄，我要登上蜀山顶看看。山不高，从南麓攀登，越过山峰，下山就可以回到蜀山大桥边。没有找到上山的路，我从树林和山石间择道攀缘。登临山顶时，正好看到日落，天边的云霞如无边无际的火焰，慢慢吞噬着一轮血红的残阳。从山顶俯瞰，蠡河是一条晶莹的光带，古镇的黑色屋脊在山脚下蜿蜒，像泼洒在山河之间的一道浓墨。我也看见了依山而建的龙窑，那是一条攀卧在山坡的巨龙，被古树掩隐着，被烟雾笼罩着。巨龙的腹中，蕴蓄着熊熊火焰，那些被灵巧的手捏制成的茶壶和陶器，正在烈火中涅槃新生……

半个多世纪过去，山河依旧，但人间的景象天翻地覆。在我的心里，蜀山总是隐藏着一些古老的秘密，虽然只是一座小山，但是和我以后登临过的无数名山相比，蜀山的清丽奇秀，还有它的孤寂和诗意，它的云缠雾绕的烟火气息，成为一幅意境独特的画，烙在我的记忆中。

近日重返蜀山，看到了新时代带来的变化，陶都丁蜀，是富甲江南的名镇，紫砂工艺，早已成为举世瞩目的中华国粹。东坡小学又成了东坡书院，现代紫砂作坊星罗棋布，龙窑进了博物馆。蜀山古街上，石板路还在，老房子还在，当年的气韵还没有消散。临街的小楼中，有顾景舟的故居，门口挂着牌子，成了供人参观的博物馆。我想，当年在茶馆里遇到的这位大师，那时就是在这里隐居吧。

刊于《文汇报》2021年12月1日

小日子

乔　叶

一

早餐后，我拎着袋子出门。袋子里装着昨天买的一盆花，叫如意皇后。如今，特别喜欢这种名头吉利的东西了，什么吉祥啊，如意啊，一帆风顺啊，平安果啊，富贵竹啊，万年青之类。还有带着点儿清新文艺范儿的，碧玉、春雨之类的，听了名字就想买。昨天在家门口的花店拎了四盆回家，花了两百多块。这盆如意皇后是最贵的，独占了一百一。因为花色好，是彩色的绿植，色彩斑斓的。白色的支架举起白色的盆体，里面兜着花的内盆是那种最寻常的褐红色的塑料小盆，是最常见的那种小盆，过于小了。

这花好养吗？我问老板娘。我养花的最高理想就是希望能把花养活。

好养得很。她说。又叮嘱说别浇水太勤快，这花不大怕旱，倒是涝死的居多。只要不涝死，会越长越好，越长越大。

所以啊，这么小的花盆，怎么能够用呢？而且我也觉得这内盆太不好看了。我家里有一堆空盆呢，都是被养死了的花留下的纪念。我便洗出了四个，准备把如意皇后倒腾到其中一个里，其他三个让老板娘帮我选几种，继续种。

到了花店，老板娘一看就明白了，痛快答应。她细细的眉眼，单眼皮，长得特别平凡，却很能干。——不漂亮的女人，她们的能干更让人信服。我莫名其妙地这么觉得。她家的花不还价，宁可送点儿花，也不还价。这种风格我也很喜欢。我说我先去买菜，回头来取。她说好嘞。

超市离家走路十分钟。我喜欢去超市买菜，也是因为价格恒定，不费口舌。买了鲜面条，最小袋的，也有一块二，足可以吃两顿。在家门口的小店，我每次只买一块的，也能吃两顿。如果不是自己买菜，简直难以置信在饭店动辄十几或者几十块一碗的面，成本只是五毛钱啊。

又买了一堆小东西：两块红薯，一块三；西红柿四个，两块三；大葱一小捆，两块；香菜一把，两块；黄瓜四根，三块五；西芹一小把，一块二；白萝卜一个，一块二。共计十四块七。真便宜啊真便宜。

大妈们正在买菜，我喜欢跟在她们后面买。在买菜方面，她们绝对是专家。

大葱前，一个大妈在掐葱叶子。我也跟着掐。她友善地看了我一眼，有点儿知音的意思。

大葱两块钱一斤呢，四块钱一公斤。真贵。我说。

是啊，真贵。

我家人少。

那挑个小把的。

这个好不好？

不好，不硬实。你摸一摸，葱白硬挺挺的，才是好的。太硬了，有的长老了，葱秆里面是空的，也不行。

说着，大妈给我挑了一个。

母亲去世后，我跟着大妈们买菜，常常会想，要是母亲在世，我们一起去买菜，她也会这么唠叨吧。

超市出口的地方，有个小小的美甲摊位，靓丽的女老板正在给一个客户美甲。后面墙上挂着一排围巾，处理，每条十五块。都是净色的，我停下脚步。我的花围巾太多了，净色的少，应该再添两条。何况又不贵。女人的衣柜里总是少了一件合适的衣服，女人的脖子上总是少了一条合适的围巾，女人的脚上总是少一双合适的鞋，女人的手上总是少一个合适的包 …… 女人就是这样嘛。

试了一条极浅的粉，少女粉。照着镜子，有点儿不好意思。

衬得脸色好看呀。好看。两个女人一起看我。

又试了一条极浅的西瓜红。

这个也好看，你皮肤白，怎么都好看。

又选了一条黑的。

这个好配衣服的。美甲的老板和被美甲的客户兴致盎然地评价着。然后撺掇：都买了吧都买了吧，这么便宜呢。

纠结了片刻，买了粉和黑。粉的不一定能戴出来，但是一直是特别想买粉的，真的。哪怕只是放在衣柜里看看，也想买。

花了三十。

到花店，老板娘已经把如意皇后倒好了盆，却没用我带来的盆，说我的盆不合适。她用的是她自家店里的大一些的褐色内盆。这个就行了。她说，不算钱。我拿去的四个小盆里，她也培好了土，分别装了一盆虎尾兰、一盆孔雀竹芋、一盆飞来凤（又名崖姜）、一盆文竹。告诉我怎么养，我认真听着，其实也没记住。自从这家花店开了以后，我就隔三岔五来，在她这里买的花草，有啥问题就让她帮着处理，再也没有光荣牺牲过。专家就是专家，有问题找专家就行了。

多少钱？

三十。

两天的饭菜，四盆花，两条围巾，一共花了七十七块七。我很满意。

钱是可爱的，让我花钱的人和事物都是可爱的，花钱的我，也是可爱的。这生活，是零碎银子就能有滋有味的生活，更是可爱的啊。

二

因为家里动了点儿小工程，就淘汰了一批早就不顺眼的家具，想要买点儿新的。有朋友推荐让去旧货市场看看。说旧货市场虽然名为旧货，可有很多东西还是崭崭新呢，性价比甚高。

那就去看看。午睡醒后就去了朋友推荐的那家。在北三环外，也曾路过很多次，一直不知道那一大片平房是干什么的，这次终于明白了。

因为没有想买，所以看得随意，哪家店都进，只当瞧稀罕。发现办公用品居多——这是个流通之地。应该是公司倒闭了，就卖了家具。新公司成立了，就来这里买，物美价廉。量又大，格式也统一，好收购。

也有一些私人家具，果然有不少都是崭崭新的。虽然蒙了灰尘，但一看品相就可以想见擦干净后锃亮的样子。这些崭崭新的家具，是怎么就送到这里了呢？走着逛着，便看中了一个实木茶几，才要150。我问可以送货吗，老板从鼻子孔里冷笑：150，你还要送货啊。

还看到一个很原生态的榆木茶台，款式色泽都漂亮，含五把椅子三个条凳，一共2800。真是太便宜了啊。只是太大了。好不容易腾出来的空间，我不想让它们占得太厉害。

有个老板强烈推荐他的一套美人椅，说是四大美人呢。我便跟着他的指点认真地看那椅背，皮革面上果然印着工笔画的四大美人。老板得意地拍着其中一个说，你看你看，这个洗衣裳的，不是西施？我说是啊，是西施。老板点头道，我一看这位在洗衣裳，就知道她是西施。

我问多少钱一把，他答一百块。又总结道，四把四百块，不能再少了。我感慨道，真便宜。一边感慨一边觉得，在这里，感觉自己成了一个有钱人。看他不明所以地笑了笑，才突然意识到了自己的不得体。

可是很没出息的，我还是越逛越觉得便宜，越觉得便宜就越觉得自己有钱，越觉得自己有钱就越觉得该买。到底还是没控制住，当机立断买了一个原包装尚没有拆封的茶台，含五把椅子，货价为1900，加上100块的送货费一共2000。

真的是，太便宜了。

有点儿尴尬的是，要和送货师傅一起坐三轮，且须得并排坐在驾驶座上。从没有享受过这种待遇，我便有些惶恐。和师傅紧紧挨着坐，心里一边打着小鼓，还一边故作镇静地和他聊天，听他讲运货的种种。

——和他一起坐这种车，其实我有些难为情，有点儿怕熟人看见。再一想，也没什么啊。我对自己说，不要矫情，你和他们是一样的，一样一样的。

也是这位师傅，上上下下几趟，把货给我扛到了家。我给他拿了水，道了辛苦，赞他能干。他说，不能干不行啊，没文化的人，就得能干。看着我满屋子的书，他突然又说，你是文化人吧。我连忙否认说，不是，我不是。我也不知道自己为什么要否认，反正在那一刻就是觉得，去否认就对了。

三

前几天去逛菜市场的时候，一眼就看见了红菜薹。问多少钱一斤，答曰四块五。

这个菜薹的样子和颜色有些面熟，只是和我吃过的不太一样，比我吃过的要娇小一些，气势上要弱一些。感情上也没有那么亲。

怎么可能一样呢？

查日记，是2020年1月14日收到了武汉朋友给我寄的洪山菜薹，那时疫情尚在蒙昧涌动中，我和武汉的朋友都不知道将经历什么。我欣欣然在今日头条发了个帖子，内容是"收到了武汉朋友馈赠的别致年礼：洪山菜薹。因祖国地大物博，更因我孤陋寡闻，以前居然从不曾见识过此等佳物"。

阅读量到了五十万，引起了五百多条的网友讨论。

"落单的蜜蜂"说，我们武汉在外的游子过年大都会收到洪山菜薹。各大菜市场都有。都叫洪山菜薹。不过正宗的产量很低，都被关系户买去送礼啦。

"君子兰"说，千万别浪费了。好贵的，几十块钱一斤。

"湘南人家"说，冬日的美味蔬菜，头拨的又肥又嫩，4块钱一斤。

"别样烟火"说，这个应该是298。

价格大讨论越来越烈，有人说，2008年吃过的洪山菜薹就150一斤了。有人说，宝通寺下，一百块一把。还有人说，现在500一斤的都有，而且就两根。更有人说，塔影田产的2000了。"南无我"说，塔影里的可不是有钱就能吃到的。"手机浩子"说，有次在地铁上碰见一个送货的师傅说，开了光的就是2000一盒……"雪天"说，嗯，还有个名字叫作智商菜薹。

我这外地人看得眼花缭乱，不明所以。好奇心涌起，简直想打电话问问送我菜的朋友，到底是多少钱。到底忍住了。最基本的社交修养还是应该有的，是不是？

那一捆蒜薹被我吃掉的过程也很有趣，开始吃得很土豪。一炒两整根，炒上一大盘子。真叫好吃。不用配肉，清炒就很好吃。以为紫色的茎口感粗粝，其实炒出来很是细腻清香。

动荡的疫情也伴随着这个过程。其间和朋友频频联系，话题沉重，情绪焦虑，无可安慰，就说吃的。我反复夸她送的菜薹好吃，她边听边笑，说听出来你的意思了，放心吧，明年还有，只要你喜欢，长期给你上贡。我说，好啊好啊，那我可记挂着啦。

对我来说，武汉的菜薹也只有两种：自己买的菜薹和朋友送的菜薹。

四

春天一来就特别想吃野菜。这天路过菜市场就拐进去，蔬菜区在二楼。我的眼光在寻常蔬菜里跳跃，想找到一些不寻常的面貌。

在一个摊上看见了香椿。主色调是嫩嫩的暗红，怎么看怎么舒服。有没有一种颜色叫香椿色？

老板是个壮小伙儿，穿着件花溜溜的夹克。

多少钱一斤？

三十五。

嚯，可是够贵的。

头茬的呢。

头茬的香椿是好。我附议。暗自寻思，要是搞搞价的话，能搞到三十不？

吃鲜物不能心疼钱。小老板又稍稍拖长了音儿：头茬香椿头刀韭，顶花黄瓜落花藕——

这河南话说得，真叫一个大珠小珠落玉盘。作为一位资深吃货，"头茬香椿头刀韭，顶花黄瓜落花藕"这"四大嫩"我自然也是知道的。前三样都明白，唯有落花藕有些蒙，查了资料方才懂：荷花落时气温渐低，莲藕的糖分淀粉也开始沉集，待花落尽，此时新采的莲藕丰盈爽脆，充分地代言了深秋食材的鲜美。

有野菜没？

啥？

嗯这么问是我的错。野菜这个词太统称了。应该问得具体点儿。

有面条棵没？

没有。

有白蒿没？

没有。他顿了顿，教育道：现在不叫白蒿，叫茵陈。

对对对，是叫茵陈。我回敬：正月茵陈二月蒿，三月四月当柴烧。

他笑了，说：你想想，这还没出正月呢。

哦，就是，还没出正月。我还以为到二月了呢。

没出正月。

他看我的眼神，简直就像看个大傻子。

有荠菜没？

你点菜呢？他说，这两天都没有。

听口气前几天有？

前几天是有。这不是刚下过雨了嘛。

是了，前些天连下了几场雨。昨天雨才停住。

下雨了不是长得更快？那啥时候能有啊？

再过两天呗。反正现在地里是下不去脚，掏不出来。

——掏不出来。真是喜欢这样的句子啊，闪闪发光。好像是掏什么宝贝似的，不过，也是，野菜就是春天的宝贝。

现在的野菜都是大棚里的吧？

大棚如今也敞着呢，地泥得不行。

野长的得到啥时候？

也还得过几天。又强调：姐姐，这还没出正月呢。

要是有了，会卖多少钱一斤啊？

老板又笑。被我的蠢逗笑的吧。

随行就市呗。他说。

末了还是买了半斤香椿，十五块。有点儿小贵，不过跟小老板逗了这会儿嘴，很愉快。总体衡量一下，觉得还蛮值。

五

都说春雨贵如油，春雨大概也是知道这句话的，所以很是持重，轻易不肯下。待它下了，自然也不该任它白下。这个下午，接近黄昏的时候，听着窗外滴答滴答的雨声，我便打了伞出去。

雨不大不小，下得分寸刚刚好。有车灯照过来的一瞬，光中的雨丝显得格外有质感。可只是站着看雨也是有些呆傻，总得貌似有些事儿做。最便捷最当然的选择，就是逛家附近的小店儿们。这些个小店儿逛起来，真是让我流连忘返，个个都爱啊。

小翠酱萝卜，号称是喝粥必备，确实也是我家必备的。承诺是：所有的菜都是亲自加工，绝不使用半成品，也绝不使用香精色素添加剂。荤的都是喜闻乐见的品种，论斤卖的：五香猪蹄三十六块，猪头肉三十九块；论个卖的：鸭头五块，豆瓣小黄鱼十二块。看着品相，闻着味道，简直都忍不住想去扫码。所以我有时候逛这种小店故意不带手机，怕自己忍不住。实在是不好忍住。

往前走，味道是一股特殊的浓烈，臭豆腐和烤面筋的小店到了——也不是店，就是一个橱窗式的小摊位。烤面筋则是我的挚爱。吃了这几年，我也眼看着它们一点一点地贵了起来。从一块钱一串到五块钱四串，如今是十块钱七串，这种算法就是在考食客们的数学。

再往前是卖火锅食材的店，叫锅圈汇。第一次进去的时候，我惊呆了。这就是火锅食材的小天堂，什么都有，应有尽有。

拐过街角，又是一排小店：卤御烧肉、紫燕百味鸡、皇城根酱肉、博爱牛肉丸子、北京烤鸭、岐山臊子面、春燕素食汇、五谷杂粮煎饼、汉中热米皮、濮阳卷凉皮、金擀杖擀面皮……似乎有插播软广告的嫌疑——店家们不会给我广告费，以我的影响力也带不了什么货——可也顾不了许多了。不写下来我就觉得对不起它们。

除了锅圈汇之类特别与时俱进的小店，其他小店都很有些年头了。

最后进的小店是一家小超市。我每次进去，都不会空手。是一定要买点儿什么的。这次在蔬菜档上居然看见了面条菜，真是喜出望外，尽管此面条菜长得未免太过茁壮，一看就是超季超前的，不是完美的面条菜。这种状态的面条菜，铁定是大棚里种的。野生的面条菜还得半个月吧，还是天气晴朗的情况下。不过，有的吃就很好了。它也是这个超市蔬菜里最贵的了：五块钱一斤。我买了半斤，又买了一小扎香菜，明天中午的面条，就要靠它们俩了。

回去的路上，左手打着伞，右手拎着这两袋菜，偶尔有雨丝落到发上。行在这春雨之夜，灯光旖旎，可爱的小店们夹道拥抱，让我觉得自己简直富足无比。

刊于《石油文学》2021年第6期

野水的季节

黄　风

一

风审着屋脊，扒在烟囱口上，又猫号了一夜。

屋顶下的人，早见怪不怪，听不到风号还叫春天吗？窗纸呼啦啦急了，风要破窗而入，也仅是翻个身将背掉给窗户，把钻进被窝的冷踢出去，把滚开的被角掖紧了，继续搂着头扎在怀里的梦入睡。

临明的时候，院里杨树上的一根胳膊粗的枝断了，嘎巴巴骨折似的，把夜幕扯个口子，带着一绺牵连的皮肉坠地。屋檐头的一片老瓦站起来，纵身跳到台阶下，响声满地溅落了，有的滑溜得很远。碎碴儿新崭崭的，还是当年出窑时的蓝，日月仅锈黑了瓦皮。

眼睛被黑暗的四壁围堵着，蜘蛛似的在墙上爬来爬去，耳朵却看得屋外清清楚楚，每一声响都是形象的。耳朵反馈给主人，也就一根树枝一片瓦，算不上啥损失，只是虚惊一场。梦却又一次被搅了，是收拾好接着睡呢，还是天就要亮了，挨上一会儿起炕？

二

风卷起夜幕，像村庄在夜幕下曾经传说的马匪一样走了。

天按部就班，从东方亮起来，向西方亮去，爬出山的阳光，越过空旷的田野直入村中。鸡噤了一夜，狗噤了一夜，这时都叫起来。鸡扇着翅膀，有的还跳上墙头，但叫声稀零寡落，响应者不多。狗叫声却很凶，你追我赶的，从地下蹿到天上，邻村的狗叫声也加入进来，一起咬着早已不见踪影的风。

鸡犬之声落定后，院门一声不吭地开了，一颗容貌不整的头从门缝探出来，石子似的抛几眼，然后将两扇春联还鲜艳的门响亮地开大了。背着手站在院门口，边朝街两头张望，边从喉咙深处清理一口唾沫，用舌头团揉了，啪地丢到对面的墙根下，便转身回去收拾被风折腾得乱七八糟的院子。

趁院门打开之际，狗逮个空子溜出去，迎着大半条街的阳光跑出村，跑到村东的嘶云河上。整个春天是不会拴它的，如果拴住它，它会魂不守舍，终日吱唔吱唔地叫，把院中空闲啃得满是牙痕。它没有咬着大风，就到河边去找小风。春天常有开小差的风，像逃学的生小子在河上贪玩。狗找到小风后并不咬，而是满河作耍起来，汪汪声搀着呜儿声，呜儿声搀着汪汪声。

早起的，路过嘶云河的村人，在水泥大桥上驻足观看，狗河上河下玩闹着，不知在跟什么东西玩闹。那东西他看不见，只有狗看得见。但肯定不是不干净的东西，不干净的东西天一亮就跟着夜走了。河中蹿起一缕烟尘，狗就追着烟尘叫；河堤上的柳树摇晃了，狗就扑向柳树叫。或者掉转头，边跑边冲自己身后叫，好像那东西追上来了，就扒在它尾巴上。

早起的村人，眼睛天上地下溜了一圈，又与狗一同追逐半天，他很想看到狗眼里的东西，但就是看不到。能看到的话，也是狗眼里的他。他不能再消磨时间了，要去地里走走，看看啥时候能开墒。

可就在离开大桥的一刻，他脑中像钥匙插进锁孔转了一下：

春天来了，狗还能追逐什么？

三

冬天的风号冷，一寸一寸号到地下三尺深；春天的风号暖，将地下三尺深的冻一寸一寸号浅了。三尺之下的地气，便伸胳膊蹬腿，舒展憋屈已久的身子，将一冬天冻僵的土地暖过来。

干啦啦的嘶云河苏醒了，有冰的地方冰开始消融，没冰的地方渗出湿来。从冻在一起的沙石之间，湿围绕着石头渗出来，起初一根线似的不经意，慢慢地变粗变深了，承接着绵延的地气，像石头生出阴影一样扩展。湿气越来越重，把沙土黏糊糊地松软了，渐渐变成泥沼。某天风卷走夜幕，河上出现东一汪西一汪的水，像嘶云河渴望的梦，那渴望穿越了漫长的冬天。

在此之前，已经历了一场一场的风，包括那晚折断树枝，摔碎瓦片的风。但就整个春天来说，风还刮得远远不够，还得刮下去。在一场场的风中，河中梦一般的水，梦一般地变化着，有的扩大了，有的缩小了，有的甚至消失了。因为变化无定，还没有生出根来，所以叫野水。

狗依旧往河上跑，天一亮就蹲在窝边，一会儿盯着屋门，一会儿瞅着院门。在紧闭的两门之间，眼睛就像它的狗爪，把院中薄霜似的清静，来来回回地蹽下几道爪印。容它跑出去的机会就待在门后面，从拔缝挤扁了脑袋瞭它。但它跑出去追的不再是风，而是那野汪汪的水，水比风更骚。

四

野水沉浸的雁门关上残雪皑皑，那闪耀的光朵仿佛雁叫声。狗听到了那明亮的叫声，担在雁翅膀的两头，一扇一扇的。它在长空中寻找着雁的身影，可雁早就北上，到达更遥远的北方。

倒映的天空愈瞭愈深远，把阳光能穿透的水无限延伸了。狗没有瞭到雁的身影，却瞭到了还未落定的雁叫声。每年雁渡关山，一朵一朵的雁叫声，从丢下的那一刻起，就跟雪花似的，跟它掉下的羽毛似的，开始飘啊飘的。雁门关活了千年，雁叫声飘了千年。瞭到雁叫声的时候，狗还瞭到飘着的，一样没有落定的儿歌：

　　　　二月二，剜小蒜，狼一半，狗一半。

　　儿歌早前就飘起来了。儿歌飘起的那天，在嘶云河畔的田野上，三五个乜小子手执小铁铲，一步一盯地寻觅着。他们剜过的"龙头"，有的半毛不剩，有的仅留一撮后拽拽。小蒜是此时地里最早生出的绿色，孱弱得近乎无，只有走到跟前才能看到。样子瑟瑟的，似乎想从你眼前逃走，却又力不从心，或一动不动，怯生生地注视着你，企图躲过你的视线，不被你发现。

　　那小蒜苗仅有两三根细叶，像《三毛流浪记》中三毛头上的毛，直到盛夏才会茁壮。可它能拱破初春硬邦邦的土地，经得起料峭春寒，经得起一场接一场的风，是想象不到的柔韧。风可以折断树枝，摔碎屋上的老瓦，却折不断毛一样的小蒜叶子。

　　乜小子们剜下小蒜后，便聚集到野水边，受旱一冬天了，他们很想像夏天那样跳进去，光不溜秋地玩个痛快。可大人们早警告过，这时的水还凶，下去会浸得腿抽筋，浸坏传宗接代的小祖宗，长大娶不下老婆。他们只好作罢，心又回到小蒜上。掐掉小蒜泥哄哄的根须，剥去蒜头的蕾衣，一棵一棵地清洗干净。两手通红了，做活的样子蛮大人的。

　　收拾好的小蒜，从头到尾的鲜嫩，那扑鼻的小蒜味儿，勾起他们无限食欲，喉咙里像长出第三只手来。母亲曾经用小蒜做过的饭菜，凡能记起的便涌现脑中。最奢侈的是小蒜炒鸡蛋，绿茵茵的蒜叶子，白珍珠似的蒜头，嫩黄嫩黄的鸡蛋，再点缀上几片西红柿。最提味的是腌小蒜，切小葱一样切好了，炝上胡麻油，浇上老陈醋，吃什么都下饭。特别是吃面条，吃高粱面"鱼鱼"，撩上那么两三小勺，呼呼噜噜的能把舌头吞掉。或把卤猪头肉切得薄薄的，一片儿一片儿蘸上腌小蒜吃，一入口便粉皮似的滑溜到了肚里。

　　收拾小蒜的时候，他们对水仍念念不忘：

一个说，你说，这水像啥了？

一个笑道，像你妈的奶子。

一个说，你骂人。奶子是鼓的，这水是鼓的吗？

一个笑道，不是鼓的，那你说像啥了？

一个说，像你姐的桃花眼。

五

狗被生小子们吸引着，目光一抛一抛的，把阳光弹成了雾。它很想蹭个热闹，却又不敢靠近他们，便隔着一片干涸的河床，在另一处野水边玩起来。

水中的一条狗也跑来，与它一同玩耍，一个水里一个水外，玩得情投意合。它举起尾巴摇一摇，对方也举起尾巴摇一摇，它直起身子人立了，对方也直起身子人立了。可玩着玩着翻脸了，隔着如镜的水面，两颗头凶相毕露地抵到一起。先前的欢洽变成恶咬，它龇牙咧嘴地咬一口，对方也龇牙咧嘴地咬一口，相互咬得面目全非。咬了半天才发现，它在跟自己的影子打架。

打得水世界天崩地裂，一块块飞溅起来。阳光乱纷纷的，像遭老鹰追逐的雁叫声。沉没水中的石头，有的乌龟一样露出水面，惊恐地张望着撕咬的狗。生小子们也停下手张望着，他们不知道狗在跟什么打架，或者怎么会跟水打架呢？他们想到了鱼，狗不是在打架，大概是在咬鱼。可这水中哪会有鱼呢？

狗与水的气氛感染了他们，像盛夏一片被风喧哗的葵花地，感染了另一片葵花地，他们也手舞足蹈起来，把左腿朝后编到一起，一边用右腿弹跳着转圈，一边拍手歌唱：

编，编，编花篮，花篮里面有小孩，小孩的名字叫花篮……

在野水边转了一圈又一圈，花篮编了一个又一个，他们陶醉在游戏之中。眼前海阔天空，一个个花篮像彩气球升起，像孔明灯升起，歌声成了系在花篮上的飘带。花篮里的"小孩"，扒在花篮边上俯瞰到，离河畔的村庄越来越远，离环绕村庄的田野越来越远，他要想回到地下，就得生出一双翅膀。

六

风变得隔三岔五，被风刮走的夜幕，一幕撵着一幕，在白天那头翻卷。壬小子们与狗的玩闹，在野水边仅留下杂乱无章的踪迹，还有石头上狗骟起后腿做的标记。

狗闻寻着自己黄渍渍的溲味，溲味一头粘在石上，一头发丝一样飘着。狗去撵一丝飘断了又飘向水中的溲味时，发现雁门关上的残雪不见了。好像大前天还在，阳光照得刺目，今天却不见了，空余下一片湛蓝，一片能敲出铁响的山寂。那消失了的残雪，也是盘踞雁门关的最后一片残冬。

除了消失不见的残雪，狗还发现水面上蹽着三五只水蚊子，像多年后它蹲在电视机前，或在城市广场上的后代，看到的滑（旱）冰的人一样，滑来溜去。还有几片悄然而至的花瓣，晃悠悠地漂着。便有燕子扑下来，在水面上一闪而过，鸽走一只水蚊子，叼走一片花瓣，丢下一个不断扩大的水花。

水花将日子变成圈，一个日子一个圈，后一圈赶着前一圈，带来耕地的扬鞭声，带来播种的耧铃声，田野上一天比一天人欢马叫。田野上热闹的时候，水中也热闹起来。蛙鸣是从一个无风之夜开始的，走进云幕的月亮先听到一两声，过了一会儿又听到三四声，叫得小心翼翼。直到月亮重新走出云幕，与水中的月亮交相辉映，蛙才连续不断地叫起来。夜越深叫得越响，呱呱哇哇个不停，把野水变成了沸水。

蛙声像一串串水泡，带着一团团蛙卵，从水中间向四周扩散。在聚集了蛙声的水边，芦芽敛声静气地观望着，它看到浮现的蛙脑袋，一边叫一边保持警惕，随时准备躲到水下面。亮晃晃的水面，为芦芽展现出日后的光景，一如往年枝繁叶茂，长成绿汪汪的芦苇丛。小苇莺来了，大苇莺来了，别的鸟也来了，黑夜是蛙的世界，白天是它们的天堂，一样把野水变成沸水。

早在蛙现身之前，在踪迹杂乱无章的野水边，狗就发现多了新踪迹。从那些踪迹残余的气味中，它嗅出有虫有鸟有兽，它们来到水边的时候，有的小心翼翼，有的漫不经心，有的直奔了过来。这天狗嗅到的，最高大的是一头驴，这家伙它前几天就见过，在河堤上走来晃去，只因惧怕它和生小子们不敢靠近。

驴是一天中午收工后，在从地里回村的路上，瞭见野水边只有午闲眯了眼守着，得到主人的允许跑来的。主人卸下它背上的犁，给它摘掉笼头，朝它屁股上拍一巴掌，说去吧。它选择水边一个干净处，先四蹄朝天地打几个滚，把浑身的疲劳从毛孔赶走，然后埋头饱饮一通，把一上午积聚的满肚干渴，顺着肠道　股脑儿地浇灌掉，便照着小顾影自怜起来。

主人扛着犁回到村口，担心驴玩过了头，就遥望着驴吆喝，耍上一会儿就回来，吃了饭歇一歇，还得下地去。主人吆喝的时候，其实连个驴影子也没瞭到，只是朝着驴大致的方向，把喊声放出去。驴压根儿就没听到，或者听到了，逛城门洞似的，东耳朵进，西耳朵出。

驴甩打着尾巴，没有像狗一样连自己都不认，打架打得天昏地暗，而是偏了头认真地欣赏自己。如此相貌堂堂，它还是第一次发现。驴一下子无法自已，周身的血液山呼海啸，渴望得到一头母驴的青睐。于是从胯下掏出枪，吼叫起来：

啊啃尔 —— ！

啊啃尔 —— ！

七

那天的驴叫声，是驴的魂在奔跑，奔过嘶云河，奔向炊烟已在烟囱上像松散的辫子盘起的村庄。在一片片屋顶之上，驴蹄铁闪耀着飞机的银亮，围绕村庄尤起一圈圈烟尘。

除了耳浅的驴崽子，村里的驴都听到了，也听出是哪个家伙在撒野。这样的撒野，尤其是春天，时常会发生。公驴们不以为意，它们都声嘶力竭地干过。母驴们更是习以为常，早被这种叫声喊惯了，也追赶惯了。在这吃饱喝足，上午架过的车或犁卸在太阳下的午间，最美的事就是和屋里的主人一样歇上一会儿，站在驴棚里的驴槽前，或卧在墙根的阴凉处，边甩尾巴边打盹。因此回应声寥寥，抛到天上又掉下来。

野水边的驴，顺着叫声蹚下的路，直趄趄地瞭到，它遭受冷落的叫声变得纷纷扬扬，无精打采地落下。有的落在笼罩房屋的树上，像雪落到水中一样。嫩绿的树亮闪闪的，一副春雨洗过的样子，叶尖上挂着水珠。等到盛夏时候，会在村子上空绿成潭，投奔的鸟们扎进去，击起嘭咚嘭咚的声响。

一如雁门关上残雪的消失，树绿得不知不觉，村中长嘴的都好好说不清它是何时绿的。似乎太不当回事了，感觉也就一夜之间，可回头一程一程地去瞭，又好像已经历了一个春天。

环绕村庄的树木，环绕田野的树木，早告别了冬天的枯瘦。与天相衔的山脉，圈起远远近近的绿色，还有一片一片已开始烟消云散的桃杏花。更广阔的，是此时的绿色还无法遮盖的黄土地，像怀孕的女人一样温存而安详。布谷鸟断断续续地叫着，叫得苦口婆心，无人听了，它还在叫。它从哪天起叫的，要叫到什么时候才作罢，只有埋下种子的黄土地知道。

"春风不刮地不开"，把地刮开了的风不再呼号，刮成了嘶云河畔的垂柳，那万千绿丝绦便是拂煦的风。倒映垂柳的野水，已在河中扎下根，与地下水串通了，不会再梦一般变化，不会被夏天到来后的洪水冲走。水中除了圪小子的身影，又多了女人或肥或瘦的身影，她们八叉开腿坐在水边，双脚浸泡在水里。白胖胖的脚趾，被顽皮的蝌蚪当成虫，围绕着摇头摆尾。每人面前摆块洗衣石，一边说笑一边洗衣。

圪小子们有时一丝不挂，做了母亲的便替做姑娘的驱赶，挥舞着手中的棒槌叫骂。被骂的乇小子，害怕她隔着水把棒槌像弼马温的金箍棒呜呜地扔来，便水淋淋地抱上衣服就走。走远了却不甘心，于是在阳光下亮晃晃地朝女人耍小祖宗，笑嘻嘻地喊：

我就不穿衣裳，我就不穿衣裳。

姑娘脸赤了，赶紧并拢两腿，把头别向一侧，一只手轻掩在唇边，吐出几片柳叶似的笑，在水里浅浅地打转。女人的嗓门又大开了，能开出坦克来，忽颤着两个奶子，把话当棒槌扔出去：

死娃子！回家叫你娘看去，跟你爹的比一比，尺寸不够揪一揪。

每个人的衣物都不少，好像积攒下来，就等着这一天洗。衣物有新有旧，新的花花绿绿，旧的灰灰暗暗，嘭嘭地捣洗净了，晾晒在野花星星点点的河滩上。晾晒的时候，一个人双手拎着，或两个人爹开胳膊揪住四角，先要将衣物抖展了，抖出能挂到眼睫毛上的七彩晕。

阳光也树一样丰茂起来，在白云苍狗的天空下，在日昼漫长了的村庄内外，长成参天大树，但不是浓荫匝地的树，而是轰轰烈烈的树，一树一树的金叶哗啦啦的。

村人像往年说，哎呀，夏天来了。

村人又像往年说，今年的春天，咋这么短促？

刊于《山西文学》2022年第10期

海的深思

徐南铁

我躺在洁白的海滩上，在海水与沙滩推推搡搡的分界之处，像一只两栖动物半浸在水里。海水有节奏地在我身上忙碌，忽而涌上来，亲吻我的脖子和脸，忽而退下去，抚摩我的腹部和腿脚。

几十年岁月匆匆远去，南来北往，曾经在好些地方亲近大洋大海，但是从来没有这样肆无忌惮地把自己摊开在沙滩上。周围没有人，可以彻底放松自己，不需要收紧腹部，掩饰日渐松弛而失却弹性和张力的躯体；也不需要勉力做出矫健击水的姿势，展示残余的青春梦。至于周边环境，更不需要有任何的担忧和紧张，早晨的阳光安详地堆积在天地之间。天，广阔而宁静；海，宁静而广阔。身下的沙子细腻纯洁，在阳光中白得耀眼。

浪花漫上来，又退回去；再漫上来，复退回去。

我陶醉在海的动感之中，这种动感营造的却是安谧。仰望天空，蓝天和白云被早晨的阳光映照得发亮，月亮还挂在偏西的头顶，但是光线稀薄而内敛，只勾勒出一个简单的轮廓。明明是一枚揿在蔚蓝色大幕上的半透明玉璧，却又仿佛是一个虚幻的存在。浪花有节律的脉动演奏着一种安逸的舒适，让人沉迷，让人遐想。灵魂出窍，缓缓地上升，在洁净的阳光下飞舞，在透明的空气中遨游。

有诗曰："坐地日行八万里"，说的是最朴实的相对理论。人端坐着不动，却因为地球的运转而相对于天空不停地进行移动，一天的"行程"竟然有八万里之多。如今我躺在海滩上，身体一动不动，虽然感觉不到地球的忙碌奔波，但是海水在我周围不停歇地进退起伏，给了我不动中的动感。大海就像一只温柔的大摇篮，用轻轻的摇晃安慰着我，筛选着我重重叠叠的记忆。我被动感包裹着，那一排排的浪花挟裹着我细细屑屑的体验，向海的深处传递，牵引着我的思绪在流光中嬉戏。

浪退下去的时候，每次都要从我的身子底下顺手掏走一些沙子。那些沙子像时光一样悄然流逝，也许，我们的祖先就是在这样的情景中发出浩叹，从而发明了计算时间的沙漏？

渐渐流失的沙子给了我一种不踏实的感觉。奇怪的是，小腿肚子压着的沙却坚持着，久久没有被掏空，就因为小腿肚子的肌肉是人生坚持站立的本钱？间或，有东西轻轻触碰我的腿，我不知道那是什么，是随波而来的一片树叶，还是一条调皮的鱼儿？或者只不过是一种错觉？我不在意，不想知道它们的究竟，因为它们并不影响我此刻的享受和快乐。就像生活里经历过的许多细枝末节，虽然撩拨我的运行轨迹，却无伤大雅，改变不了生活的进程，所以根本不需要明察秋毫，更不需要锱铢必较，只须将它们作为我生命存在的旁证材料。

放眼辽阔的自然景象，极容易让人发出自身无比渺小的感慨，无助和无奈油然而生，从而对人类的宿命顿生感悟。正是因为这种宿命的感悟，我们中的很多人会在面对壮阔大自然的那一刹那，在激动、惊叹的同时，不由自主地换一种立场审视自己的人生，因而对生活中的枝枝蔓蔓持一种更为宽容的姿态。或许这就是所谓心灵的净化吧？人类来自大自然，是大自然的组成部分。只有回到大自然中，我们的心才能够得到安稳，才能够找回真正的平静。

赤道的阳光很快就开始灼热。我起身在海里游了一阵，再起来在沙滩椅上坐一会儿。尽管都是以海为中心的活动，但是观海、游泳和摊在沙滩上毕竟有很大不同。观海是审美活动，人在与大海的对视中实现心灵的洗涤和震撼；游泳是体育活动，人在与大海的搏击中获取力量的快感；躺在沙滩上却是休闲活动，它与大海是和谐的一体，没有对立的关系，不掺杂任何紧张的元素。而且它还引入了天空的维度，在海水的摩挲中仰望天空，海天一色的空旷愈加深邃。

我很珍惜这种任凭思想徜徉在海空之间的状态，愿意在极其放松的情形下对大海多些理解，于是复又在沙滩上躺了下去。

浪花漫上来，又退回去；再漫上来，复退回去。

这一次，我注意到了海的声音。它的声音很深、很沉、很远，围绕着我的耳朵来回摇晃。我相信，这声音的第一推动力来自远古。那是一种跨越巨大时空的雄强搏动，但是来到我的耳边却化为喁喁细语，成为属于母亲专有的、永远不厌其烦的解说和安抚，成为美妙的催眠曲。就像黄钟大吕也具有温润的亲和力一样，海的雄强和轻柔同为一体。

我曾见过被激怒的海、狂欢的海，那种挟裹着滔天巨浪的喧嚣让人望而生畏。但是被阳光抚慰着的大海说起话来却那么温和，叙事风格极其平淡、单调，只是用同一种节拍反复吟咏。在以亿年为单位的时光里，大海目睹了山河巨变，人猿揖别，五大洲的江河席卷着数不胜数的人生故事，甚至携带着年复一年被人类遗弃的垃圾，从四面八方流进了大海，大海用宽容之心理解和接纳了一切。在它单调的叙事之中，沉积了人类无比丰富的生老病死、悲欢离合，沉积了数不清的战争与灾难、爱情与背叛、荣誉与阴谋、歌声与诅咒。它是在反复诉说世事的沧桑吗？我相信，人类历史上有意无意遗忘的一切，都可以从海水里打捞出来，可以在浪花的声线中听到回音。有一刹那，我甚至觉得，顺着那白色的波浪线，我似有似无地听到了远去的亲人的话语，絮絮叨叨，漫无边际……

但是，我们无限感叹、感伤的生命方程式，我们一代又一代孜孜矻矻希图破译的社会密码，对于永恒的天空和不老的大海来说，算得了什么呢？大海以它巨大的包容力量，养育了博大而深厚的沉稳。只有历经沧海桑田的变迁，只有冷眼观看过大起大落、大悲大喜，才能够展示出那样的壮阔，却又具有那样的深沉，而且拥有童真一样的简单和直率。

思想在沙滩上的自由境界深深吸引了我。傍晚，我再一次来到沙滩。在海水与沙滩推推搡搡的分界之处，再一次像一只两栖动物半浸在水里。西坠的夕阳刚刚贴近海面，晚霞的光芒如碎金撒在海面上，紧绷了一天的海水温度随即松弛下来了。奇怪的是，在这印度洋中的小岛上，似乎感觉不到潮汐的涨落，是因为大洋的胸怀过于广大，潮汐的起落竟然变得可以忽略不计了？

浪花漫上来，又退回去；再漫上来，复退回去。

天空渐渐发灰发暗，已经有性急的星星急不可耐地登场了。海洋追随天空，将远近深浅各不相同的蓝绿通通收拢，一并归为黛色，与迷茫的天空渐渐交融，一起形成了夜色的同构。

对于人类来说，宇宙是一个永远难以终止想象的存在。无穷无尽的空间，永恒的时间，远远逸出了人类有限的思维屏幕，让我们望尘莫及，无法形容。面临海洋，我们在无奈中创造出"望洋兴叹"的成语；仰望天空，我们心里回旋着"天意高难问"的遗憾。但是，雨果却以浪漫主义的诗人情怀，给我们留下了一句传诵不绝的名言："世界上最广阔的是海洋，比海洋更广阔的是天空，比天空更广阔的是人的心灵。"海洋是见得到、摸得着的巨大实体；天空以虚的形式存在，却包揽了所有的实体；而人类的心灵是虚和实的统一，既寓于形而下的直观具象，也是形而上的空灵存在。尽管人类的生命是脆弱的，但是上穷碧落下黄泉，心灵的遐想永无止境，心灵的脚印无所不在。

人生就是负重，就是努力，就是在风浪起伏的大海大洋上行船。在二三十岁的阶段，我们与命运做斗争。出身不同，家境不一，却要拼挤到同一起跑线上去。在三十岁之后的二三十年里，我们与社会做斗争。不辞劳苦、扎实工作、跳槽、升职、积累财富、建立家庭，无一不是与社会生存环境的较量。六七十岁开始，我们与自己做斗争。手中的接力棒早已自然而然地交付给了年轻的臂膀，争先恐后、脚步纷乱的竞赛在我们身边继续上演，我们却步了前辈的后尘，成为站在跑道旁边的看客。病痛和衰老从各个阴暗角落大张旗鼓袭来，我们且战且退，直至退无可退。当我们努力完成了各自的历史使命，无论是社会属性的还是自然属性的，就可以安静地回归起点，悄悄沉入时间隧道黑沉沉的深处。

我们的肉体终归将变为尘土，或托体同山阿，或悬浮空中，也有可能被雨水和江河交替裹挟，流向海洋的怀抱。人生一世，草木一秋。面对任何生命个体都难以追攀的永恒，我们无法逃避遗憾和惆怅，无法摆脱悲戚和哀叹。但是我们却又必须超越这些情感，因为耽溺其中就等于甘愿堕落人类宿命的陷阱。尽管宿命的陷阱形成了我们难以逃逸的心理困境，生命高扬的旗帜却始终不倒。面对壮阔的海洋和苍茫的天宇，人类以薪尽火传的方式对抗永恒，以物我两忘的方式融入永恒，以精神胜利的方式化为永恒。

夜色终于完全升起来了，繁星缀满黑里透蓝的天幕。人们总说，天上的每一颗星星都对应着地上的一个人。我极目长空，只见星云迷漫，没有人能够告诉我哪一颗是属于我的星星。其实我很清楚，所谓人与星星相对应的传说，只不过是人类渴求生命不死的古老神话。每一个人都可以对应于一颗星，也可以对应于一粒沙子，或者对应于一滴海水。不管对应于什么，都证明了他只是万众中的一分子，只是缥缈浩瀚中的一个最基本元素。所不同的是，我们不但是世界的最基础分子，还是一根长长链条中的一环。当肉身消失，思维成为尘埃飘散空中，我们的生命符号却已经或深或浅地烙在了那根不断延伸的链条上。创造的灵感、劳动的成果、子女的繁衍、痛苦与幸福的感受，生生不息地用各种形式往前传递……

夜开始凉了，海风肆意播弄着椰子树的宽大叶片，发出海浪般的声响。我拖着长长的身影回小屋去，身上挂着水滴，沾着细沙，心里揣着一大堆自得其乐的感悟。在我身后，海水依然在月色中泛着波光，繁星默默地闪耀，那是千万年不变的风景。在这道永不褪色的风景线上，曾经有多少人像我一样陷入沙滩上的沉思？往事千年，人物总在不停地变换，但是我相信，海阔天空的思绪终究难逃一脉相通。

刊于"海风堂主"公众号2022年9月29日

人在何处（节选）

张金凤

简单的"人"

在苍茫天地间，"人"是一个极特别的存在。

宇宙辽阔，时间无涯，地球上植物、动物陆续出现，早于人类数世纪进入生物图谱。然后，人类才慢吞吞地由山林中分离出来，在临河之地繁衍生息，创造着人类的历史。在宇宙中，人类的出现不过是很短一瞬，但他的存在，改变了地球并开始影响宇宙。

"人"这个汉字极简单：一撇一捺而已。最复杂的动物却只占有一个最简单的字符，每每看见它，我竟然有些意难平。

"人"应该复杂得多啊，"一撇一捺"怎么能概括得了伟大的人类呢？人类这样诘问造字的先祖。

苍穹不语，万物静默，先祖的暗语似乎藏在呼啸的风中。

在成千上万的动物中，人类不过是一个物种罢了，凭什么觉得自己高贵呢？在生存竞争上，他并没有太大优势：没有翅膀飞翔，没有强劲的脚力逃逸，没有尖牙利爪抓捕和搏击，倘若赤手空拳进入山林，也许早就成为食物链中的一个过渡符号了。因为逃避猎杀，他才走出凶禽猛兽的视线，自己缔造了一个人类世界。"人"字就是这样真实地呈现了人类的生存状态，没有"反犬旁""立刀旁""金字旁""羽字旁""走之"等加持，甚至没有一顶草帽（草字头）庇护，赤手空拳的"人"在世间独自奔跑。

"人"似乎很自知，并不愿多占用汉字的笔墨来渲染自己，删繁就简，用了从上往下的左右一抢，就完成了"人"字的书写。最简单的也许是最复杂的，练习书法时，我写得好更多笔画的字，"人"字却总难如意。端详这一撇一捺的"人"字，我陷入沉思，"撇"指的什么，"捺"又是人的什么呢？如何在雪白的宣纸上准确拿捏它们的位置和气质？

看这两笔笔画，"撇"很长，是主干，是标杆，而"捺"短促，是从属，是跟随。"捺"从"撇"的三分之二高度处开始接续写来，这样的字形使我想起《圣经》里的传说：上帝造人时，把亚当的一根肋骨从肋间取出，做成了夏娃。这故事与中国的"人"字殊途同归。"人"字也讲着同样的故事。"撇"是男人，"捺"是女人，"捺"对接"撇"的地方正像一个人的肋间高度，"捺"是从"撇"的肋间接出来的。一个"人"字仿佛蕴含极大的人类社会秘密：中国漫长的封建社会都是男权主义，女性的地位卑微、从属、依附，就像那短促的一"捺"。

"人"是一个独体字，不可拆，它的一条"撇"歪立着，像一棵要倒的树，极不稳定，只有这一"捺"支撑上去，它才可以稳稳立身。如此看来，整个人类分为两大部分，男人是"撇"，偏悬着，无法正常站立，而女人是那一"捺"，也是偏悬着，他们孤立之时都极不稳定，一撇一捺进行组合时，才是完整的"人"。如是，我明白了，民间何以说男孩娶妻、女孩出嫁的仪式是"成人"礼。民间真正意义上的"成人"不是指年龄有多大，而是指成婚、完婚。结了婚的人，找到自己的支撑之后，才是真正"成"为"人"，所以叫"成人"。当结婚之后，"人"的"撇"和"捺"各自找到了拼接对象，完成了字形拼接和人生拼接，于是叫"完婚"。即便是当下，人们也还说男女青年觅偶是寻找自己的"另一半"，也说成"找对象"。另一半是"撇"，另一半是"捺"，另一半就是支撑自己成为"人"那不可缺的一部分。一撇一捺成为"人"最基本的结构，是一个家庭的最基本组成。古人婚俗之礼较现在要早得多，十八岁时大部分男女皆已成婚，也就是"成人"了，沿袭到现在十八岁算成人，并不相悖。

仔细审视"人"的字形，它像是一个人体形状，是没有彻底站起来之前的人。"撇"是人的躯干和下肢，"捺"是他的手臂。这个"人"的字形是一个用手臂撑地半趴在地上的人，他在高仰着头看世界。他为什么没有站起来？是不是祖先造字的时候告诫人：虽然有智慧但是不能骄傲，对自然界，对有灵的万物要尊重？人类最早从动物中分离出来成为"人"，关键是直立行走，此时，他的手臂已经解放出来。解放出来的手，用来劳动，加速了人的成长。这个貌似半趴在地上的"人"字是告诉我们，"人"是这样发展过来的，我们不能忘本，我们的祖先也只不过是四肢着地的爬行动物而已，我们拼命地想昂起头看世界，拼命地想把两只前肢解放出来。想想人类曾经的样子，四肢着地，半趴半跪，在自然界努力奋斗着、进化着，以求一立足之地、安身之所，是多么不易。现在的我们有必要趾高气扬吗？

每次读书时看到"人"字，我就与它互拜一番，就像两个衣襟博大的古人相遇时，彼此深施一礼；每次遇见高尚的人和他所做的伟大的事，我的眼神总是充满敬仰。

潜藏的"人"

人之初善于伪装。披树叶、戴草帽潜藏于林野，就成了树与草的一部分，可以躲避敌人的搜索；挖陷阱饰盖以草，诱骗猎物误认为坦途，可以凭弱力而获取强大的猎物。人在伪装中求生存，因为是曾经的弱者，要想办法来赢强者，就需要不断锻炼智慧。

人最大的伪装是把自己"消失"掉。当"人"把自己拆开，淡化甚至伪装后融入万物之间，就很难看出它的原本特征。它把自己奉献了，但是它的能量不减，就像一根灯芯，它以有用之躯吸纳四周的脂膏，燃烧出光和热，是扩大了它的能量。"人"字也是如此，它把自己隐藏在一些字符间，似乎擦掉了"人"字的痕迹，但是，它仍是那个新字的灵魂。"奉"就是这样一个字，"人"在众多的"横"中贯穿，样貌就像现代社会里一个不停爬阶梯的人。"人"的下部有"二"，说明它已经超越了两层；它身在"三"中，已经贯通了另外的三层，它已经熬得有了"出头"之日。但是，它远远没有停止的意思，再怎么奋斗，也似乎永远不能超越这些阶梯，它把自己嵌在阶梯里了。这个"奉"字就像个寓言：人的一生就是这样的攀爬，为家为国，为人为己，为亲为友，为名为利，耗尽自己。"奉"的含义是"人"双手捧着自己，把自己祭献出去。谁的一生不是为某一件事、某一段情怀而祭献自己呢？这是人的宿命、人的境界和情怀。"奉"中之"人"永远爬不出这些阶梯，掸不掉俗世欲望，若能，就是觉悟者。但更多的"人"是凡人，在无尽的欲望中跋涉，永不抵达也永不超脱。

"春"也是个藏着"人"的字。"春"字太美好了，汉字的魅力是一个简单的字后可以藏着江河湖海、大千世界。"春"的意象色彩浓烈，桃红柳绿、万紫千红；"春"的意象神韵婉转，莺歌燕舞、春光乍泄、春潮荡漾。春的美好意象中潜藏着"人"，没有"人"的春天，再美好也是极大的缺憾。"春"的构字中先是有"三"，"三生万物"，天地间生机勃勃；"人"贯穿于天地人三者，它们共同组成了"春字头"。在"春"天中，"人"的怀抱里，一轮红日冉冉升起。这轮红日还没有高高悬挂在中天，不是最磅礴的时候，而是正在人双臂的呵护下渐渐升起。因此，它是朝气蓬勃的，将越来越温暖，越来越美好。

还有谁与"春"在一起不快乐吗？在万物蓬勃的春天里，连一块顽石也会有开花的冲动。"春"是一剂神药，专治颓废和萧条，人站在春天里，会超越自然的生物规律，忘记自己的衰老和年岁的烙印。

我在宣纸上写下"春"这个字，我的天地就漾满春意。我愿意是永远藏在春天里的那个"人"字，在万紫千红、莺歌燕舞交织的宏大春天圆舞曲中旋转。"人"字不藏也不行，春天是淹没一切的，春天是属于每一个生灵的，谁都跳出来了，可是谁想凸显都难。

汉字无涯，沉潜的、漂浮的、走红的、沉寂的，"人"在何处？处处有"人"，"人"在处处。先人造字时，大约没有想到的是，人也能上天入地，可以洞悉传说中月宫和宇宙的秘密，那些字需要后人补上去。

刊于《散文百家》2022年第6期

群山掩映的文明

杨　雪

　　川南的纳溪，坐落于长江与永宁河交汇处，山清水秀，人杰地灵，此乃我故乡矣。

　　故乡人文物事、山水风光、传奇故事之舒心与大美多如星星闪烁，让人惊奇又令人神往。

　　曾读过前人描绘故乡的诗：

（一）

半江灯火纳溪城，

隐隐飞烟隔水明。

安得峨眉山下月，

夜来极浦看潮生。

（二）

落日江天四峡高，

纳溪城外暮生潮。

可怜渔子收菱茭，

不及霜前早返桡。

——清·郑瑞玉《过纳溪》

故乡山水之美，既是动感的，又是静态的。我在探寻故乡人这种追寻美、创造美、护佑美的心灵世界之时，发现文明之火的点燃、照亮、持续，驱散了这块土地上的愚昧、阴暗和丑恶，文明之光的温暖、滋养，让这块土地上的人们，世世代代懂得与自然共生同息的道理，明白世间至爱至理的大义。远在三国时代，诸葛孔明平定边乱，在纳溪插旗山插旗为誓，与边地少数民族茶马、粮匹互市，这种不以刀枪杀伐而以誓约条款的文明方式，以征服人心换取平安发展的高超智慧，深得故乡人民的欢心。至今，故乡人仍津津乐道于诸葛亮的智慧、忠贞以及七擒孟获等故事传说。甚至在诸葛亮忌日，还有放孔明灯的习俗。

随着时间的推移和流逝，文明之光的辐射和照亮从未中断过，这就是书院的兴起和蓬勃。教化启智，勤劳创造，文明中兴，一个地方的繁盛发展，除了有一个大的安定的环境，与文化教育的发达程度紧密相关。

在清代，纳溪的书院教育已至一定规模并兴盛一时，这对纳溪的文明传承、教育发展、耕耘幸福极具影响。时任纳溪知县的杨道南在考察云溪书院时，看到学子们在贫寒中依然勤奋苦读、学有所成而感慨并赋诗赞许：

地贫役重少闲期，安得论文与赋诗？

东道勉供大吏去，开窗忆作秀才时。

弦歌声里多名士，妇幼碑中有好词。

政拙敢云兼教养，东风桃李付良师。

——清·杨道南《考察云溪书院》

清代的另一书院——铜鼓书院，这座距纳溪城西二十里，藏于群山之中的书院，则更具特色，也更有意味。

铜鼓书院，早前为寺，传说建于唐开元五年，后几经毁损，又重建。但从现存史料来看，有确切记载的是清代嘉庆十八年《纳溪县志·疆域志》："治西近城乡二十里，国朝康熙五十四年建，前有溪涧，秋时水流声如铜鼓，因名。"

纳溪铜鼓村村名沿续至今，现规划为纳溪区大渡口镇的一个自然行政村。当时铜鼓寺的住持常参对传统国学挚爱深研，亦是一个深明大义的人，他顺应时代，将寺改为书院，并请到了时任泸州永宁道观察使的大学士、大名人赵藩前往铜鼓寺倾心相叙。赵藩，这位深怀家国情怀的真名士，迄今悬挂于成都武侯祠的他的"攻心联"，不仅展示了他异于常人的智慧才学，也显示了他的理想抱负。就是这样一位了不起的大人物，也为常参传播国学。赵藩为这一文明之光的举措甚感欣慰，爽快地答应高僧常参住持的请求，为铜鼓寺更名为铜鼓书院题写院名。之后，当地人称为"鸡婆学"的琅琅书声响彻书院内外，为绿水青山包围的铜鼓村注入了无边活力。

　　赵藩对纳溪的印象是美好的，因为得益于文明之光的照耀和传递，这方水土如此美丽，人民如此纯朴、善良，他为此留恋、感叹：

> 晴川百里千盘曲，叠嶂循川合又分。
>
> 五月骄阳红到水，四山修竹绿成云。
>
> 不知浮世龙蛇斗，信有幽栖鹿豕群。
>
> 庐舍酒香泥壁净，笑拈诗笔倚微曛。

——清·赵藩《纳溪至江门道中即景》

　　循着先贤赵藩的诗意，我重回故乡，沿着野鹿溪的山环水绕，走进铜鼓村，走进铜鼓书院，让曾经的文明之光，再次给我启迪和照耀，给我探寻的信心和勇气。

　　当我站在铜鼓村野鹿溪的古老石桥——久安桥上，远远看见书院旁那棵硕大的黄桷树时，一种历史的厚重感和沧桑感瞬间漫过我心壁，让我有了几多深思、几多感慨。据说这棵巨树已有二百多年历史，要四五人才能合抱，而许多树枝上系上了众多红绸，是周边百姓来此采叶熬药治病祈愿所系。中国红，是一种幸福、吉利的象征，能够镇住一切不利和病害。而眼下我脚下的古石桥，实际上是一座龙桥，龙的造型虽然有所毁损，但大体棱角仍存。友人告诉我，这桥的历史不短，传说建于明代，而桥中央的石壁上，有宝剑石刻一枚。后来，我与文博专家、书法家、泸州市博物馆原馆长叶荣光先生聊起这事，他告诉我，这种在桥中央或洞顶雕刻剑戟等兵器图案大都始于宋朝，是道教的一种仪式，相信能镇住兴风作浪的河妖或魔怪。这种向善向美向往幸福的理念，在铜鼓村已经深深扎根于民众心间。我沿着古老的青石阶梯，走进铜鼓书院，发现其名也为铜鼓苑，后人叫铜鼓院，这是当年赵藩故意为之，取同音字，是让人遇到问题要多加思考，而不要人云亦云之意。

在书院的石墙上，雕刻有彩绘的八仙过海石像，每枚栩栩如生，惊美异常，确是世间石刻精品。书院石墙上的这些石刻，实际上也凸显了书院的理念，要想匡扶正义、独善其身，必须饱读诗书，练就过硬本领，学会并掌握处理事务超于常人的智慧和技巧，才能立于不败之地。"八仙过海，各显神通"的故事，既彰显了读书人做事的个性，又隐含了读书人做事需通力合作的共性。我想，在封建王朝即将崩溃的时代，这种教化仍然有其积极意义。

在书院内有两棵上百年的摇钱树。我来的时候，正是春光明媚的四月，摇钱树的枝叶翠绿而厚重，给人凝固而沉思，其勃发的生命韧度热烈而顽强，似在昭示我们什么。传说高僧常参在栽种这两棵树时，深有感触地对弟子们说：世间富贵如浮云，读书明理胜黄金。当我触摸粗壮的树干，一阵春风起，摇钱树的参差树叶竟婆娑起舞，似在回应常参的话语，让我久久沉默无语。

离铜鼓书院不远处的古龙飞瀑沟，有一处天然岩石，形状极似八仙过海造型。当年常参住持是否看到这里的自然山石图，才有将八仙过海的故事刻于铜鼓书院墙上的打算？我们不得而知。

我们只知道，文明在这方水土播撒、流传、照耀，使这里的民众与自然相生相存更为认同和挚爱，更为和谐而相拥。

流过铜鼓村的野鹿溪河，发源于凤凰湖泊山岩叠嶂的群峰中，然后汇入山下的长江，浩浩荡荡奔向大海。在铜鼓村附近，还有鹿羊村、鹿鸣村等与鹿相关的村名，千百年来，这些村名从未更改过。传说旧时这里仙鹿成群，逐溪而跑，野花遍地，景色宜人，让人流连忘返，不忍离去。

在铜鼓村，自然和文明共存，使其飞瀑流水更有意蕴，更有气势，也更有气质。即使村里引进投资商进行乡村振兴的旅游开发，也是全方位顺其自然保护野生动植物的开发，丝毫不损坏植被和环境。四月，漫山遍岭的上百年的成千棵桐油花开，一阵阵郁香随风弥漫，硕大的树枝上，在新绿的陪衬下，成簇成簇雪花似的白色桐油花极具观赏性，而花谢后成熟的桐油果又成为当地村民的另一重要经济收入。

正因为见解相同，村干部、开发商、村民达成了罕见一致，高度认同"绿水青山就是金山银山"的生态旅游发展理念，自觉保护这里的一山一水、一草一木。在清溪边，在绿树花草旁，在路边游道上，都竖有文明提示牌、花草溪树保护板，当然也有安全警示图。正因为意识到位，文明之花越开越艳，铜鼓村古龙飞瀑景区的野生植物才得以进入世人视线。这里成百上千的野生植物让人惊叹，让人喜欢。我第一次知道并看见鸭儿花就是在这里。据说采摘鸭儿花放进水盆里会自行旋转不停。四月，是鸭儿花的盛放期，亦是萤火虫对鸭儿花最佳的采蜜期。每到夜晚九、十点，铜鼓村的古龙飞瀑附近，星星般闪闪烁烁的萤火虫煞是壮观，有时甚至飞到铜鼓书院旁，这便让人横生古人在此读书的幸福：春夜读书不寂寞，萤火飞来伴君心。

那日，从铜鼓书院到古龙飞瀑不远的自然山水路上，短短的一程，让我认识了常春油麻藤，这种又长又大的植物，有活血祛瘀、舒筋活络之功效。我原以为只在热带丛林里才会有的植物，孰料在铜鼓村早已安家落户。另外，什么抱么果花、野桑果、百里蒿、润桢楠、野棉花、秤杆草等很多闻所未闻的植物和草药也是第一次看见和听说。这让我确信，在文明之光的温暖下，他们在保护好生存环境的基础上，坚持守正创新、可持续发展，日子会过得更加舒心幸福，前景会更加可观。

刊于《四川经济日报》2022年5月25日

我与两位钱先生的书缘

李　昕

　　我羡慕江苏文艺出版社的编辑家张昌华，他写了《我为他们照过相》，讲述自己探访上百位文化名人，为他们留下珍贵影像的故事。我也羡慕记者出身的作家李辉，他写了《和老人聊天》，记录自己从青年时代起结识的诸多前辈学者与他的交往。我写不出这样的文字，因为我手头没有足够的资料。细细想来，从1982年到1996年，我在人民文学出版社（下称"人文社"）工作14年，接触的老一代文化人也为数不少，从丁玲、艾青、严文井、陈荒煤、韦君宜等作家，到胡风、蔡仪、唐弢、朱光潜、王朝闻等理论家，总有几十人之多，但是我竟然找不出一张自己与他们的合影。那时与名家见面，是根本意识不到需要拍照留念的，哪怕我本人从小就喜爱摄影，照相的技术也不差，我也没生出过这种念头。另一方面，上世纪八九十年代，我还没有养成写日记的习惯，甚至名家学者给我的信件，我都没有特意保存，有些也丢失了。于今想想，觉得自己真不能算是有心人，既当不了作家，也当不了收藏家。但想开了也觉得没有什么，不过是到晚年以后，少一点怀旧的材料而已。

　　可是，有两位令我极为尊崇的老先生，我与他们的书缘颇深，却未能找机会前往拜见，面聆教诲，这是使我深感遗憾的事。这两位先生，就是钱锺书和钱学森。

一

我是在大学时代知道钱锺书先生的。我的毕业论文指导教师、武汉大学中文系罗立乾先生对钱锺书佩服得五体投地，在古代文论课堂上就大讲钱锺书先生的学问天下无敌，说他博闻强记，"《十三经》连注释都能背"，令我印象极深。后来中华书局出版《管锥编》四卷本，我毫不犹豫买下一套，那大概是我大学四年中购买的最为厚重的学术著作。虽然以当时的学力根本不能通读，只是选读了一些篇章，读得似懂非懂，但内心很满足，感觉是念到了真经。后来到人文社当编辑，工作中发现夏志清和杨义的两种《中国现代小说史》都高度评价小说《围城》，于是又找来读，立时被作品中鲜活的人物性格吸引，读得入迷，对作者的才华、睿智和幽默的文笔惊叹不已。

说起来，我对钱锺书的崇拜，也部分地来源于家父。家父长期在清华大学外语系任教，新中国成立初期，曾与钱锺书、杨绛夫妇共事。钱、杨都教英文，家父主教俄文，有时也教英文。家父多次对我谈到他对钱锺书的钦佩，说他自己的英文水平约略相当于以英语为母语的大学毕业生的水平，但是钱锺书可以胜过清华聘请的英籍、美籍教授。于是我有了一个印象：以学贯中西而论，钱锺书堪称中国现代史上第一人。家父和钱锺书的关系似乎也不错。那时的人仰慕苏俄，有一次课堂上学生希望钱锺书开讲俄罗斯文学，钱说自己研究不多，推荐家父去讲。家父对此还很有几分荣幸之感。

不过，自从1952年高校院系调整，钱、杨二人离开清华大学，家父和他们没有再见过面。而我，虽然在人文社当编辑，但钱锺书的《围城》《宋诗选注》的编辑都另有其人，自然也无缘接近钱、杨二老的。然而，偏巧在1993年，出现了一场和《围城》相关的法律纠纷，钱锺书委托人文社处理此案，而人文社陈早春社长又要求我代表出版社将此纠纷诉诸法庭，于是我也算是受命于钱先生打了一场官司。

事情起因是四川文艺出版社以所谓"汇校"的名义，原样复制了人文社1980年出版的《围城》，侵犯了钱锺书的著作权和人文社的专有出版权。官司打得旷日持久，在此不必详谈，这里只说钱先生曾经为表达自己的意见，两次写信给我们。他是长辈，但是极为客气，还按照旧式文人的习惯，在信函的抬头，称主管版权的副总编李文兵、律师陆志敏和我三人为"兄"。今天我实在记不起自己是否给钱先生回过信或电话，可以肯定不曾登门造访，作为晚辈，这显然有些不敬。但那时的我，真是不大懂礼数。当然，为了听取意见和获得授权，社里自会安排专人去府上拜访钱先生，我记得律师陆志敏和总编室的有关人员都去了，而那天我忙于其他事项，竟然也没去。整个官司进行过程中，我们和钱先生的沟通主要通过他女儿钱瑗。钱瑗也很忙，几次到社里与我们会面，乘公交车来往风尘仆仆。我记得她说过自己腰疼，和我们谈话时喜欢站着，用手抵住后腰。但那时她自己也并不知道，这可能就是骨髓癌早期的症状。

偏巧钱瑗也与我有缘。她是北师大外语系教授，与家父都在北京市大学外语教学研究会任职，彼此熟识。特别是钱瑗升职教授，家父还是专家评审组的负责人之一。所以钱瑗见到我就特别亲切，正事谈完，还会和我闲聊一些她儿时在清华园里的经历。告诉我，她家和我家曾同住清华北院。她不仅从小认识我大姐，而且认识我母亲。她夸我母亲长得漂亮，说母亲喜欢穿什么款式的旗袍，喜欢和哪位教授夫人一起遛弯儿，还说她十来岁时，总爱跑到清华音乐室去玩，在墙外攀上大窗台听合唱队在屋里唱歌，有时会看到我母亲在弹钢琴。这些对我都是"史前史"，听来非常有趣。初次见面那天，钱瑗回家把在人文社和我相遇的情况对父母一说，钱、杨二老也非常高兴，觉得把官司委托给我，是缘分。其实在这时，我是完全可以名正言顺地请她带我去见她父母的。但是我愚钝，竟然没有这样想过。

钱先生的《围城》（汇校本）官司在上海中级人民法院开庭，因为涉及的侵权问题颇为复杂，法院征询了诸多知识产权专家意见，拖了三年多才宣判。结果是我们打赢了，而且是完胜，我们代表钱锺书先生讨回了公道。不久之后，我也在1996年底被借调到香港三联书店工作。

本来我以为没有机会再为钱先生做事，没想到刚到香港，我就接手编辑出版一套钱锺书主编、朱维铮执行主编的"中国近代学术名著丛书"。这套书在学术上分量很重，原计划出版50种，后因各种客观原因，只出版了10种，但光是这10种已经足以让学术界刮目相看了，因为人们知道钱先生的原则从来是不当官，不挂虚名，不任各种顾问和编委，而这是钱先生一生中同意列名主编的唯一一套丛书。整套书是香港三联和北京三联联合制作的，编辑和排版工作都在香港完成，由我主持其事。此时钱先生还健在，但是我仍然没有意识到自己在回北京出差或休假时，应该借这个机会去向他老人家登门请益。

然后我在香港又出版了杨绛先生的散文集《从丙午到"流亡"》。这时是1999年，从此我和杨绛先生有了直接的联系。2005年我回到北京三联书店任职以后，更是经常会到府上看望杨先生，渐渐与杨先生熟悉起来，为她老人家出版了一系列作品。2007年，北京三联重新出版经过修订的《钱锺书集》（第二版），我也是参与谋划的，此书在南京举行新书发布会，我还特地飞到南京去致辞。这算是我与钱先生后续的书缘。但遗憾的是，此时钱锺书先生已经去世多年，连钱瑗也不在了，痛哉！我与钱先生最终缘悭一面，惜哉！

二

我与钱学森先生的缘分也在于编书。

1994年，我担任责任编辑，在人文社出版了钱学森的《科学的艺术与艺术的科学》一书。编这本书，对我既有偶然性，也有必然性。说偶然，是因为本书的编者，钱学森的堂妹钱学敏刚刚收到一封信，这是钱先生写给包括她在内的一个7人小集体的，以"亲密无间""坦率陈言"的态度"探讨学问"，提出了"科学的艺术"与"艺术的科学"两个命题，于是使她产生灵感，要为钱先生编这本书。说是必然，是因为我早在上世纪八十年代，就已经密切关注了钱先生在人文社会科学方面诸多引领学术思考的论文，早有为他编书的念头，只是还没有找到机会向他约稿。

钱学敏的到来令我感到惊喜。她是中国人民大学哲学系的教授，对钱学森的学术思想非常熟悉。她把那封关于科学与艺术的亲笔信给我看，我了解到钱先生的本意是这样："近日我深感我国文艺人和文艺理论工作者对高新技术不了解之病。我经常收到的有关文艺、文化的刊物有《中流》《文艺研究》和《文艺理论与批评》，而其中除美学理论之外都是：1.骂资产阶级自由化分子；2.发牢骚；3.论中国古代的文艺辉煌。但就是缺对新文艺形式的探讨，研究科学技术发展所能提供的新的文艺手段。"

他认为这样不行，今天的理论界应该研究如何用高新技术为社会主义文艺服务，如何使科学与艺术相结合从而繁荣文艺创作和理论，希望大家研究。

我看信后觉得，钱先生提出的问题具有现实针对性。他提到的几个文艺类刊物，当时的思想倾向比较保守，在客观上不利于"对新文艺形式的探讨"。钱先生在此时提出将科学与艺术相结合的观点，无疑可以活跃学术空气，拓展艺术思维空间，推进理论研究。

钱学敏带来了她编好的论文集目录和样稿，我浏览了一遍，当即决定出版这本书。但是我发现，钱学敏的编选比较拘谨，她只选择钱先生讨论科学与艺术两者关系的文章，以及他从科学角度谈文艺学和美学的论文，把选文范围牢牢扣住"科学"和"艺术"这两个主题，但是钱先生另有一些极富理论开创性的论文并没有收进来。

文化界的老一代读者或许了解，二十世纪八十年代，钱学森先生堪称中国思想界领军人物之一。他1981年在《自然杂志》上发表的《系统科学、思维科学与人体科学》，以及后续的一系列论文，是国内最早出现的新学科理论。后来作为时髦的理论被人们热衷探讨的系统论、控制论、信息论，即大家耳熟能详的所谓"三论"，早在这些文章里面都有雏形。钱先生的论述，以开放的观念、宏观的视野、前沿的科学知识、创新性的思维方式，给人们带来了耳目一新的思想理论，引起学术界广泛瞩目乃至轰动。我记得那时尝试新学科研究的学者，没有不谈钱学森的。

我问钱学敏，为什么没有收录有关思维科学的文章？她说她是为了突出专题性，担心文章驳杂而主题不集中。我说，以系统科学和思维科学研究艺术，不也正是科学与艺术相结合的一个方面吗？这对于钱先生谈论的艺术的科学相当重要，甚至是其指导性理论。她想想，觉得有道理，于是同意将钱先生的《系统科学、思维科学与人体科学》《关于思维科学》《开展思维科学研究》这三篇最有代表性的思维科学论文收入。事后，她曾专门来信感谢我，说她和钱先生讨论过了，认为我的建议，在很大程度上提高了这本理论集的学术含量，使一本原来略显单薄的书厚重起来。

编辑中，我和钱先生没有直接联系，我对于出版的一切建议，都通过钱学敏转达。我的意见和建议，不过都是从出版角度所做的一些编选方面的考虑，钱先生从善如流，我们合作非常愉快。不过他也很认真，对我们的工作是要亲自把关的。例如，作为设计的一部分，封面上要署上英文书名，该如何翻译？我原来以为简单，无非是用 *The art of science and the science of art*。但是钱先生说，艺术特指优美的艺术，应该用 The fine art 来表示。最后书名译成 *The fine art with science and the science of fine art*，是他亲自改定的。

接下来的事情很顺利。人文社非常重视这本书，我们做了精装本，请设计师柳成荫做了一个大气典雅的装帧，只用了三四个月就出书了。钱先生看到样书，非常满意。

一两个星期后，我收到一本钱先生寄来的样书，内封上写着：

李昕同志：感谢您为此书付出的辛勤劳动。

钱学森　1994.12.9

为了宣传和推广，我写了一篇书评，发表在《科技日报》上。想必钱先生也看到了。所以没过多久，我又收到一本钱先生寄来的样书，内封上写着：

李昕同志：感谢您的书评。

钱学森　1995.1.5

由此我了解到钱先生的细心、周到以及他平易近人的性格。可是我仍然没有想起，应该请钱学敏引荐我去拜访一次钱先生，与他拍一张合影留念。

于今想来，那时的我可能有几分木讷吧。

出书以后，我忙于编务，与钱学森、钱学敏都没有继续联系，一晃过去十几年。

2009年10月31日是一个周六，那天上午，我在家里上网浏览，无意中看到一则新闻：中国科学巨星钱学森在北京逝世，享年98岁。钱学森是中国航天科技事业的先驱和杰出代表，被誉为"中国航天之父"和"火箭之王"。

震惊之余，我立刻给钱学敏打电话。她在电话里证实了这个不幸的消息。我表达了沉痛的悼念，请她向钱夫人蒋英转达。随后我又立即想到，我是否可以到钱先生府上吊唁？她说可以，钱先生家里已经设立灵堂。我向她询问了钱宅的地址。

钱学森先生是我深为爱戴的科学家，也是我作者中最值得尊敬的人。我觉得，尽管我从没有去府上拜访过他，但在这个时候，我必须去一趟，到灵堂为他送行。

于是我驾车前往。进航天部宿舍大门没有遇到盘查，门房的人只问我去哪里，我说钱宅，他挥挥手就让我进去了。

在钱先生居住的那栋红砖楼附近，我停下车，徒步走过去。

那天，天色很暗，头上阴云密布。论时令，还没有入冬，但是很奇怪，天上竟然飘起了雪花，且寒风凛凛。我想，莫非是天地同悲？远远地，我看到楼房边人群黑压压一片。有两三百人密集地聚在楼房一侧，而身着黑色和蓝色两种不同制服的警察站成两排，将人群阻挡住，以便在楼前留出一块较大的空场。不时，可以看到有小轿车开到楼前空场上，有领导干部模样的人下车进入楼内。还见到几个身穿军装戴大盖帽的人物，一溜小跑鱼贯而入。

人群中不时有人提问："我们要进灵堂悼念，何时放我们进去？"但没有人回答。

我在人群中站立了一会儿，只见雪越下越大，有些人身上已经白了。我也感到浑身发冷。

我觉得这样等下去不是办法。于是独自走上前去，叫住一个穿黑衣的警察，他看起来像是当官的。我掏出一张名片递给他说，请他把这张名片交给钱夫人蒋英女士。

那警察进屋去了。过了几分钟，他回到我面前，说："你可以进去。"

我正准备脱离人群，就听到人群开始骚动，警察们马上手拉手维持秩序，只放行我一人。

钱宅在那座三层小楼的一层。家门开着，走进去正对着的就是灵堂，我往侧面一看，在另一个房间里，蒋英和几个面色凝重的人正坐在一圈沙发上谈话。我觉得不便打扰，就径直走向灵堂。灵堂正中悬挂着钱先生照片，周围摆放了不少花圈和花篮，还播放了哀乐。但没有一个人在屋子里。我独自上前，默默地对着钱先生遗像站立了一会，缅怀他老人家的丰功伟绩，然后深深地鞠了三个躬。

从钱宅出来，聚集的人群见到我，立刻将我团团围住。一些好奇的人想打听里面的情况，但是还没等我来得及回应，就有三五只长枪短炮的照相机镜头对准了我。他们是新闻记者，有内地的也有香港的。以一家香港报纸为主，向我提问。主要问题是我和钱先生的渊源，以及我对钱先生的评价。我首先简单讲了我给钱先生编辑《科学的艺术与艺术的科学》的经历，然后告诉他们，钱先生不仅仅是一位伟大的科学家，而且也是一位令人尊敬的人文学者，一位跨领域的文理兼通的大师。他的博学和深刻，都是一般人难以想象的。他对于思维科学和系统科学的倡导和建设，对于科学与艺术相结合理念的提出，都是革命性的创新思想，在这个意义上，说他同时也是一位思想家，并不过分。

　　我的这些看法，被一些媒体采用了。但遗憾的是，这些话，我没有机会说给钱先生本人听。

刊于《长江文艺》2022年第5期

这个世界的夜晚（节选）

叶 耳

木 蓝

麻雀在星星的住所倾听。每个人心里都有一颗少年的星星，它们在闪耀。嗯，你听，合唱团的青蛙一阵又一阵，一阵又一阵地在操练。美好是可以因为歌唱而动人的，世界上最好的曲子被青蛙们弹完了。日复一日，周而复始，从来不会感到厌倦。也是啊，美好的演奏怎么可能会被厌倦呢？

回忆是一个没有长大的少年。

我后来想，我感到寂寞的原因是因为很少再倾听到少年的美好了。她送给我一本画册，里面有各式的图画，还有涂改又涂改的字。只有她的名字是干净的，几乎从来不会涂改，都是在画好的图后面一气呵成。我在拐角的日期处，也学着她涂改了一匹马的速度。我觉得马应该是奔跑的，这样看起来更符合一匹马的气质。

我还是来聊聊她吧，她是我八岁的女儿，女儿的一滴眼泪胜过我所有的经历。她是屋门前的杨梅树上结的一粒杨梅，酸甜，令人心动；也是枝头的春天，翠绿的，闪着亮。今天是女儿的生日，八岁，我要去城里。于是我去了城里，给她买了一个蛋糕，也给家里买了一袋大米。蛋糕很好，米也不错。

我还没有戒烟，我觉得还不是时候。我的恋人在我的这支烟里，燃烧，燃烧。慢慢燃烧的街道、河流、城中村、医院的病历日志；慢慢燃烧的寂寞、泪水，身体里、生活的流水日常。表象的红尘也在燃烧繁华与虚荣，燃烧一些可有可无的风景与片段。我喜欢跟女儿在一起，哪怕自己一无所有。她是我身体里的另外一种燃烧。

谁又没有过失败呢？失败从来就没那么轻易地采摘到窗外的菜地。悲伤的欢笑，在人间，不值一毛钱。我决心买下那个特大的蛋糕，我决心已定。这些年我自己从来没有舍得花钱去买一个蛋糕，我心里的甜正在慢慢淡化，成了清淡的白菜、青菜、芥菜。好像被什么点燃了，只那么一下，我的心里也有了甜。她在八岁最好的时辰切下蛋糕，分给了母亲和我。她还许了个什么样的愿呢？我学着孩子的口吻，对着女儿撒了一个娇，她咯咯地笑出了声。我所有活着的美好好像都只为等待这样的笑。想到这里，我心里却有了撕心裂肺的疼。

我整包的烟再抽一支就只剩下了最后的一支，最后的一支民谣。我钟爱的群山，在一把藤椅上乘坐。竹子一根一根地站起来，站成了天空。每天都有这么多数也数不清的星星，谁也离不开的故乡，谁也不知道它们要去哪儿。它们在遥远的天际成为它们自己的天空，它们也可以是我们生命里永恒的天空。"我没骂爸爸的时候，爸爸骂我臭蛋"，这是女儿写在试卷纸上的秘密，十四个字，字体真大方。我略施小计就偷偷看到了。

天气预报提早告知了我。故乡无雪。雪是什么样子的呢？女儿问我。

她慢慢熟悉了爸爸，熟悉了在方格子中种植瓦蓝的向往。风景打断了平面绘本，还是得培养沉默的云雾，话多了名堂自然也多了。丁是丁，卯是卯，女儿的口齿跟数字一样，清晰。镰刀的锋利吓破了茅草的沙哑。公鸡打鸣，也会在午后，它们引以为荣的也欣欣向荣。这一棵树的话题，明显越来越远。不过，这又有什么关系呢？

当稻子金黄地笼罩着田野，这金黄里也覆盖了陈旧与崭新。亲爱的，我想用一把镰刀，割下一生的美好。我想把绝望割掉，把痛苦割掉，把黑暗里看不见的孤独割掉。蚂蟥和飞虫，你现在应该认识了吧，捕捉水波的旋律，稻田上的水脚印，每一个都是故乡。怀念的青松，也被青松怀念。朴素大方。村庄。在一页时光的手册里，打谷机和长长的车水，混杂成"粒粒皆辛苦"的琴声。啊哈，那到底是一种怎样的琴声呢？

　　阳光躲藏在虱子蛋里，我把阳光一个接一个地捋下来，让那些虱子蒙在鼓里。我要带她去城里剪发，我知道她是多么爱惜长头发，她不止一次地对我说，她要留很长很长的头发。要她去剪发，几乎是去剪掉她的最爱。她当然是不肯的，死活也不肯的。其实啊，女儿，爸爸也不肯的呢，但你的头发长满了虱子蛋啊。

　　我们走在春天的家乡，花朵一朵接一朵怒放。两人有说不完的话，说不完的话啊，亲爱的，我们都想起了她。你嘴巴翘得老高，你汪了我一眼的委屈。一棵枞树长得如此地高，我想带你去摘枞树菌，那是一种蘑菇。我曾经遇过的云彩或者在梦里，云雀在丛林里，跳来跳去，穿着一身寂寞。你突然对我发了牢骚，你说那个剪发的阿姨，真是不会剪发。真是不会剪发。长不长短不短的，烦恼得很哩！

　　女儿站在菜园地里，露出去年冬日的脸谱，我是个贫穷的父亲。我很早就热爱了艺术，包括艺术的生活。我喜欢跟孩子在一起，这是真的，我心里本来就住满了天真的孩子、无邪的孩子、简单的孩子。停下手里的书，我有时会偷空去地里看看母亲，跟母亲聊聊庄稼。大地上到处都是植物和昆虫的演奏，它们的歌声更像是诗人写的诗。快活的歌，总让不快活的人乱了心。少女们从来不知道，心惊胆战会在哪个地方认识牙疼。这个生命的哲学，其实也许根本无从谈起。我和女儿去杨林赶场。听说现在杨林变成了镇，不再是过去的乡了，集市上女儿看见了奶奶。奶奶呀，奶奶。她大声喊道。黄桥铺比这个镇还要大，我要去黄桥铺办点事，我让女儿别跟着我，跟奶奶走，等下一同返回家。女儿点头答应了。

生 地

　　她问道，杨林到底有多远呢？我想去杨林赶场。女儿从后面小跑着跟上来，爸爸，我也要去。你去杨林做什么？别去，在家里看家。怎么劝说都不行，就要跟着去。她嚷道，跟着。眼看要落雨了，这天气令人发愁，也无端影响了我最初的心情。她一直跟着，随波逐流的脚步声，她又问杨林到底有多远呢，我回头扫了她一眼，女儿穿着一双布鞋，若无其事地微笑，微笑。

　　跟着就跟着吧，去杨林。穿越山林，经过田野，过江边的桥，然后就顺着乡镇的水泥马路一直走，走啊走啊走啊。我牵着她的小手，踩在我们熟悉的影子上，这里的每一处既是熟悉的又是不熟悉的。这个跟我身后的小必定成为我身前的大，小的很美，美如花。大的很妙，妙如画。小的会在一幅画里展开我们的人生。女儿的笑，是田野上的芬芳。女儿的笑，是公路上的奔放。谢谢你，我生命里遇见的光，你用一种神奇的光芒打动了我。

　　我不能去虚构一些美好，它们很容易一碰就碎。实物的表达有很多的方法与途径，去杨林只能按照这样的步调。我总想要运动健身，让自己的肌肉更壮硕。最好像一块结实的铁。这样，无论你怎么委屈，都可以往铁上打。打铁，打生活的铁，打生命的铁。无能为力的虚荣心，硬不过拳头，拽不过胳膊，扛不过肩膀。算了，一把好手的男人，在家乡都叫把把。一个房间，说不准就是把把的一个构思。怎样的构思可以让电影院的爆米花发出尖叫？情与爱，不过是一个人对一个人的表白，仅此而已。难道不是吗？"衣带渐宽终不悔"，古人都尚且难逃内心的呐喊，又何况是把在屋门口出奇入神的你呢？世界如此说来，我们谈得最多的也必然被风把我们看穿。住在故乡的房子里，我试着无数次去忘记，在深夜里对失眠的理解。

　　昨日，我给女儿买了一双雨鞋。她太调皮了，不过，我很喜欢她在乡村里的调皮。她活泼了我的呼吸，我的沉寂的夜晚。不得不说，那段穷困而寂寞的贴地飞翔，是当真愉快的。可是，愉快总是要停驻下来的，因为马不停蹄的公路上，有高高扬起的灰土。对了，千万不能忘了还要买一个剪指甲的指甲钳。这个虽是再小不过的事情，但是对我们很重要。逛到了下午三点，我们在集市的马路边等了很久，有个口音很重的响气对我们说，已经没有回去的班车啦。

我跟女儿说，我们走路回去吧，还可以看风景。女儿说，好。就这么说定了。

迷路的蝴蝶追逐着池塘上的蜻蜓，蜻蜓的翅膀，非常透明，可以看见飞翔的纹路。迷路的年龄有时候也是一种迷人，可以不顾一切地去模仿，去奋不顾身地爱。那种心跳的时光也只有在迷路的时候才会令人心碎。如今呢，水落石出的事物，已经满不在乎了。

你看，蜻蜓也会绕过蝴蝶，它们需要的不过是飞翔。

刊于《清明》2022年第2期

辑 五

一曲歌罢丹阳风

徐 剑

一

天气奇热，太阳说话了，舌头伸得好长，唾沫星四溢，落下一道道光辐，将茅坪河水煮热了。栖息在春秋寨石墙上的斑鸠，振翮而起，朝客服中心掠过，翼羽划过天际，落下一道灰色弧线，划破蓝天。然后择一阴凉处鹄立，停止啼鸣对唱。静默，其实是在等待一场声震天地的呜（巫）音喇叭及端公舞，那是穿越千古的楚国宫廷乐舞啊。

长长铜喇叭举了起来，伸向天空，巫音喇叭第六代国家级非遗传人刘国福环顾左右，八位乐师站成半个回字形，着黄衣，戴头盖，腰间系着红带，后边端公舞班底已准备就绪，舞者皆身穿黑袍、紫袍，手持驱鬼请神的法器，人未舞，额头汗水淋漓。刘家巫音班子与端公舞班，国家级和省级非遗传承人，今天要为来自全国的嘉宾吹奏一曲，旋舞一场。

楚人之俗，自古"信巫鬼，重淫祀"。烈日炎炎，河畔如蒸笼，水蒸气氤氲。等待，在夏日里等待一场盛装巫音喇叭端公舞，与其说在求神中永生，不如说是在吹奏舞蹈中燃烧。襄阳、南阳盆地的气温太高了，彼时穿长袍，不啻酷暑盔甲护身，汗水如泉涌，可以倒出一桶水。可是，巫音与端公舞是古楚国宫廷音乐与舞蹈的绝配，就得戏袍盛装，一派战国风，一场巫音动地喜，远方客人，请您留下来。

二

车子在春秋寨入口戛然停下。

午餐后，即收拾行李，登车。下午行程很满，道远且长，要走很远的路。一个重要活动就是去春秋寨，观巫音喇叭和端公舞，看秦灭七国后沦落民间的宫廷音乐的上古之风和正大气象。

昨晚他又失眠了，醒得早。上午在香水河景区沿清溪神游，山重水复，水一程，山一程，涯上一程，山回路转，体力透支了。晌午饭后，血氧高，登车就睡觉，续昨晚荆山春秋大梦，热风吹汉水，筚路蓝缕一枕荆山。那是楚国开国之君熊绎吧，国都设在丹阳城（今南漳县城关附近）。周天子会盟岐山，熊绎坐着四乘骑的马车，风尘仆仆赶到岐山参加会盟。仪式前，一位大臣逐一请齐晋鲁及卫国诸侯入席，而熊绎不在贵宾席上，被另一位大臣领到东夷鲜卑国君身边，一起安放菁草，即滤酒用的香草，那是侍者之活啊。祭拜天地国君师后，周天子对齐晋诸侯赐珍宝，独无楚子。想想，打虎离不开亲兄弟，周天子内外有别，只赏内戚王，对外姓诸侯有点冷落，不封亦不赏。齐君，是成王的舅舅，晋、鲁及卫君，又是成王的同母兄弟啊，怎么轮得上荆楚之地的楚子呢。

奇耻大辱啊！驾长车返丹阳王城，熊绎心中愤愤不平，向荆楚天空发誓，筚路蓝缕，励精图治，让周天子知道楚子并非等闲之辈。回到丹阳，熊绎招手唤来大臣，吹一场巫音喇叭吧，朕要压压惊，洗礼受辱之魂。于是，宫廷乐师旷被召来了，他是巫音喇叭的鼻祖，拍手唤出乐班，将铜喇叭伸向天际，长号嘹亮，喇叭声咽，配之端公舞，那是楚国最美的音乐舞蹈史诗，迄今仍为楚国宫廷的音乐化石。听了巫音喇叭，看过端公舞，会有惊为天人之感，通巫术，与鬼神交，感应天地浩气，楚子又满血复活了，将受辱之事抛到丹阳城外。翌日，换上芒鞋、布衣，竹杖穿林过，带着王后跟着百姓砍荆棘，劈山垦田，修渠，可谓卧薪荆山人不悔，衣衫褴褛，终于崛起于南夷之地。

然而，三百多年楚王都城经不起岁月风吹雨打，兵燹，水淹，屠城，最终只剩下废墟，城墙坍塌，铸剑为犁，嵯峨楚宫化作旷野桑田，只有楚子听过的巫音喇叭活着，遗落民间，成了一个个家庭演奏乐坊，续巫音之魂。楚歌从远风中吹过来，伴着端公舞穿插的旋律，衣袍窸窣，回响在春秋寨的石墙上，听呆那对多情的斑鸠。

三

他一脚跨下车门，水泥地上浮冉一片烟岚，热浪涌来，眼前遽然一亮，楚国风，好大的阵式与排场啊，眼前惊现一片上古楚乐的艺术之海。刘家巫音喇叭班主刘国福见车门一开，手从空中劈下，两个长号师对准长号铜嘴，运气，胸有千壑，首奏喜调"何仙姑"，喜曲的旋律，呜呜声裂帛，少了民间唢呐的喧嚣，随山风吹来的是悠远沉雄。他踩着巫音的节拍，眼前一片虚空，热海波涌，激荡在荆楚百姓心田的巫音、编钟、《九歌》，随着锣鼓、大镲和端公舞蹈旋律，将楚国风俗的占卜、祭神、崇巫、赶尸、喊魂，极尽古楚国音乐舞蹈的原始之美，展示得一览无余，唤醒了一个南蛮夷后代沉寂的文心元气。

巫音喇叭距今二千六百余年，处春秋南蛮之远，山鬼踏歌来，问天听惊雷，《九歌》不及巫音老，一曲歌罢叹《离骚》。所幸，听巫音喇叭前，他溯中国古乐的屐痕，只走到大唐。2005年，他曾在海淀剧院观看过大唐皇家乐班演奏的工尺曲，那也是一群农民。唐亡后，皇家乐师班沦落于宝鸡山野，弃锣鼓琵琶笛箫而耕作，却不荒祖上的六艺。农闲时，一个村庄的农民用握锄头和割麦子的手，指尖开满茧花，反弹琵琶工尺曲，竹箫一曲动京城，抚古筝，敲长鼓，胡曲翩翩霓裳羽衣舞。"合、四、乙、尺、工"是唐曲，长亭外，灞桥边，折柳相赠浥轻尘，犹忆胡舞不夜城。那工尺曲，极似今日《好一朵茉莉花》。长安城的大唐气韵，留在一千三百多年后农家男女老少的浅吟低唱中。而巫音喇叭呢，比工尺曲更古老，更神秘怪异，他要听一听国家非遗传承人刘国福的领衔吹奏。

巫音雅声动丹阳。刘国福和他的刘家班乐师，八个人站成一个圈，两只长号，旁边是两只唢呐，左右各两位大钹、小镲和钩锣的锣手鼓师。

"呜呜——"长号第一声，他初以为雪域寺庙长号奏梵音呢，其实不然，初啼巫音喇叭，音域一开，犹如天籁雪落，悄然抹去山间的热浪，落下的是巫音喇叭序曲。喜调开门，靠姑、婆亲调。两只长号高昂于天，喊山，百花生灵踏紫气而来，旭日初升，迎亲队伍带来一路祥云。踩在鼓点上，远芳，山道，旷野，村庄，熙来人攘，渐次热烈起来。喇叭随声而起，那是唢呐味道，欢快，轻佻，激昂，是老百姓的日子，不经意间，就带入了高潮。随后，怀鼓、边鼓、凸鼓，鼓点四起，犹如楚王大军出征，鼓点如铁蹄踏过石板路，如雨，如雷，如电。最有趣的是大钹、小镲与钩锣和鸣，两位手持钩锣的乐师，敲上几轮钩锣，然后朝空中一抛，至最高点，落下来，接到手中，再敲上一曲，令人眼花缭乱，如雾里看花，雪中观景，青石板路上走马。虽然时令已是苦夏，却吹出了春深。

该看看巫舞了。巫音喇叭还在演奏，祭神驱鬼的端公起舞了，此舞盛行于南漳薛坪一带，跳得最好的是老坛主秦应楷，在当地名气最大，可已作古多年。而他的弟子姚凯八十多岁了。今天端公舞戏班，分为上坛、下坛以及顶神者与站案者。顶神者为端公，手执法器或者打击乐器，边做法事，边唱边舞，与上天神灵对话。自然崇拜、生殖崇拜、图腾崇拜，成了端公舞的最高境界。有时，一场端公舞跳下来，一般为一天一夜，大户人家则跳三天三夜。山鬼已远，望荆山兮，丹阳城郭如烟如梦，汉水女神踏巫音喇叭的旋律而来，众人皆醉。

天空中，斑鸠和鸣，一只白鹭翩然河上，那是白衣屈子在喊魂的和声中归来?！

四

刘国福从记事起，就听爷爷吹巫音喇叭，他觉得那唢呐声妙曼之极，一点也不像他听过的民间唢呐，闹腾得人心慌。后来爷爷老了，刘家班子坛主成了父亲。爷爷只有县里和省里来人时，偶然出场，露一下身手，获得满堂喝彩。他跑到爷爷跟前请求道，收我为徒弟吧。

爷爷不理他，目光如炬，望着远处的山野，刘家班主传位人，是你爹，到你十六岁时，胸襟大了，可纳山岳，风掠汉水，气足了，吹得动长号，再说吧。刘国福秒懂了，爷爷是要考察他的艺术大分。后来，爷爷垂垂老矣，爬不动山路，遂将刘家巫音班主传于父亲，可是他仍旧曲不离口，号不离手。春天，太阳刚爬上东边山冈，照着巡检镇文家垭村老屋，从敞开的大门斜照进堂屋，爷爷躺在竹椅上，远望初升的太阳，咿哑呵嗨地哼起巫音乐曲：

> 哑嗨哦呵唉咿哑，
>
> 咿须矣，
>
> 也咳哑呵嗨。

这是楚国宫廷乐师旷留下的古乐，声调诡谲怪异，与楚人崇巫信鬼一脉相承。少年听曲睡梦中，天将破晓，似有神巫穿越千山，踏着云朵与风神而来。刘国福喜欢爷爷哼的古曲，暗自跟着学，他记性好，爷爷每日哼一曲，他熟记一支，一百二十多天后，古楚国宫廷遗落民间的古乐，刘国福都会哼了。哀姑、靠姑、别枝子、官调、白鹤谣、月月落、月月高、月月清、虎抱头、上山坡、小毕音，每个曲调，吟唱得像模像样，令爷爷刮目相看。

小子可教也。爷爷将刘国福叫到跟着，拿过长号，嘴唇与喇叭对口形，收腹，吸气，刹那破腔而出。最难掌握的是手音、口音、揉音，如何混声一音，吹出浑厚、诡异、悠远之感。爷爷教他要诀与技巧，他聪明，领悟快，很快就掌握了。其实这些古歌，还在摇篮中，刘国福就听爷爷吟唱，烂熟于心，爷爷一哼过，所有的梦呓都被激活了。

小子，我就只能教你这些了。爷爷说，跟你父亲刘定家去学吧，吹长号时，两支喇叭同时吹，两个乐师交换摸音，这叫你吹喇叭我摸音，难度极高，够你练一辈子。

刘国福磕头一拜。

爷爷说，小子记住，将来你也会当班主，刘家班有一条铁规："进门不吹叶叶落，出门不吹上山坡。"

从十六岁起，刘国福跟着父亲学偷换气、甩马锣、换拇眼，这是吹奏巫音的三大传统技法。吹长号，胸腔和腹部要特别给力，逢喜事，长号吹出"哈哈"之声，幽默风趣，令东家喜上眉梢；遇白事，长号吹出"呜呜"之声，让亲人怆然涕下，号啕不已。父亲最后又让他学打击乐，将一面巴掌大钩锣，敲出一曲节拍，然后左右锣师配合，轮换将钩锣抛甩向天空，就像一只妙音金鸟鹞然而起，在空中划一个圆弧，旋转落下。喇叭、唢呐调儿越长，锣师甩得越高，钩锣冲天一鸣，大盘小盘落玉珠，落成锣鼓铿锵。

山风过耳，千年已逝，楚王在荆山的王宫城池，都化作一抔黄土，唯有沾着人间烟火的巫音喇叭，王室乐班，从宫廷走向民间，在千年的红白喜事中存活下来，既保留了古楚国宫廷的高古典雅，又融入楚民间巫卜文化的神秘、诡异。

一曲歌罢丹阳风。

五

演奏一曲巫音悲调吧。

他心中有几分期许，虽然刘家班祖师爷曾给孙子立下铁规"进门不吹叶叶落"，但是楚虽三户，亡秦必楚，巫音一曲动地哀。楚国熊氏，自熊绎被周成王封为楚子，都丹阳城，横亘春秋战国，经四十三代诸侯，到公元前223年被秦将王翦攻破郢都，亡国，历时八百一十九年。巫音呜呜，悲喜交集，虽为春秋五霸，战国七雄，攻城略地，一度定鼎中原。可是多慷慨悲歌，多海棠血泪，多高人壮士，唯有巫音悲调，可慰忠魂，可祭故国啊。

　　知我者，谓我心忧。巫音第六代传人刘国福知我心，演完一曲曲喜调后，他竟然指挥巫音乐师吹起了白鹤谣、上山坡，这才是真正意义的大悲乐。虽为悲音，却有正声、正气，不像那民间的唢呐，白事开场就哭声四起，巫音的悲歌是招魂调，是离骚赋，是壮士歌，呜呜发声，喊山，喊大江过石门，深水静流狂涛，将逝者的祭祀与悲情，藏于雅音，落花于逝水东去。悲恸时却含激昂之铿，死寂中有亡魂列阵、蹄声、喊声、杀声、哭声、歌声汇成大江汉魂。四面楚歌，并非败象，那是乡音乡愁楚韵，更有缅怀祖先丰功伟业的豪迈。在呜呜唢呐声的乱石穿空中，更添了一种与巫符、神灵感应时的神秘与从容。他沉浸在巫音喇叭悠长激昂的悲调中，彼时，一群白鹭、一只白鹤在巫音袅袅古乐声中高飞天际，是白衣高士屈子归来了吧？

　　千年过矣。丹阳城早已灰飞烟灭，郢都化作桑田，屈子踏浪归来，那双忧患之目，一直悲泪纵横，落成雨点，化为粽子，落入汨罗江、汉水。端午节，还有一个漫长的苦夏，属于屈子。丹阳故都的乐班为一颗赤心、一颗文心、一位忠魂吹奏了千年。每年端午节，每年夏天，巫音喇叭乐班都在吹。吹得白鹤盘旋于秧田中、大江滨。屈子就是那只白鹤，涉江，过沅水、溆水，踏湘水而来。踽踽经年的屈大夫啊，听到秦军攻破了郢都，故国不可归兮，唯有魂返。于是纵身一跳，楚子熊绎听过的白鹤谣，成了屈子的最后宿命。巫音悲来，唢呐声咽，一个楚国在哭，挽《九歌》而祭屈子，一排白鹭从岭上掠过茅坪河，兰汀香芷，清泉碧流，映着春秋古寨，映着一颗文心不死。巫音戛然而止，白鹤掠过，浪花溅起，卷起千堆雪，那投江的涛声，那巫音，其实就是一个古族的心跳。

白鹤谣刚落下最后一声长号，另一曲悲调别枝子又起，依然是古楚国的宫曲，平缓的吹奏渐入佳境，巫神过楚道旋律铿锵，丽日晴空山雨欲来，呜呜长号惊雷平地起。他悚然一惊，这样的巫音，这样的古乐，只属于一个楚人，非西楚霸王莫属。他是楚国名将之后，半世辉煌，垓下之战是英雄末路，是西楚霸王的黄昏，就像丹阳城郭日暮黄昏一样，血溅天幕。退回江东，他还可以再扳回一局，可英雄骄傲，不愿低下高贵的头颅，万千楚国子弟相随，一将独归，无颜见楚国父老啊！当他自刎乌江，将项上之头割给船工时，那一刻就注定了西楚霸王的不朽。楚虽三户，亡秦必楚。其实，何必三户，一个赳赳武士就够了。倩谁来拭英雄泪，猎猎风中，巫音喇叭独为君而歌而哭而笑。生当为人杰，死亦为鬼雄，荆山楚韵，巫音悲歌，就是为英雄归来而奏。

那个长夜，篝火天荒，楚歌四起，不，谁说是四面楚歌，十面埋伏，抑或是四面巫音喇叭回响。楚乐一曲祭霸王，为一个男人，一个女人，一个楚人，一个楚国的、中国的最后骑士。

时无英雄，使竖子成名。阮籍之语太狂妄，世有巫音悲调浩荡，千古不绝啊，皆叹楚人英雄辈出，于斯为盛。

呜（巫）音喇叭声咽，狂飙一曲动地歌。

刊于《人民日报》（海外版）2022年9月10日

一个记者是怎样炼成的（节选）

韩小蕙

一

古往今来，岁月匆匆，人物匆匆。人生就像是一粒纽扣，缀上新衣服，用旧了扯下来，然后以旧换新，然后日夜更替，然后绵绵瓜瓞，然后沧海桑田。

在这些匆匆而过的"然后"里，每个人的一生都充满着幻想、憧憬、追求、奋斗、艰难、坎坷、折腾、折磨，乃至沮丧和绝望。古今中外，无论是帝王将相与英雄豪杰，还是如你我一样的平头百姓，概莫能外，谁也逃不过老天爷的掌心。而从另外一方面说，这也是上天对人类的锤炼吧，每个人都有过筚路蓝缕的搏击，都在争取最好的前程，都是从九九八十一难中穿越过来的，你看那个纯真呆傻的唐僧，难道不是我们每个人的原型吗？

忆及我年轻时的岁月，更多的是学、思、琢、磨、自责、觉悟，不懈地反思自己。记忆最深刻的，从不是登台领奖的辉煌，而是"走麦城"和"失街亭"。如果能让我重新"匆匆"一次，我相信自己肯定能比那时的得分更漂亮一些——然而人生，哪儿还有重来的？

二

只有回忆是可以重来的。可是现在，每当我回顾自己的职业生涯时，不知为什么总有一种失重感，垂直地就会堕入倾斜之中，尽管我对自己新闻人的职业，一直是无比热爱和极为自豪的。苍天在上，各路神明，我这一生最要庆幸的两件事，一是1977年恢复高考时有幸赶上了那班车；二是毕业后即进入光明日报社，做了一名文化记者和文学编辑，一干就再未离开，全心全意、真心真意、诚心诚意，热心热意地做了32年，直至退休。

只是我的起点太低了，上大学那年已24岁，毕业时进入新闻行业已28岁"高龄"。我家祖祖辈辈，连亲戚朋友在内，都没有一位跟新闻行业沾过边，真正是一张白纸，一穷二白。工作是完全陌生的，连什么是"导语"都不知道，一切从零开始，就像四年前迈进大学门时，学英语是从A、B、C、D的26个字母学起。不过，真的没有什么了不起。

三

新闻学的A、B、C、D是五个W：When（何时）、Where（何地）、Who（何人）、What（何事）、Why（何故），通俗说就是时间、地点、人物、事件、原因。那时没电脑，一切采访靠腿勤、手勤、脑勤，勤能补拙。勤我倒不怕，就像"东天太阳升"，就像"大河日月流"，勤快、勤奋、吃苦、耐劳，本来就是我们这一代人的强项。不过其中有一勤，确实是我所害怕的，即口勤。作为记者，你得会说话，会问，会让你的采访对象滔滔不绝地跟你说，把他的家底一一都倒出来。对于从小性格内向、不善言辞的我来说，最喜欢的就是爱说话的采访对象，有的人生性外向，你问一个小小的问题，他就能打开话匣子，把你想问的和不想问的全都哗啦啦地倒给你，此时你只要拿着小本记就行了。所幸，这世上绝大多数的采访对象，都是属于这种人。

那时我采访次数最多、采访时间最长的著名作家，是叶君健先生。那还是在1983年，我刚做记者不久，我的领导金涛同志给我派的任务。当时有一家出版社想做一批文化老人的挖掘整理工作，还提供了录下声音的磁带。于是，我骑着自行车，一次次去到北京北海公园东邻的恭俭胡同，在叶老那个灰墙灰瓦的小院子里，听他讲从家乡湖北黄安县（后改为红安县）大山里走出来的故事。

叶君健先生是我国著名学者型作家、翻译家，他翻译的《安徒生童话全集》在中国家喻户晓，我从小就读过《稻草人的故事》，印象极深。万没想到自己长大后竟然能安静地坐在这位大家的对面，听他娓娓道来。满头银发，身材高大，玉树临风，温文儒雅的叶老，一派学者风度，当年竟然也是一个整日拾荒、砍柴却仍吃不上、穿得破的贫苦农家小黑孩，靠着顽强的生命力和苦苦挣扎，才在苍茫大山的佑护下活了下来。1999年叶老辞世，享年85岁。至今，我每次路过恭俭胡同那一带，脑海里都还会浮现出这一幅美丽的图画：长长的窄窄的灰色胡同里，纱幔一样洒下丝丝金红色的阳光，我骗腿飞身骑上自行车，轻快地朝胡同口驶去，飘浮在头顶上的白云追随着我，在我身后拽出一串长长的光影……

四

记不得是外国哪位名人说过，如果一个人的本职工作和他的兴趣爱好能够叠加在一起，就是上帝对他的眷顾。很有幸，我刚好是被上帝照拂的人，据说在古往今来，据说在海内海外，这种"幸运儿"是极少数。

一想到这一点，我就会双手合十，叹出长长的一口幸福气，暗暗对自己说：韩小蕙你何德何能，怎么就会得到这份稀有的恩赐？

不再言说岁月的大洋大海，也不再言说历史的大江大河，我庆幸正值事业期的自己，赶上了国家最好的发展阶段。从上世纪70年代末一直到我的退休之年，中国的改革开放事业，轰轰烈烈，慷慨前行，解放思想，高歌猛进。在这可歌可泣的40多年里，小小的我平凡的我，在我小小而平凡的工作岗位上，结识了中国文学界大部分有过声响的老中青作家，采访、对谈、组稿、交心、聆听、学习、汲取……我从他们身上收获了多少阳光雨露和朗月清风！

最被季羡林先生打动心弦的，是他"君子克己，一心为人"的大善与大爱。他曾一字一句地纠正我文章中的错误，那是我顺手把"先天下之忧而忧"多写了一个"人"字，在一般人看来这并不严重，但季老竟然专门给我写了一封信来纠谬，令我羞愧难当，为自己浪费了老人家那么宝贵的时间而自责不已。

最被张中行先生震撼心灵的，是他"学，然后知不足"的大境界，还有定位于普通人的布衣本色。这位一辈子苦读而学贯中西的大学问家，曾恳切地对我吐露心声：我这辈子学问太少，如果王国维先生在世，北大只有几位可以勉强评个三级教授，而我则连评教授的资格也没有……

最被邓广铭先生感动我心的，是他推开正吃了一半的饭碗，神闲气定地与我交谈，一点也没大历史学家的居高临下。那是我第一次去拜见他，之所以午饭时间打扰，是因为那天北大进门严苛，我是怕出去就进不来了，为此，我非常不安。殊不料邓老先生竟然对我说："我替北大向你道歉……"

最被叶廷芳先生振聋发聩的，是他那个惊人的《政协委员提案》，在举国计划生育抓得最严峻的时代，他石破天惊地提出，应该放开独生子女政策，否则将会给中国后面的发展带来祸患……

最感到对不起李国文老师的，是有一次我不知怎么走了神，在编稿过程中将他原本正确无误的文字改错了，使姜夔和白石道人变成了两个人。报纸就那么错出去了，白纸黑字被读者来信批评。我就像闯下塌天大祸的孩子，浑身发烧，硬着头皮给国文老师打电话，据实以告。万料不到的是，国文老师马上就故作轻松地说："错了就错了呗，那有什么关系？"我急得都结巴了，说："我犯的这个错误太低级了，读者以为是您错了呢，实在是影响了您的声誉啊。"电话那头，他哈哈一笑，再次安慰我说："这有什么，我不怕。"国文老师，虽然从此我再也没跟您提起这件事，但这是令我终生都不忘的、永远烙在心上的一个刻痕。

最被蒋子龙先生痛彻心扉的，是他对国家大工业体系遭到摧毁的忧懑之心。

中国作家中，出身工厂的作家寥寥，所以描写工业题材的作品很少，我期待能多有像《农民帝国》一样重量的工业题材大作品传世，前提就是中国强大的工业体系自立于世界民族之林。

五

中国早年是有一部重磅工业题材长篇小说问世，就是张洁的《沉重的翅膀》。最让我心刀剜一样痛楚的是她的去国，原来在北京和平门市文联的红顶楼，张洁把她的家布置得多么温馨且有艺术气质。钢琴上摆满了她获得的各种最重要的奖牌，张洁从不炫耀她的成就，以至于只有很少人知道早在1989年，她就获得了意大利马拉帕蒂国际文学奖。这个奖一年只授予一位作家，博尔赫斯、索尔·贝娄等都是其得主。后来张洁又获得了意大利骑士勋章，以及德国、奥地利、荷兰等多国文学奖。1992年张洁当选为美国文学艺术院荣誉院士，这是至高的荣誉，因为这院士全世界只有75人，不增加名额，去世一人才增补一人。

张洁当然很珍惜这些荣誉，但在她心目中最压重的，还是自己的作品。我亲眼看见她用写诗歌和散文的方式写长篇小说，也就是说，一个字、一句话、一个标点符号地"炼"，再三再四地修改。《沉重的翅膀》大改了四次，以至于累得心脏病发作住了院；《无字》写了12年，12个春花秋月暑夏寒冬！两度获茅奖以后，她也并未放下笔，为了又一个长篇，她竟不顾年事已高，浑身病痛，只身去了远隔千山万水的秘鲁国，到古老部落里寻觅人类文明的源头与真相。这是冒了生命危险的，行前她非常清楚，也许自己就回不来了，但她还是义无反顾地上了路……张洁实在是太优秀了，是中华民族走到当代的一个不可多得的女作家——每念及此，我心痛，喘不上气来，我坚信她的骨灰终有一天会回到故里，不然老天爷也会看不下去的。

六

还有一位对我产生了终生影响的女作家，是美丽文雅的凌力大姐。总是带着天使般笑靥的凌力大姐，曾对我下过一道"封杀令"，即要求我不论何时、何种情形下，都不要写她，一个人淡泊名利至此，也是中国文学界独一份吧？凌力只用她的作品说话，她的专业是清史研究，因此在一片花里胡哨的清宫戏的编造中，凌力的作品才是最经得住历史检验的正剧。然而一直未见有过她的影视作品，有一次我问她为什么，凌力大姐微微一笑，不紧不慢地说："也有好多人来找过，但我怕作品被糟蹋了，一直没答应。我故意出了一个谁都不可能接受的高价，把他们都挡回去了……"

七

时间真像汩汩流水，几十年，一瞬间，就凶狠地流走了。回忆像洪峰，滚滚滔滔，一浪接着一浪，大浪淘沙。太快了，太猛了，岁月的利爪在心灵的日晷上抓挠了几下，我的角色就已由亲历者，变成了如今的讲述人。

"林花谢了春红，太匆匆！"望着蓝天上游行的猎猎白云，我的思绪越扯越长，不由得飞到了北京城内的各个地方，沙滩、南小街、红霞公寓、和平门、安定门、东土城路……那些曾是中国作协的办公地和宿舍，住过许多著名的前辈作家，我曾在那里结识和采访过臧克家、秦兆阳、冯牧、荒煤……他们中的大部分人，都已驾着祥云飞去了天堂，也有生命力顽强者还留守在葱茏大地上加持着我们，更有几位文学生命力特别顽韧者还在坚持写作，一篇篇、一部部，像一封封被生命科学院嘉奖的喜报，不断带给我们惊喜！

"不思量，自难忘。"我的思绪又飞到了建国门、永安里、三里河、皂君庙、北大、清华、北师大、学院路……那里是中国社科院、各大名校的办公地和宿舍，我曾多少次进进出出，采访过茅以升、冰心……他们的学识、为文、做人和各自持守的生活态度，都令我敬仰不已，学到了很多。

"思悠悠，恨悠悠，恨到归时方始休。"我万般感慨，心底推出千堆雪，在祖国的大江南北、天涯海角，曾结识和采访过马识途、马烽……他们的赠书、书法、作品集，至今在我的书柜里向我招手，激励我努力写作，天天向上。

"但愿人长久，千（万）里共婵娟。"我还身不由己地飞到了海外，我曾结识、采访和笔谈过郭枫、陈若曦……他们身在异乡，心系神州，用一部部作品织出了汉字的天光云锦，为中华文化的薪火相传和广播海外，做出了既花红柳绿又岁岁春风的奉献。

是的，这长长的名单已经够长了吧，但还远远地没到尽头，还有和我同辈的，乃至一茬茬中青年作家排成的一支长长的队伍，在持续跋涉中，长江后浪推前浪，卷起千堆雪，浪花淘出英雄！

是的，这长长的名单已经足足的够长了，我这一辈子可真是太值了，怎么会认识过、接触过、走近过、知心过这么多著名的文化大师和文学巨擘呢。读他们的佳作，听他们谈吐文学和人生的真谛，走进他们的内心，与他们很多人成为忘年交，这在当代文学媒体人中，不敢说是独上华山，但也超不过两三人哦。

是的，这长长的名单真是足足的够长了，为此，我每每感念我母校中文系的老师们，是他们把我送上了文化记者和文学编辑的岗位，让我驾驭着时代的宇宙飞船，在浩瀚的河汉中穿行，拜谒一颗又一颗闪光的明星，同时也做成了一名为我中华文化击鼓传花的传花手，我生荣幸！

八

最后，还有一点是最最重要的，就是做人。

我们谁都说过"在历史的长河中，个人只是微不足道的一瞬"，确实如此。而具体到每个微不足道的一瞬，都是有着或曲曲折折，或蜿蜒逶迤，或缠绵悱恻，或流连忘返，或惊涛骇浪，或威武雄壮的故事。甚至，每个人还都犯过错误，形形色色，大大小小，小错误后悔懊恼，大错误痛惜终生……不过，这都是"至今思项羽，不肯过江东"，每个人的人生都是这么跌跌撞撞走过来的，无复多言。

要说的并要特别强调的是，无论在任何顺境或困厄之中，哪怕高腾在煌煌九天之上，或沉沦到地狱十八层之中，我们都必须守住节操，对得起自己的良心。可以套用季羡林先生的话"假话全不说，真话不全说"而践行"坏事全不干，好事干不全"。如此，才可以如饶毅教授所抒怀的那般，当我们在回归自然之前，"问心无愧于职业中的自己值得尊重，生活中的自己值得尊重。因为我既经历过物性的神奇，也产生过人性的可爱"。

刊于《青年文学》2022年第11期

影子之书（节选）

蒋 蓝

三重影子的声音

田晓菲教授在《影子与水文：秋水堂自选集》里指出："影子是西洋油画明暗技法的灵魂。国画有不同的美学取向。然而，当我们展开北宋乔仲常的《后赤壁赋图》，一幅描绘苏轼《后赤壁赋》的叙事长卷，我们赫然发现，在这幅长卷的第一部分，'苏子''二客'与一个童仆，在地上投下深深浅浅的影子。这是中国早期绘画史上，据我们所知唯一的影子。然而，除这几个人之外，同一画面上的其他物象，树、草、石，都没有投影。这几个人似乎是画面上唯一得到映照的存在。这些影子为空白的画面和地面勾勒出纹理……"

中国画历来不喜绘画出事物的影子，尤其是人物散发出来的情绪。明末意大利传教士利玛窦说过这样一段话："中国画但画阳不画阴，故看人之面躯正平，无凹凸相。吾国画兼阴与阳写之，故面有高下，而手臂皆轮圆耳。……吾国之写像者解此法，用之，故能使画像与生人亡异也。"

尽管如此，并不意味着深谙风情的中国古人，不明白影子在历史上溅出的汁液和叫喊。

《诗经·郑风·将仲子》有云："将仲子兮，无逾我里，无折我树杞。岂敢爱之？畏我父母。仲可怀也，父母之言亦可畏也。"这是说一对青年男女约定私下相会，热恋中的男子情急之下提出了要翻墙。这可吓坏了姑娘：我的天！这可是要浸猪笼的！于是赶紧喊停。诗接下来的两章，女主角从"无逾我里"，喊到"无逾我墙"，再到"无逾我园"，但女孩越喊不要不要，越是激发男人的激情，他根本停不下来，场面紧张而激烈。可见从古开始，自由恋爱的先决修为是：要学会翻越时空之墙。

记得是2012年，我来河中府（山西永济）的普救寺，此地是《西厢记》本事的原发地。遥想当年，张生赴京赶考，不巧途中遇雨，就到普救寺散心。碰巧，在寺内看见了扶送父亲灵柩回乡时滞留在寺内的崔莺莺，两人一触即燃。张生当年的读书处西轩，就在大雄宝殿的西侧。莺莺和她母亲、侍女红娘居住的梨花深院，就在大雄宝殿的东侧。这里有张生越墙会莺莺的跳墙处，也有张生为上墙揉身而上的那一棵大杏树。

院中最引人入胜的是东厢南侧的一段墙，墙下翠竹环抱一块太湖石。墙外有一株枝繁叶茂的杏树，明显是得到了爱情的加持。这里是当年张生受莺莺之约，半夜跳墙相会之地，引得游人们纷纷在此比画，并推测一己的体力、胆力、目力与古代书生的差距。

待月西厢下，迎风户半开。拂墙花影动，疑是玉人来。

现在，崔莺莺全力注视着弧形的墙头，比弧形墙更圆的是今晚的月亮。冰轮已经渐趋鼎沸，热气四溢，墙头的花草分明已是情欲的"消息树"。它们的每一次颤动，将漫天的月华搅动为一地的碎银，银子在情欲波光粼粼的水面拒绝下沉，柔水托举纯银，构成了一个比金钗更为饱满的弧线，让人与花墙对望之上的月亮，渐渐黯然……

这个约定是，玉人张生于"明月三五夜"（三五为十五日夜，月亮最圆之际）准时逾墙而来。骨骼清奇的张生从花草掩映的幽冥世界跋涉，他自己在墙根利用杏树揉身而上，展示了书本之外的在野身手。唐朝的树干多半是粗糙而盘曲的，他猴跳舞跳的，于圆月的高潮时分，终于在摇晃起伏的墙头耸起身影。

墙头草立场不稳了，有玉山倾倒之势。玉人的身影与花影合一而摇曳，西墙的另外一侧，从逻辑上讲，应该有一架斜靠墙头的花梯才是符合女性心理的，花梯细腻而精美。玉人伸出一条玉腿，试探，再挪移重心，玉人的热力惊起了一只觊觎的杜鹃鸟。

莺莺小姐玉手掩樱桃，惊呼："哥哥啊，哥哥啊！"

下切的花梯之影宛如一根飘垂的裙带，把月亮的影子、玉人的身影和花草的影子，牢牢绑定。张生如一块银子那样，回到银子波动的在场世界。问题在于，纤细的花梯难以承受西向而来的延宕欲望，嘎嘎欲裂。传入莺莺小姐耳朵里的，是三重影子发出的淆乱之声，她已激动得失聪。而作为旁观者的红娘已入戏太深，随之俯仰，她显然听到了金声玉振……

影了意味着天上之光的存在，标识了光的来源，告诉人们中国古典时间的伟大造像。影子给予情欲和物质以厚薄不异的质地，花梯给予当事人以物质廊道的幻觉。

影子并不是身体与灵魂的形容词。身体有在场与在世的强烈倾向，而灵魂却总是渴望超越现实，进而与喜爱的人与事，永远相伴。影子就成为两者之间的二传手。可是，影子总是更多地在为在场与在世进行明递暗送，所以低空的影子看上去，总有些歪斜。

我后来看《西厢记》的不少明刻绣像画，明显有《金瓶梅》遗风，哪里还有人影、树影呢？《西厢记》的影子分明投射在大地上，反复累积，成为一个寻级而过的台阶。

最佳评论

鸟鸣是鸟儿铺垫鸟道的劳动号子。

身影却是关于一个人的歌德派评论。

奇幻小说家乔治·马丁在《冰与火之歌》里说:"权力就像墙上的阴影,再渺小的人也能投射出巨大的影子。"

反命题

在梦里,我什么也看不清。直到一只黑鸟在暗中惊飞,我才得以看到鸟的黑影,黑鸟啄开梦的边框,破墙而去。光扑进来时,黑鸟的身形刚刚打开了一个反命题。

阴影的斜面

一个人从阴影的斜面滑入梦境是较为流畅的,熟门熟路,具有文件报告那种行云流水。而当这个人要从阴影的斜面返回现实,他除非具有鲤鱼跳龙门的决绝。于是,这样的人总会待在白日梦里,优哉游哉。

泡沫原则

1932年,海明威在他的纪实性作品《午后之死》中,第一次把文学创作比作漂浮在大洋上的冰山:"冰山运动之所以雄伟壮观,是因为他只有八分之一在水面上。"为了区别于弗洛伊德提出的"冰山理论",人们称之为"冰山原则"。

有些人有些事就像海面的冰山,我们只看到了水面上的壮观,却忽略了水面下的绝大部分。而在我的观察里,很多人并不像很多事那样,他们除了水面之上的堆积物,水下是没有东西依托的。也就是说,他们把全部的积蓄在水面铺开了，变成了一堆人生的泡沫。由"冰山原则"蜕变成"泡沫原则"的境况，基本上就是我所面临的文学、人生现状。

阴影以及骨骼

事物的阴影总是比本身显得更伟岸。所以我面对一个事物以及印象，力求摆脱其阴影，抵达事物本身，就成为一项异常困难的工作。因为对于不少事物而言，阴影就是其必不可少的构成，甚至是其骨骼成分。

毫无疑问，影子是自己的一部分，情同手足，影子还经常可以抵达手足无法触及的高巅和彼岸，影子一直具有跟随领导的马前卒本色。尽管影子知道得太多，有时会泄露出一些秘密。秘密一旦曝光了，秘密就会缄默如初。影子比情侣更可靠，直到有一天，它在你倒地不起时，也蜷缩在你身下，镶出了一道死的蕾丝！

面壁之影

人去了，影在。

影子印在墙上。就像拓片一样，展示人的静穆，以及比时间更为坚韧的力道，锲入石头。其实这不过是旁观者的想象，以及他们想象当事人的力道进入时间的唯一方式。

钱锺书提出过"未名若无"的理念，恰在于因无名号则不落言谈，不落言说则难入思维；名言未得，心知莫施。

石壁上的影子，既是对面壁者的命名，也是后世对于历史想象的一次追忆式命名。符号既立，已然有名。但，真的是"有名若有"吗？

这恰恰是想象与虚构，在博弈之间淆乱真实的迷人之处。

影子的皮影

一个从影子深处出走的人，影子累了，终于放弃了对主体的追逐。

影子就像是制作一面皮影，被利刀取走了一个鲜活生香的形象，只把它浮荡在形象四周的光与影子，留在了那块皮子上。

空洞的皮子，看上去很像领袖。

影子与显影液

一个人突然被自己歪倒在地面的影子所惊骇，这应该是影子将周围的环境予以了曝光和显形。也就是说，此时的影子具有了显影液的效用。

威仪的假肢

不穿衣服的皇帝，投射在地面的影子要优于它的实体。看上去他的影子与众人的影子几乎一样。他发布在空气中的威仪与滔滔辞令，汇聚在他的私处，就像是一根威仪的假肢。

曼陀罗

一丛木本曼陀罗开着黄色的喇叭花，花朵朝向地面，它投射的影子看起来犹如两头紧紧依靠的梅花鹿。

构树之下

我坐在成都一棵构树的阴影之中，两耳不闻树外事。

树上的果实像草莓那样打开了情欲的丝绦，在阳光中呈现血管爆裂的征象。类似于现在流行的"新冠病毒"的放大性标本。

我回忆起幼年大吃构树果楮实子的下午时光。现在，树荫中的楮实子在明暗光线下越发红艳欲滴，半透明，它撑起了一团团亮光，直到有一颗跌落砸在地面，肝脑涂地，像一个抑郁患者奋然一跃的决绝。

影子磨亮了刃口

当身影倒伏于地面，并从地面缓慢爬升至树巅的高处，然后再逐渐漫入虚无之中。这会让我感觉到，那些从来不曾留心的空间与机关，其实一直在割裂我。看起来，最无力的影子，反而磨亮了它们的刃口。

没有影子的人

一个没有影子的人，站在阳光下。

他让周围的人影看上去仿佛都是有历史问题的人。

两条影子

一个人的身影从身后投向前方，从身后投向前方与从身前投向背后，意义是完全不同的。从旁观者角度而言，光芒将一个人的背影投向身后，他就是光之子，光芒成为他的群众。

反之，一个人不断踩着影子独行，他背光远行，影子就成为他逸出阵营的证据。

极度陌生

一个人将游弋于世界的目光收敛回来，开始仔细观察镜中的自己，并从中发现许多从未注意到的细节，这一情况一般是中年以后才意识到的事情。而能够持续探究自己的镜像，就会彻底地承认，认命与认输，不过是与人生达成和解的另一种说法。

冯友兰说："普通所谓努力能战胜'命运'，我以为这个'命运'是指环境而言。环境是努力可以战胜的，至于'命运'，照定义讲，人力不能战胜，否则就不成其为'命运'……努力而不能战胜的遭遇才是命运。"

直到有一天，我发现镜子中的我变得极度的陌生，但我也一并照单收下。那一天恰是我50岁的生日。

镜像与虚影

我伸手触及墙上的影子，与我抚摸镜子中自己的脸颊，区别在于：前者是为了疗伤，后者仅仅是出于自怜。

我梦见自己在照镜子

我梦见自己在照镜子。可以发现我背后还有镜子，里面有一串我的背影，瘦弱的、矮小的、强壮的、清癯的背影。镜子的边框构成了一道弯曲而漫长的甬道，我每一次转身就使无数个我的背影开始转向过去……但在影子的尽头，我看到的那个人，并不是我。

渴望与影子重合

一个人活着不可能与影子重合。一个人的梦也不会与帝王之梦"同心一梦"。
如同右手戴了左手的手套，如同你把情人穿在身上，你必露出马脚。
重合的那一天其实一直在地面苦苦等待，就是我彻底倒地，影子回到身上。

无影树

经历了很多令人后悔的事，我才立地生根。长成的不过是既不能供人依靠，也无法为风塑形的无影树。

影子遮蔽了孱弱

一个人静下来，认真地阅读路灯下自己的影子，就会发现自己远不是想象中的那样孱弱。影子遮蔽了自己的弱小与惊慌，影子也模糊了一个人的穿戴与相貌。影子暗示了你应该去找自己的那个影子一起生活。

如果你认为这可能更孤单的话，那就站在路灯下静静观察自己的未来一刻钟吧。然后携带影子前行，继续自己的事业。

天天向上的植物

作为向黑夜的绝对致敬，影子总是虔诚地倒伏于地。影子距离灯光最近之处，看起来是最接近黑夜底色的，但投射在远处的影子并不因此逐渐稀薄，这其实是黑夜加持了它的褴褛部分。所以影子看起来内外如一，上下同心，就像一棵天天向上的植物。

高深莫测的影子

深夜独自走在街头，回想曾经狂妄无知的青年时代，我是忏悔的。我就是地上的那条歪斜的影子。影子反而是主体，影子并不需要立在空气中的那个实体。

光照赋予了一个人实体的深度，但光不是影子。光无法推测影子可以从容穿透的那层坚硬。

看影子的影子的影子

已是2020年圣诞节的黄昏，我在成都一所冷清清的画廊里闲逛。我看到了一个景象：在一幅以背影为主题的巨幅油画前，一个女观众，安静地站立。她的背影很丰腴，很润，很成都。

油画上，有一个晦暗的老者的背影。

我一下觉得，在现实与历史之间，距离、存在，什么也不剩了，这些都在重合。油画里的老人早已经不需要清晰的面目了，因此他的五官可以隐没，全部让渡给背影。他正在逐步走向消失在天际的路上。他可以赤身裸体，准备去渡口登上卡隆的船，去穿越另一条他无法涉足的河流。从背影上看，他已然卸下了沉重的回忆，也不抱有轻身奔向希望的妄念，他坚定地走向不归路。

看画的女人，她的背影在油画的景深里摇曳，进而出没自如，但似乎没有生姿。她犹疑着，是跟着老者的背影一起远行，还是转过身来，用自己的背影，去接纳这一个现象学的全在时间？苏轼《续丽人行》所谓"隔花临水时一见，只许腰肢背后看"，足以见得，古人的眼光比现在的我们高明得多。

但是我猜，这个女人一定是一个不需要使用五官留给我任何印象的人。

我的意思是，她有一个微微摇晃着的背影就足够我去缅怀背影深处的时间。我还注意到，画廊之外，跳广场舞的人民都需要充沛体力和照亮明天的暖光，只有极少数人随时准备着面对最后的一次横渡。波伏瓦说过，人总是要死的。而背影与可以老去的面容不同，背影拒绝了朽灭。

刊于《芙蓉》2022年第2期

鲁迅打官司

张映勤

一

首先应该明确的是，鲁迅一生只打过一次官司，许多文章在提到他打官司的时候有说是两次，也有说是三次，甚至有说四次的，这些说法都不确实。比较多的是说他与学生——书商李小峰为版税问题打过官司。

李小峰是鲁迅在北京大学兼课教书时的学生，后开办北新书局，出版发行作家作品和杂志，因聪明好学，善于经营，书店规模扩大到上海，鲁迅的许多著作都交由北新书局出版，最多时达到包括《呐喊》《彷徨》《中国小说史略》《华盖集》等九本著作。版税高达百分之二十，稿费积年所欠超过两万元。

鲁迅在上海开始职业写作之前，有教育部的工资和在外兼课等收入，稿费不占主要部分，定居上海后，基本上是靠稿费生活。随着鲁迅的影响逐渐扩大、中国出版业的日益成熟，他的作品及所编杂志《奔流》发行量不断攀升，北新书局的收益也日见增多，但李小峰却开始隐瞒印数，拖欠鲁迅的版税，以致最后竟拖欠了长达三四年之久。让鲁迅无法忍受的，不仅是自己的稿费，他负责编辑的《奔流》月刊，李小峰也借故拖延作者的稿费，弄得好多作者对鲁迅产生误会，以为是他的原因，弄得鲁迅百口莫辩，两头为难。为此，他多次给李小峰写信沟通此事，没想到对方置之不理，继续拖延，有耍无赖之嫌。鲁迅这才想起要拿起法律的武器，通过打官司讨回欠账，他写信告诉李小峰，已经聘请律师，准备向法庭提起诉讼。

鲁迅在一九二九年六月二十五日写给白莽的信中说：

> 《奔流》登载的稿件，是有稿费的，但我只担任编辑《奔流》，将所用稿子的字数和作者住址，开给北新，嘱其致送。然而北新办事胡（糊）涂，常常拖欠，我去函催，还是无结果，这时时使我很为难。……至于编辑部的事，我不知谁在办理，所以无从去问，李小峰是有两月没有见面了，不知道他在忙什么。

又过了近两个月，李小峰仍不理会，鲁迅忍无可忍，打算通过诉讼解决。他在八月十七日写给矛尘的信中提及此事：

> 老板原在上海，但说话不算数，寄信不回答，愈来愈甚。我熬得很久了，前天乃请了一位律师，给他们开了一点玩笑，也许并不算小，后事如何，此刻也难说。老板今天来访我，然已无及，因为我的箭已经射出了。

自知理亏的李小峰见事情严重，立即找人调解，通过郁达夫及一些好友向鲁迅讲情，鲁迅念及旧情，也不想将事态扩大，两人于一九二九年八月二十五日下午，在律师的见证下讨论协商，达成了三项协议：

（一）北新书局把图书的印刷纸版交回鲁迅（由郁达夫、章川岛做证）；

（二）北新书局历年所欠鲁迅的版税分11个月结清（由杨铿律师经手）；

（三）双方重新签订合同，依据《著作权实施细则》实行印书证制。

李小峰答应分期付清积欠鲁迅的一万八千余元，发放了《奔流》作者的稿费，并保证以后不再拖欠。

这场官司在朋友的斡旋下并没有打成，事后李小峰为感谢大家的帮忙还摆了一桌饭请客，席间还发生了鲁迅与林语堂争执闹翻的一幕。

与北新书局老板李小峰的版税纠纷经庭外调解，最终没有走上法庭，鲁迅

"开了一点玩笑"，有吓唬对方的成分，目的在于讨回稿费，也就是说，这是一场没有打成的官司。

事隔两个月，鲁迅为自己家的保姆王阿花摆脱乡下丈夫纠缠一事又请过一次律师。

王阿花来自绍兴农村，鲁迅请她来照顾孩子和做家务，王阿花在乡下被夫家卖到山里，一个人逃到上海帮工，丈夫得到她的下落后带人找到上海，准备抢她回去。王阿花表示宁可离婚也不回去。鲁迅替她找了律师，夫妻私下调解，王阿花付给丈夫一百五十元的赎身钱获得人身自由，此事得到解决。这场官司既与鲁迅没有直接关系，最终也没有打成。

二

纵观鲁迅一生，真正打过的官司只有一场，那就是一九二五年八月，他被教育部总长章士钊免职，将其告到了当时的司法机构平政院。

事情的起因源于一九二五年爆发的"女师大风潮"。

鲁迅的挚友许寿裳原来是北京女子高等师范学校（简称女高师）的校长，一九二四年二月，教育部委任杨荫榆接替许寿裳任女高师的校长，并于同年五月，将女高师改为国立北京女子师范大学（女师大）。学校的规模不是很大，当时全校有包括预科在内的学生二百三十七人，教职员七八十人。

杨荫榆一九〇七年官费东渡日本留学，进入东京高等师范学校读书，回国后先后在女高师工作过十年，当过学监兼讲习科主任，曾经在学生中有很高的威望。连许广平都承认："关于她的德政，零碎听来，就是办事认真、朴实，至于学识方面，并未听到过分的推许或攻击，论资格，总算够当校长的了。"这应该是较为公正客观的评价。

在女高师工作期间，杨荫榆又于一九一八年，被教育部选派赴美留学，入哥伦比亚大学攻读教育专业。

杨荫榆的侄女、著名作家杨绛在《回忆我的姑母》中记录了当时姑姑赴美留学时车站送行的场景：

> 那天我跟着大姐到火车站，看见三姑母有好些学生送行。其中有我的老师。一位老师和几个我不认识的大学生哭得抽抽噎噎，使我很惊奇。三姑母站在火车尽头一个小阳台似的地方，也只顾拭泪。火车叫了两声（汽笛声），慢慢开走。三姑母频频挥手，频频拭泪。月台上除了大哭的几人，很多人也在擦眼泪。……我现在回头看，那天也许是我三姑母平生最得意、最可骄傲的一天。她是出国求深造，学成归来，可以大有作为。而且她还有许多喜欢她的人为她依依惜别；据我母亲说，很多学生都送礼留念；那些礼物是三姑母多年来珍藏的纪念品。

客观地讲，论资历、论水平、论人品，杨荫榆出任女师大校长都是够格的。她办事认真、严于律己、敬业守职、性格直爽，又有留洋背景，执掌校政富有热情，但同时又是一位循规蹈矩、待人严苛、不谙世事的女学究，属于事业型的女强人。她于一九二二年获得硕士学位后，回国继续任教。经过欧风美雨的熏陶，杨荫榆一心幻想着要按从西方学来的那一套教学理念办好中国的女子教育，殊不知对国情世情不了解，只能四处碰壁。一九二四年二月她出任女高师校长以后表现得越来越强势，强调秩序、学风，严格加强学校管理，要求学生只管读书，反对过问政治，反对上街游行，在具体做法上又难免有一些独断专行的家长作风。有些学生不适应学校新的规章制度，对她产生不满。

这一年（一九二四）秋季开学，女师大国文系预科二年级的三位学生，因当年南方发大水以及受江浙军阀开战等影响，交通受阻，回校时耽误了一两个月的时间，没有按时报到。杨荫榆不予通融，决定整顿校风，她在学生回来以后制定了一个校规，凡是逾期返校的都要开除。十一月初，她将三名学生开除，这件事在学生中引起了强烈反应。

一九二五年一月十八日，女师大的学生自治会召开紧急会议，三分之二的学生主张驱逐校长杨荫榆，递交了要她去职的宣言，并派四名代表前去教育部申述杨校长举措不当及种种压制学生的情况，请求教育部撤换校长。当时的教育部首脑更换频繁，总长未到任。

四月份，北洋政府司法总长章士钊兼任教育总长，他支持杨荫榆的办学理念，强调"整顿学风"，对学生驱逐校长的要求自然置之不理。五月七日，杨荫榆以校长的身份主持"国耻纪念日"讲演会，遭到学生的反对，她们不承认其校长身份，用嘘声将她赶走。五月九日，校方在女师大张贴布告，开除刘和珍、许广平等六名学生自治会成员，矛盾激化，难以调解。十一日，女师大学生召开紧急大会，决定驱逐校长杨荫榆，学生开始轮流把守校门，阻止校长入校，并出版《驱杨运动特刊》，以造声势。二十七日，鲁迅、钱玄同等七名任课教师联名在《京报》上发表《对于北京女子师范大学风潮宣言》，表示坚决支持学生。

几天后，五卅运动爆发，女师大学生组织"沪案后援会"，这与杨荫榆的办学理念严重相违。因为怕爆发学生骚乱，七月底，杨荫榆以整修宿舍为由，要求暑假拒绝离校的学生搬出学校。八月一日，警察包围了学校，校方强令解散入学预科甲、乙两部等四个班，开始驱赶学生，关闭食堂，截断电线。八月十日，教育部下令停办女师大，在原址另成立国立女子大学。二十二日，坚守女师大的学生骨干刘和珍、许广平等十三人与政府当局发生冲撞，被强行拖出校门。

鲁迅在"女师大风潮"中始终支持学生，他两次为学生代拟呈教育部文，多次写文章抨击辩论，还一度住在学校与学生一起参与护校。学校停办后，教育部决定在女师大原址石驸马大街另办女子大学，将女师大十之八九的学生转入新校。鲁迅支持一部分学生反对解散学校，和其他教员组成了校务维持会，租赁宗帽胡同的校舍，重新组织开学上课，有学生二三十名，为时三月，置校方与教育部的规定于不顾，公然对抗上级。

鲁迅的一系列行为，自然引起了教育总长章士钊的愤怒，他于一九二五年八月十二日，呈请段祺瑞执政府免去鲁迅的教育部佥事职务。

三

　　关于女师大事件的是非功过，背景原因，我们不加评论，这里要说的是鲁迅与章士钊打的一场官司。

　　章士钊为什么要免鲁迅的官？在他看来，"女师大风潮"已经持续了半年以上，官方与学生互不相让。他久经官场，做事果断，作风强硬，兼任教育总长之后，高调宣称要整顿学风，计划合并北京的八所大学，统一考试。女师大学生与校长发生冲突，学生无视长上，必须严加管束，将学校解散，另成立国立女子大学，以接纳原女师大学生。这是他采取的措施之一，没想到自己的部下，教育部的小科长鲁迅却始终站在学生一边，屡屡发宣言，写文章，还参与成立校务维持会，公然与教育部作对，为了惩戒这些"犯上作乱"的人士，他拿鲁迅开刀，呈请临时政府免去他教育部佥事一职。

　　鲁迅当时是教育部社会教育司第一科的科长、佥事，相当于处级待遇而无实权的公务员，好端端的铁饭碗让章士钊砸了，岂能善罢甘休。

　　看到自己的免职令，十五日鲁迅就写好了诉状，十六日晚，他找到了在平政院当首席书记官的老乡寿洙邻征求意见。寿洙邻是当年三味书屋塾师寿镜吾的次子，与鲁迅是亦师亦友的至交，两人过从甚密。在寿洙邻的指点下，鲁迅认为自己胜券在握，决定上诉。八月二十二日，他赴平政院交付诉状，状告章士钊免职令违法。八月三十一日，他又赴平政院交纳了诉讼费三十元。九月十二日，平政院正式决定由该院第一庭审理此案。

　　鲁迅没有请律师，自己写诉状，自己答辩。他不为自己辩解，有错没错，该不该受罚并不重要，关键是被告将其免职，属于"程序违法"。

官司打了几个月，其间，官场动荡，政局不稳，这一年（一九二五）的十一月二十八日，激进的学生再次（第一次为五月七日）冲击了章士钊在北京魏家胡同十三号的住宅，要求其下台，章被迫卸任，匆匆逃到天津，无暇顾及与鲁迅的官司，一度解散的女师大也于十一月底复校，杨荫榆这时辞职后也回到了苏州老家。

一九二六年一月十六日，新任教育总长、国民党员易培基兼任北京女子师范大学校长，等到平政院将鲁迅的互辩书再次送到教育部时，他以"此案系前任章总长办理，本部无再行答辩之必要"为由，不再理会，教育部也很快取消了对鲁迅的免职处分，让他暂代佥事一职，在秘书处办公。

一月十八日，鲁迅重新回到教育部上班。

三月二十三日，平政院开会做出最后裁决，判决鲁迅胜诉，已经离职的章士钊及教育部"违法"。

实事求是地讲，官司获胜的主要原因在于诉讼过程中，段祺瑞执政府已经垮台，章士钊继辞去司法总长、教育总长之后，其政府秘书长一职也不复存在，平政院在没有任何阻力的情况下，撤销了教育部的决定，而不是针对章士钊个人。

这场官司是由"女师大风潮"引起，鲁迅之所以在一九二五年深度介入这场风潮，除了自身的正义感，不能不说与两个人有直接关系，先是许寿裳，后是许广平。

许寿裳是鲁迅的终生挚友，他于一九二二年七月出任女高师的校长，对学校管理进行改革，购置图书仪器，延请名师，聘鲁迅、周作人、沈尹默、沈兼士等人到学校兼课。但谁能想到，"老实有余，机变不足"（鲁迅语）的许寿裳受到排挤，在女高师"驱羊（杨荫榆）运动"之前，还有一场"驱许迎杨"的风潮，女高师的学生于一九二三年八月要求他去职，转年二月许寿裳被迫辞去校长职务，接替他的就是杨荫榆。朋友的校长位子被杨荫榆占据，鲁迅心里对她的排斥、抵触不言自明。

许广平是鲁迅在女高师教书时认识的学生，在"女师大风潮"的一九二五年三月一十一日他们开始通信，一个月后许广平登门到西三条胡同拜访老师。八月份女师大被教育部解散，许广平住进了鲁迅家里，十月份两人情定终身，正式成为恋人。许广平是"女师大风潮"主要的参与者、策划者，随着学潮的升级，身为学生自治会成员的她被校长杨荫榆开除，鲁迅正是在许广平的影响请求下，实现了由默然旁观到积极参与的身份转变。

鲁迅为自己免职所打的平生唯一的一场官司，与"二许"不会一点关系没有吧？除了"公仇"，是不是也有一些"私怨"呢？

刊于《黄河》2021年第5期

在僻巷小馆，把酒言欢

淡巴菰

来北京那年我三十岁。因为喜静不喜动，先后也就搬过三次家 —— 从石景山的鲁谷大街某国营厂宿舍，到游客熙熙攘攘的前门西大街，再到当年仍荒凉的南城玉泉营，最后落脚在毗邻百亩森林公园的奥运村。常听人赞叹首都的日新月异，于我，倒也体会得到，但远没"北京土著"那么强烈。直到那天，为赴饭局，到前门一带故地重游，徜徉于那古韵新风相间的建筑群，不由感叹当代的北京正在努力把传统和现代融汇。老字号与现代商铺比肩而立的街道边，青砖灰瓦的小巷里，随时出现的抽象摩登艺术雕塑，没有几个汉字的欧式店铺，民国风格的雕栏小楼，都让人恍惚迷惘，似乎坠入时间的迷宫，不知今夕何夕！

我当年居住了三年的前门西大街筒子楼仍矗立在那儿，敦实、厚道，不惊不惧。楼前粗大挺拔的白杨树也并未显出老态，虽然当年加班加点编稿码字的那个女子，已经生出了白发、过尽千帆。

前来小聚的，一位是我当年读书时的恩师，一位是后来在京结识的文友、谙熟旧京的小说家。疫情所致，我们已有两年多没见。稍有缓解，幽闭多时的心便蠢蠢欲动，相约喝酒。此前我曾赴过几次聚会，有趣地发现无论主客，似乎都比从前赴约更准时，有的甚至来得更早。我欲见老友恩师的急切，或亦如此。

那个暮春的傍晚天色极好，空气也极佳。日头隐去，星星似乎与灯盏约好了同时亮起，天上地下遥相呼应，令人想起前人"天上的街市"的诗句。我沿路标走走停停，寻找那个早就耳闻过大名的小胡同，那家一直被文坛老友吹嘘过多次的爆肚店就坐落其中。一路上老字号饭馆儿不少，洋味儿十足的西餐厅更多。很快，我发现娉娉婷婷妆容精致的女子和发色鲜亮的时尚少年都渐渐稀少了，来往经过的多是衣着普通面貌庸常的市井百姓，我知道我离老北京的地气儿更近了。作为一位擅长写京味儿小说的作家，老文友胡同里闾三教九流无所不涉，对爆肚老店的诸家更无不稔熟，甚至对各家肚仁、肚领儿、葫芦头之类的火候口味如数家珍。他选择聚会地点的前提当然是菜品。但这次穿过大半座城扎进深巷里的一聚，是不是也透露着对传统的留恋？他没说，我亦没问。

窄巷里的这家饭馆略有些江南风格，是所谓"一颗印"式的小楼。大堂不大，与厨房相连。顺着陡立的木梯走上去，发现这楼上更紧凑，仅摆放着五六张窄小的桌子，桌与桌之间，逼仄得只能侧身而过。我们进来时，已有八位一水儿平头的大汉占据了这楼上一小半儿地盘，看架势既像是一个班组的工友，又可能是胡同里一起长大变老的发小儿。他们严严实实围坐在拼起的两张桌子旁，酒酣耳热，聊得尽兴，不像在饭馆，倒像在谁的家里般自在。我想这就是台湾人所说的"苍蝇小馆"了，连上厕所也要走几十米到胡同居民区的公厕解决。洋人对外表简陋、吃食地道的小馆子也有个形象的叫法：A hole in the wall，开在墙上的一个洞。

这家爆肚店显然比墙上的洞大得多，虽然饭馆儿老板也兼掌勺。看到我老友这熟客领着朋友前来，他上前连声道歉，说自己的店面小，让大家挤在小桌上用餐实在不好意思。这年过六旬的汉子浓眉细眼，朴实而略显木讷，白衣白帽都如老店的招牌一样褪色发旧，丝毫不像在这皇城根儿已混得颇有名气的老北京，介绍拿手菜品时眼神也毫无半点嘚瑟，反而谦卑得像个北方小县城里的家常菜馆掌勺。老文友声称自己三十几年前从老板的父辈起就频频光顾，几易其址不离不弃，还曾专程采访撰文为这老字号呼号。

久违小聚，三个人显然都很兴奋。围坐的四方桌子比麻将桌还小，彼此隔得很近，无奈与邻桌离得也近。我们须大声嚷嚷、竖起耳朵，才能做到交流无阻。但听不清也无妨，大家眉眼间舒坦开心的笑，是最妥帖最自然的交心话。

"山有木兮木有枝，心悦君兮君不知。看到你们二位，我就忘了疫情啊！"恩师是桃李满天下的古典文学教授，听我赞他心情愉悦，眯着眼睛微笑着调侃。

邻桌的嘈杂聒噪，初听似乎不适，渐渐竟觉得有趣了。许是触景生情，小说家喝一口热茶，面容沉静地朗声接口道："街谈巷说，必有可采。击辕之歌，必应风雅。匹夫之思，未易轻弃也。"恩师立刻为他引述的曹子建之句击节而赞，说你邀我们到这儿聚，原来是为了看人下菜对酒，发慷慨豪放之声啊！

"那几个爷们儿坐那一个小时，就喝了四瓶白酒。还只有四人喝。"一个模样斯文的年轻店员给我们添茶时轻声道，话虽如此，脸上的神色却很平淡，似见怪不怪。话音未落，只听咕咚一声，我们闻声扭头望去，其中一位爷们儿已经仰面躺在了地上。其同桌酒友似乎也并不慌张，反倒微笑着七手八脚将其扶起，安顿在硬木板凳上，继续吃喝谈笑。从车间主任儿子的婚礼，说到延长退休的传说；从先前的"大酒缸"，说到猪肉价的起落。出溜桌子的那位则面色潮红地坐着一声不吭，不知是因为羞愧，还是真的喝高了。

这喜感十足的一幕，像在黑白老电影中一般不真实，可是我们似乎不由自主跟着入了戏。

小说家悄声对恩师说："读小说您都读不到这精彩！"恩师则微笑道："喝酒也可以悟道呢。"小说家豪爽地给自己斟满，举起来说："什么荣辱得失，人这一辈子有几个掏心掏肺的好哥们就够了。"

"来，咱们也干一杯，我敬老兄！我当年被贬谪，老兄是第一个穿了大半个城跑来请我喝酒安慰之人。那情分，我一辈子忘不了。"恩师举杯跟我们碰了一下，带头干了。明明是提起旧日伤疤，脸上却是释然淡然的笑意，一双研究李杜的眼睛弯弯的，像两只小蝌蚪。

小说家则继续逗他："还提那事？教授，丢人啊！那次打车送你回家，车绕家门三次而不得入，你愣是不认得楼门儿了。最后还是你儿子接到电话出来，立在楼外当地标，才把你接了进去。"老友以文风诙谐著称，不肯放过调侃之乐。

"君子有道，也怕醉倒。醉倒就便宜了小说家啦。"恩师说罢，自己又笑了，这次把两只小蝌蚪都笑跑了。

小说家则说，教授啥都要升华，本人境界太低，捎带手儿记点故事骗钱罢了。

……

我们聊人生，叙家常，无须设定题目，谈话如花开水流，自然恬然。酒杯和茶杯一样，都是不大的玻璃杯。因酒量有限，我得不停地让酒杯茶杯在手中切换，一口五粮液，一杯高茉儿，再来一箸羊肉或爆肚。我这晚辈除了斟酒，看身边哥俩互相调侃斗嘴，实属有滋有味的人生一景。

我们三人其实都是外来者。老友居京最久，随父母从南方海边迁来时不过垂髫幼童，如今他是但凡读过当代中国文学作品的人都知晓喜爱的名家，目光和蔼笑容可亲，标志性的浓密白发立在头顶像燃烧的银色火苗。最初相识缘于我当年主持的一个报纸专栏，他新作问世，我前往采访对话。文章刊出前发给他审读，再转回我手，白纸黑字已是一片红色海洋 —— 他勾勾抹抹几乎重新润色一遍。后来我们同坐火车去某沿海小城参加一个文学活动，主办方疏忽把他与我们记者安排在了普通卧铺车厢，他亦不恼不惧，对惊慌的慢怠者宽厚地一笑了之。凌晨时分我去上厕所，惊讶地看到坐在窄小过道里的他，就着昏暗的灯光在修改第二天的文学讲座稿。"那小伙儿打鼾我睡不着，怕打扰大家我就出来坐会儿。你明天千万别提他打鼾这事儿！"

恩师来北京时还不到五十岁，正是运筹帷幄天降大任之际，如今退回书斋读书赋诗为乐。记得刚到京城漂泊的我，坐地铁倒公交，穿越了整个城市就我当时的硕士论文去请教导师。悉心指点完毕，已是午饭时分，他微笑着起身说要请他这京漂学生去"吃点好的"。餐毕分手道别，叫住正往公交车站走的我，他已经拦了一辆出租车，看我坐进去，麻利又自然地塞给司机一张百元大钞，挥一挥手，他转身微笑着大步离开。望着他的背影，那一瞬间，我不禁泪目——在北京这陌生巨大的钢筋水泥丛林，这亦师亦父的温暖似乎足以抵御最冰冷的冬天。

我如盲龟浮木，漂荡西东，工作换了几茬，住所搬了多次，爱情来了又去，只有这二位忘年挚友像静谧奔流的清泉，让我在最困顿无助的时候都会鼓起最后的勇气。他们又似不远不近的灯火，让我在时常迷路的世间有方向可辨。在我眼里，他们不仅是睿智的文人，还是大隐于市的士人，嬉笑哂嗔人间炎凉，通透的心底总留有一份高洁的真性情。

邻桌陡然间似乎安静了下来，一下倒让我们有些不适。三人不约而同望过去，却见一位面容干瘦者正双手掩面无声地哭呢。同桌另外七位都一脸说不得急不得的样子，火锅里蒸腾舞动的热气似乎具有魔法，让每个人都愣在那儿呆坐无语。

再过了片刻，出溜桌子的那位忽然发声了："算……算了，家家，都有……难念的经。"

一位红脸儿矮壮的汉子立起来，拿起椅背上的外衣说："今儿散了吧，各回各家。"他径自离桌下楼，经过我们这桌时居然向我们拱手作了个揖。"您三位担待。打搅啦！"也不待我们回话，他边掏钱包边下楼了。

我拿起酒瓶，发现早空了，老师自带的五粮液已经被我们喝得滴酒不剩。

"今天我结账啊。我挣得比你们俩多。"回过头来，恩师开始显摆，有几丝白发从染过的鬓角叛徒一般钻出来。

"你有钱？还真不一定比我有。"老友也不肯示弱，一头白发根根直立，像无数倔强的银针。

听着看着眼前这二位，我宁愿相信自己是在陪两个纯真的孩童过家家，好不容易摆脱家长的束缚，他们要自由尽兴地玩，敞开心扉地逗。

我再扭脸看隔壁那桌，不知何时已经空无一人，只有那桌椅板凳和残羹剩茶像还未燃尽的篝火，证明刚才确实有一帮人在此扎堆儿取暖。

"人生不过如此。"有此感叹者何止林语堂。另一位我喜欢的老人汪曾祺更高明:"生活中的美好,大多不动声色。"与知己者坐于深巷小馆,无牵无挂,不遮不掩,把酒叙旧,岂非活着之真趣?

老友从披挂在椅背上的夹克口袋里摸出钱包,利索地起身下楼去结账,脚步之轻快,似不知病痛衰老为何物的小伙儿。中途停下,折回来,他又摸索那个随身带来的布袋,取出一个颜色绯红做工精致的瓷制柿子(喻为事事如意),说送给饭馆主人以表达谢意。

"吾兄为人之周到敦厚,鲜有人可比。"恩师由衷感叹道。

夜色阑珊。回程路上依然车流如织。我睁大眼睛,想再次欣赏一下来时在二环路上不期然所见的几树粉白桃花。无奈,那令人惊艳的初绽春色,已经隐没在黑暗中。

刊于《人民文学》2022年第9期

向荒野（节选）

苏沧桑

流　沙

那粒沙的位置是：宇宙 — 拉尼亚凯亚超星系团 — 室女座超星系团 — 本星系群 — 银河系 — 猎户座旋臂 — 古尔德带 — 本地泡 — 本星际云 — 奥尔特云 — 太阳系 — 地球 — 北半球 — 亚欧大陆 — 亚洲 — 中国 — 内蒙古阿拉善 — 巴丹吉林沙漠 — 一座无名沙丘。

我的位置是：宇宙 — 拉尼亚凯亚超星系团 — 室女座超星系团 — 本星系群 — 银河系 — 猎户座旋臂 — 古尔德带 — 本地泡 — 本星际云 — 奥尔特云 — 太阳系 — 地球 — 北半球 — 亚欧大陆 — 亚洲 — 中国 — 内蒙古阿拉善 — 巴丹吉林沙漠 — 一座无名沙丘。

穹庐般的苍天，罩着无垠的沙漠，它和我被包裹其中，它是一粒沙，我是俯瞰着它的另一粒"沙"。

风将它带到我眼前，一粒沙一定不知道自己是"浩瀚"这个词的组成部分。这一秒，它落在我眼前，下一秒，它会被风扬起，也许会落在另一座沙丘的最顶端，最接近苍穹的位置，再下一秒，它又会落到何处？这些问题对于它没有意义，就像它的存在对于宇宙没有任何意义。除非它有灵魂，它有灵魂吗？如果一粒沙有灵魂，它无比漫长的一生不会只取决于风的方向。

这是我和它的区别。此时，我不听从风，我在与风对抗。

他们在沙丘顶端喊我爬上去，只有我一个人落在最后。沙丘很高很陡，他们说沙丘后面是更浩大的荒野，有更壮丽的景色。巴丹吉林沙漠和中国其他沙漠地貌不同，沙丘格外陡峭险峻，连骆驼都会畏惧，它们汗津津地、气喘吁吁地在之字形的"路"上攀爬，没有路标，只有风干了的发白的驼粪，还有卧倒后再也站不起来的一堆堆白骨。我猫着腰努力攀爬，但爬一步退一步，一站起来就被劲风刮倒，跌坐在沙丘的腰部。我盯着那粒随风逐流的沙，纠结了大概十秒钟，听见风刮过来我苏氏老本家的那句话，"此间有甚么歇不得处"，于是我干脆将身子歪倒，甩脱鞋子，将脚埋进沙里。吸饱了正午阳光的沙们以干燥的温暖迅速裹住我酸疼的脚踝，我感受到一股来自宇宙深处的能量直抵心窝。

风在我耳边发出雷鸣般连绵不断的巨响，广袤的天地只有蓝和黄两种颜色，极其单调，极其干净，极其宁静，可我知道，这看似静默的世界并非我想象的那样毫无生机。

沙丘下有一汪和蓝天一样蓝的湖水，风推动着一轮一轮波浪，循环往复，时针一样轮回。

一群骆驼如一群蚂蚁在地平线上蜿蜒，几个牧民像更小的蚂蚁跟随其后。

诗人恩克哈达曾看见，沙窝里有兔子或是什么动物的粪蛋，一只小黑虫正匍匐着爬向驼队灰色的帐篷，身后留下一道细纹。小海子里有鱼儿在游戏，蜃霭中的芦苇头在水声中凝固，几颗野果在孤独生长，沉默无语。

阳光为每一粒沙裹上金色，风为每一粒沙制造辉煌的眩晕。沙漠，每时每刻向苍天供奉着巨幅流沙画，千千万万条世间最流畅最美的S形金色线条，比流水更美，比流云更美。亿万粒渺小的、没有生命的个体组成的博大和灵动，却向天地展现了一种生命哲学：摊开手脚，目空一切，无忧无惧，任意东西。假如有永恒的物质，沙尘算一种吧？它已粉身碎骨，死无可死，它们不与风对抗，不与世间一切抵抗，不与命运对抗，它们在天地间呈现出来的姿态，像一种死心塌地的、极致的爱情。

在遥远的地方，一些沙会成为摩天大楼的一部分，直抵天空，受着人们的仰望；一些沙会成为沙尘暴，受着人们的嫌恶，怨恨它占据了土地，导致了饥饿和贫穷；有一些雪白的沙或黑色的沙，会成为沙滩的一部分，接受着人们脚底的亲吻；而我眼前的沙，守着永恒的博大和安宁。人类的爱与恨，与它何干？一粒沙，不会告诉你它去过多少地方，藏着多少秘密。一粒沙，不会告诉你它有一千岁还是一万岁。一粒沙看着我时，像一位亘古老人看着一个婴幼儿，一个会转瞬即逝的生命，因此，它的眼神里充满悲悯和慈爱。

我躺下来，看见了天上有一只巨大的"眼睛"—— 一朵巨大的白云中间，露出了一只蓝色的温柔的眼睛，俯瞰着远处身披阳光的骆驼群正在晚归，照拂着茫茫荒漠上所有的呼吸和心跳。

他在万里之外的荒野深处说："我怎么能自认为比高山野花还重要，比这里所生长的一切，甚至比终将成为沃土孕育万物的岩石还重要？是因为人有灵魂吗？然而谁能告诉我，灵魂不会寄居在植物和动物体内，甚至溪水和山峰里？"

胡 杨

低调的橄榄色，是内蒙古高原最西端、额济纳胡杨林九月底的底色，极致的翠绿和金黄之间的过渡色，令人想起休憩、停顿，戏曲唱段之间的过门。

一大片倒伏在沙地上的枯胡杨，在青灰色的天色里，像古希腊残缺的人体雕塑群。一棵巨大的枯胡杨横陈在我脚边，让我想起一尊深藏在欧洲某个教堂幽暗地下室的垂死者雕塑，他被从头到脚覆盖着薄纱，薄纱亦是雕塑家用玉石雕琢而成，与胴体的质感一样，无与伦比的真实，那层薄纱仿佛随着垂死者的呼吸一起一伏。

手不由自主向它摸上去。被千年风沙捶打过的树皮，和它身下的沙尘一样洁白，和戈壁滩一样粗粝。这个千年不死、千年不倒、千年不朽的神奇树种，关于它的传说总是与凤凰与鲜血紧密相连，它将树身掏空，将根极力扎进沙漠深处，在最干旱的季节用身体里储存的水活命。生物的多样性和神奇总是令人匪夷所思，对于胡杨树而言，这只是一种本能，它拼尽全力活着，站着，在大地上留下自己和后代，不管有没有所谓的意义，也并不知道，弱水河畔的几十万亩胡杨林，阻止着巴丹吉林沙漠向北扩散。

我在死去的胡杨林间穿行，像在一座城郭之中穿行，生者和死者的幻影在我身旁呼啸而过，还有薄纱下倔强生命最后的喘息声。

一位内蒙古小说家在小说里写道："是啊，老奶奶把那棵树奉封成了神树了嘛，怎么能随便砍倒呢……我的儿子，你将来应该把所有的树木全部奉封成神树呀！"

在我视线不远的地方，一片橄榄色的、风华正茂的胡杨树静静立在一湖碧水前，它们身后是正在逼近像要吞没它们的沙丘。树们看起来像是一群母亲，张开双臂护着一湖碧水不被沙丘吞没，像奋力护着身后的孩子一样。

另一个九月，在印度洋的马尔代夫，当地人驾船带我们去一个很远很远的孤岛浮潜。孤岛像一个遗世独立的存在，只有网球场那么大，圆形的白色沙滩像一口小碗悬浮在万顷碧海之中，"碗"外是深蓝色的海水，"碗"里却是淡绿色的海水，游弋着一些鱼虾。沙滩上空无一物——不，突然，我看见一根一尺来长的白色枯树枝静静搁在沙滩上，与阳光将它在沙滩上投下的阴影相伴。是胡杨的枯枝吗？它在大海上漂了多少年来到这里？在此搁了多少年？还会继续搁多少年？

地球之上，苍穹之下，"高级"的我们总有一天会离开，"低级"的它们永远在。

他在万里之外的荒野深处说："就算我人在山里，只要心情不好或心有旁骛，就听不见山的声音，感觉不到山的存在和力量。"

魔 域

是什么魔力让两个女人突然放声歌唱？

我抬头寻找鹰的身影时，一座欲倾之城，像崩塌的山体，像海啸的浪墙，向我俯身压来。

断壁，残垣，佛塔，蓝天，阳光，它们从黑水古城废墟的四面八方灌满我们的视线，沙灌满鞋子，风灌满我的红裙和披肩，关于黑城的千年传奇灌满耳朵。

鹰从黑城上空掠过，看见千百年前无数人从阿拉善的历史画轴里穿过，从阿拉善高原曼德拉山岩画的画廊里穿过，他们分属羌、月氏、匈奴、鲜卑、回纥、党项、蒙古等各民族，他们在此狩猎、放牧、战斗、舞蹈、竞技、游乐。如果鹰真能活千年，它会想念一千年前和它一样年轻的西夏城郭黑水城。这条丝绸之路干线上南北交通的交接点，熙熙攘攘穿行着驻军、商人、百姓，它目睹人们用马鞭、弓箭、猎枪、马头琴和长调将繁华喧嚣和波澜壮阔反复书写，也目睹黑水城在权力更替烽火狼烟中灰飞烟灭，成为一座孤城，一片废墟，灌满隔世的荒凉。

鹰见过这片古战场上无数场战争无数次死亡。沙丘下突然冒出的枯骨，是谁的枕边人？谁的儿子？鹰用利爪掠杀猎物，却不懂人类的自相残杀生灵涂炭到底为了什么。

歌声突然响起。

穿着绿袍的斯日古冷摇晃着头，放声歌唱，她将合十的双手一下一下用力地挤向心窝，像在用力地倾诉、祈祷。风撕扯着她的绿裙和长发，撕扯着她有点沙哑低沉的歌声，歌声犹如脱缰的马，在我们头顶上空驰骋。

我问穿着蓝袍的苏布道歌词大意是什么，她回过头脸红红地笑着说，意思是想念他。

斯日古冷呵呵笑说："对，梦里老是醒来。"

穿红长裙的我唱起"十五的月亮升上了天空，为什么旁边没有云彩……"时，耳边响起了另一句歌词："苦海泛起波浪，在世间难逃避命运……"

我回头见穿粉色衣服的居延女子海霞在我们身后正随着歌声自顾手舞足蹈。刚才她跟我说，她有一个喜欢写作的好朋友，现在一个人在胡杨林里牧羊，她很想去看看她。我看着她真挚的眼神说，我也很想去看看她，我还想和她一起放羊。

沙漠上，烈日下，四个女人踩着沙子，走在黑水古城峡谷般的古土墩之间，旁若无人地唱着歌跳着舞，是因为黑城太过死寂，鲜活的人们忍不住想打破它吗？江南女子和蒙古女子原生态的音色反差很大，也许并不美妙，也许各有所妙。鹰从天上看，看到茫茫荒漠中四个艳丽的点，它觉得自己更喜欢大地上动人的生命乐章。

他在万里之外的荒野深处说："山上没有风，阳光映着白雪射在我们身上，很热很暖。茱蒂脱下毛衣和衬衫，裸体滑雪。好美的裸体。我本来也应该卸下衣物沉浸在晨光里，却选择爬上湖穴丘，让茱蒂一个人在滑雪道上晒太阳。"

刊于《草原》2022年第1期

长江东流去（节选）

周吉敏

古人入蜀难。辛丑暮春，我从东海之滨像一滴雨落进了川南。汽车穿过午夜的雨幕，我能感觉到那无边界的黑暗里翻滚着洁白的浪花。那晚，我梦见一群鱼逆流而上。

唰地拉开窗帘。晨光中，一条江流从我枕边浩荡流过。原来我枕着长江入眠。江岸边停泊着一艘白色漆身的客轮，乘客正鱼贯而出，沿着堤坝陡峭的斜坡拾级而上。我跑向码头。一张张黑红的脸从高高的台阶上冒上来。有扛着稻谷蔬菜的，有挑着箩筐的，更多的是背着竹篓，手上提着铜盘称，走近了一看，背篓里站着的竟然是几只大红冠子的公鸡。

我拜读过岱峻先生的《发现李庄》，发现在最艰难的时间里，长江边的李庄把中华民族文化明明灭灭的星光揽入怀抱——同济大学，以及傅斯年、李济、董作宾、童第周、梁思永、梁思成、林徽因等一批国内一流的学者来到李庄。抗战十四年，他们在李庄六年。西南边陲小镇，众星拱出，星光灿烂。

《发现李庄》的封面是民国时期的李庄码头图景——江面舟楫点点，江边停泊着四五只手划船，每条船上都站着人。沙滩上散落着的二十多人，有穿长衫的，有穿短褂的，有穿洋装的，其中有一位穿长衫者抱着一个孩子，他们在江边散步。

这些内迁李庄的文化人的黑白背影，与一群正从江上来赶早市的乡民，一起朝我走来，然后经过我的身旁，沿着弯弯曲曲的石板路，潜入晨雾依稀的李庄古镇。

长江上吹来的风里仍然有着八十年前那场历史洪流的余绪。心里响起一个声音——"何以是李庄?"因为只要一个忽闪,历史的追光就会划过去。

一朵云从江上飘过来。云的家园是山,是江河湖泊。云的家园也是人的家园。李庄在秦以前属僰侯国,秦以后划归僰道县。梁置戎州(今宜宾市),兼置六合郡,辖僰道、南广两县。北周时期,南广县迁至李庄镇所在地。后因避讳隋炀帝,南广县改为南溪县,县治仍在李庄。晚唐战乱不已,李庄地处平坝,多受侵扰,于是把南溪县治迁到长江北岸的奋戎城,就是今天的南溪区。

江水平缓之处,也是商旅云集之地。民国《南溪县志》记载:"李庄古为邑西巨镇,水陆交通商贾辐辏。"李庄是长江上游重要的水路驿站。从李庄上宜宾下南溪两头都是二十公里。从宜宾经李庄去泸州、重庆,可直抵南京、上海。

隔江相望的青山,就是被贬戎州的黄庭坚写下"大桂轮山"的桂轮山。我脚下的石板路,《说文解字注》的作者段玉裁也走过,当时他任南溪知县。青山依旧在,江水不竭。逝者如斯,来者如斯。江边的垂钓者,与"白发渔樵"似乎有着相同的定力。

眼前的李庄古镇,是独特的地理与丰富的人文相互激荡留下的痕迹。这种江流孕育出来的朴素的繁华,在时间的天空下闪烁着守护生命的光芒。

江边广场上,四五个锻炼的老人播放的音乐冲淡了晨雾。这里是古镇的中心,正对着禹王宫(今天叫慧光寺),往左边可以看到魁星阁的飞檐翘角,往右边可以看到张家祠、东岳庙的台门。这些宫庙面向长江,那是他们先祖来的方向。李庄的"九宫十八庙"是"湖广填四川"的移民遗留下来的人文见证。这些"异乡人",经过漫长而艰辛的创业,终于洗尽了衣襟上的尘土,获得了财富,"耕读传家",获得了这片土地主人的称谓。然后,他们花了大量的心血和资金修建会馆,祭祀故地的神祇,联谊乡人,以物质的形式集体寄寓浓重的乡愁,表达成功的喜悦。从此他乡成故乡。

正街是古镇的中心大街,也是一条商业大街。这条依山势而缓慢升高的老街，像一匹手织的灰蓝色的苎麻粗布。两旁商店挤挤挨挨排列开去，可遥想当年作为长江第一古镇商埠的繁荣景象。街市上燃面、白肉、白糕、辣萝卜干……还是李庄老旧的食物。从这些食物中，感觉到从前的气息与人的活动，他们似乎就站在我的身旁，吃着糯糯的白糕。他们的眼神、呼吸，在某些瞬间晃动，那么地生动。

一时恍惚，耳际传来一阵阵"踢踢踏踏"声音，越来越近，汇入正街，又流向江边。这是早起的同济学生穿着木板鞋，从在李庄的宿舍——姚家大院、刘家大院、杨家大院、王家花园、范家大院、邓家大院、张家大院里走出来，到江边提水洗漱。这种木板鞋是同济学生自创的，他们锯下一块木板，剪一段牛皮，牛皮钉在木板上就成了木板鞋。晚上，学生们又换上木板鞋去江边的草坝子上散步聊天。木板鞋后来成为李庄的时尚。木板鞋踩在石板路上的声音成了李庄家家户户晨起和入睡的闹钟。

然后，师生们又沿着水迹斑驳的石板路，走进各自的学校上课，校本部——禹王宫，医学院——祖师殿，工学院——东岳庙，理学院——南华宫，图书馆——紫云宫，大地测量组——文昌宫。李庄人把"九宫十八庙"的神和祖先请出来，把学者、学子请进来。祭坛就是讲台，老师就站在神和老祖宗的位置上布道。学生们一双双求知的眼睛里没有了炮火硝烟的阴影，澄澈明亮得像投在李庄东岳庙前黄桷树上的那一缕初阳。

从正街拐入席子巷。这条小巷子，狭窄得像潜伏在一件老式衣服里的一条针脚密密的暗线。沿街的每户人家都有一扇腰门。腰门是一扇门外之门，只有齐腰高，大门打开，腰门不开，只允许半截光线进入屋内，坐在门内的女人外人是看不见的。暗褐色的腰门，是旧日李庄的眼，或者说是心，半开半合着，防着呢。

席子巷13号，是一个古旧书店，门楣上悬挂着"李庄古镇书屋"的匾额，落款是"罗哲文"。罗哲文是中国著名的建筑学家，是梁思成在李庄收的弟子，宜宾人。2010年罗哲文重访李庄，书店的主人左照环陪同讲解。2009年，梁思成和林徽因的女儿梁再冰回李庄，也是他做的导游。今年72岁的左照环，说起李庄如数家珍。左照环的父亲左鹤鸣曾在李庄的同济大学听过课，父亲的文化情结传给了儿子。

狭窄的席子巷有多少人走过？傅斯年、梁思永、梁思成、林徽因、费正清、李约瑟、罗哲文……他们的情状在我脑海里是清晰的。走在大家前面的两个身影，我总想赶上去看清他们的脸，但始终赶不上。他们走得很急，我清晰地听见他们的喘气声。他们快速地出了席子巷，走上老场街，经过祖师殿，现在他们还不知道日后这里会成为同济的医学院。他们顾不上跟熟人打招呼，径直往羊街走去。我不认识他们，但知道他们的名字——罗伯希和王云伯，是他们把文化机构要内迁四川的消息带进李庄。

1940年，千万里辗转内迁到昆明的文化机构在日寇的炮轰下，不得不收拾起书本，酝酿再一次逃难。同济大学、中研院史语所、社会所和中央博物院要往四川搬迁的消息像风一样在长江边的市镇上流转。这个消息穿过街头巷尾，进入酒肆茶馆，在人们耳道里进进出出，在唇齿间磕磕碰碰，磨得已有些发白。这样的消息就像流离失所的孩子，寻找庇护之处。依傅斯年先生的话说是"希望这次能搬到一个地图上找不到的地方"，这是多么奢侈又艰难的事。沿江的大码头已塞满逃难的人，还能容身的几个地方都认为"多一事不如少一事"。

这个消息沿着长江逆流而上，到达这条江流的源点宜宾，拐进了在茶馆里喝茶的李庄人罗伯希、王云伯的耳朵里。罗曾是一个军阀的副官，还在成都当过二十六集团军办事处参谋。王是一个开明人士。消息从二人的耳朵里进去，在脑子里快速地走了一圈后，他们随即推开茶盏，赶回李庄，敲响了羊街八号罗南陔的宅门。

罗南陔何许人也？清乾隆以来，罗家在李庄是一个很有威望的大族、富户。罗南陔通经史，擅长金石书法，在李庄建有植兰书屋，时常约集诗友彼此唱和，有"小孟尝"之雅号。罗南陔受"五四"新文化的影响，主张实业救国。1918年，他带头集资，创办了期来农场，引进意大利蜂、美国来航鸡、北京鸭等品种，学习和推广科学养殖，还把儿子罗莼芬送进成都桑蚕学校学习。罗南陔时任国民党李庄区党部书记，人称罗老表。两个别称，已见此人儒雅又人情练达。

罗伯希带回来的消息让罗南陔的全身像电热丝通了电一样热起来。他马上召集区长张官周和镇长杨君惠，会同当地名流宛玉亭、范伯楷、杨明武、邓云陔等齐聚羊街宅邸进行商议。

本地人拒绝外地人是一种天然的自我保护意识。可以想象，罗伯希和王云伯带回来的消息如果实施，将打破李庄固有的秩序，赞成的也有顾虑，不赞成的顾虑更多。局面一时僵在那里。此时，罗南陔说了一句话——"给李庄的青少年创造一个好的学习环境，这是个千载难逢的机会"。

罗南陔的这句话，如同点穴，激发了原始的万钧之力。我想起镇尾的那座魁星阁，积蓄了几百年的文气，在这一刻电光石火般地冲出，与历史的那束追光紧紧咬合在一起，定格在李庄。

可以肯定，在场人的先祖大都以耕读起家，门楣上的"耕读传家"四个字和精雕细刻着"琴棋书画""渔樵耕读"图案的窗棂，抬头抬眼之间与血脉融合相续，已是浸到骨子里的教养。他们理解培养这一群文化精英的不易。在民族生死存亡的关头，也深知文化精英对于一个国家的意义。如在和平年代，一个川南偏远小镇哪里有机会见到这些中国文化的顶尖人物。这些读过书，见过世面的李庄开明人士，深知此事"功在当代，利在千秋"。

大家开始分头行事。各族长召集自己族人到祠堂议事，做思想工作。李庄是个水陆大码头，帮会盛行，势力最大的是哥老会。范伯楷就是个袍哥舵把子，"那天他穿上不轻易穿的白绸衫，把白绸衫下面的两颗扣子解开，大包天往后一抹，八字脚在李庄的四方街上一蹭，身后的两个副印立即传话：'午门接旨。'那是去茶馆开会的暗号。于是山山岭岭各乡各保邀邀约约，齐聚长江茶馆，共商'支持抗战'，欢迎'下江人'（当地人对内迁文化人的称呼）落籍李庄这一史上头等大事"。

码头。茶馆。四方街。这些平日里李庄最喧哗热闹的地方，其实是一个个江湖。而范伯楷等就是这些江湖里的一个个桩子，像长江上的"里桩"，系住来来往往的船只。

罗南陔等人草拟了一封十六字电文："同大迁川，李庄欢迎，一切需要，地方供给。"李庄向逃难中的中国文化精英主动发出诚恳的邀请。为了表示诚意，又写了几份函件，从历史、地理、交通、物产、民俗、风情等方面逐一介绍，分致同济大学和国民政府行政院、教育部。

小小的李庄一下子迁入一万多人。那句"地方供给"，暗含多少大事小事，但最大最难的事莫过于人心。"吃人"的故事就是李庄与内迁文化的意识观念上激烈碰撞而产生的结果。

"大风始于青蘋之末"。某个乡人偶然见了同济医学院的解剖课，或许是见了史语所和体质人类学所藏有的殷墟出土的头盖骨……这些当地人看来匪夷所思的事情，转化为流言，最后演变成"下江人"会"吃人"的恐怖谣言。谣言也有"星星之火可以燎原"的能量。宜宾专署召开紧急会议，决定专门派军队镇压聚众乡人，维持治安。会上，罗南陔好像预料到会发出这样的事情似的，沉着地说："人骨头引起的事件，就应利用这些人骨头去解决。他们认为很神秘，我们就把它公开展览，请他们来看个究竟。"此话一出，傅斯年大声附议说"好主意"，全场人击节叫好。罗南陔几句话避免了一场武力对蒙昧乡人的伤害。那场史无前例的科普展览让远近乡人经历了一次文化和科学知识的洗礼，大开了眼界。

四川省档案馆编撰的《抗战时期的四川——档案史料汇编》收录了一份1941年3月29日，由罗南陔牵头书写的《南溪县李庄士绅为将孝妇祠依法由同济大学租定祈令南溪征收局转饬分柜迁让呈》，系为解决同大师生食宿而出面向政府当局提出的申请函："维护教育，繁荣地方，其责端在绅等，万难坐视。……各公私处所均已不顾一切困难，先后将房舍让出，交付同大……当此非常时期，官民同有协助政府，完成抗战之义务。绅等之所以积极协助同大者，良以该校学子，对于抗建贡献甚大。盖安定同大，间接即增强国家力量。"

信函上署名："南溪县李庄镇士绅：张访琴、罗南陔、李清泉、罗伯希、杨君惠……"言辞诚恳，字里行间充满了民族大义。

这份申请函里，罗南陔等称他们自己为"绅"。《说文解字》说："绅，大带也。"古代人穿长衣服，腰上会有一条带子。《白虎通》说："衣裳所以必有绅带者，示敬谨自约整也。"意思是衣服上有腰带的人，对自己要有道德行为上的要求。这条系在腰上以示衣服规整的带子，几千年来已从有形到无形，化为规范德行的一条准绳。这条绳也是一条纽带，沟通着基层的民众，平衡着各方面的关系，也协调相互间的情感。李庄的"绅等"，除了是纽带，还是李庄定盘的星。而"士"，是从"绅"这个阶层培养出来的，如去查一查内迁文化人的家底，大部分大抵如此吧。考古学家夏鼐是抗战时期在李庄的温州学人。他就出生于温州一位乡绅之家。

内迁的"士"对李庄的"绅等"是感念的。1946年5月，中央研究院历史语言研究所在即将离开李庄前，傅斯年携五十多名专家学者，在李庄板栗坳栗峰书院立下一块"留别李庄栗峰碑铭"，碑文写着："李庄栗峰张氏者，南溪望族。其八世祖焕玉先生，以前清乾隆年间，自乡之宋嘴移居于此。起家耕读，致资称巨富，嗣哲能继，堂构辉光。本所因国难播越，由首都（南京）而长沙、而桂林、而昆明，辗转入川，适兹乐土，迄来五年矣。海宇沉沦，生民荼毒。同人等犹幸而有托，不废研求……安居求志，五年至今。皇皇中兴，浃浃雄武。郁郁名京，峨峨学府。我东曰归，我情依迟。英辞未拟，惜此离思。"此情此义正如甲骨文专家董作宾先生题签在碑额上的四个字——山高水长。

1946年10月，随着载有最后一批抗战文化人的轮船鸣笛起锚，李庄一下子空寂了。他们就像一群逆流而上的中华鲟，回到大海里去了。

岁月荏苒，如今士还在，绅已是一个文物级别的词了。此次李庄之行，也是对"绅"的一次考古吧。沿着羊街到文昌宫、刘家大院、胡家院子、王家院子，安静的老宅院充满了历史的回声。这条古朴的小巷一直延伸到江边。沿途看见青砖墙上贴着一块水文记录牌，写着"1966年9月1日，长江洪水275米

（吴淞）"。相距不到五十步，又见一块水文记录牌——"2020年8月19日，洪痕"。

岷江与金沙江交汇于宜宾，始称长江。江流至李庄开始东去。几千年来，李庄经受住一次又一次长江洪流的洗礼。"何以是李庄？"这也是一种答案吧。

刊于《四川文学》2022年第3期

醒来的芦苇荡（节选）

王雪茜

一

就我们这边的气候而言，春天是从三月末开始的，风一吹，去岁的老芦苇倒伏于地，新苇芽齐刷刷冒出头来，噼啪作响，穴居在芦苇滩或芦苇丛里的嘟噜蟹（南方沿海叫螃蜞或蟛蜞的）探头探脑地在洞口张望。正是这一时期，标志着芦苇荡从冬眠中彻底醒来。

嘟噜蟹主要以新嫩的芦苇根茎汁液和腐殖质为食，幼蟹只有指甲大小，成年壳长也不过寸余，但却有与身体其他部位极不协调的两只大螯，铁钳子一般，可以轻易折断芦苇的嫩芽。白天它们不轻易出洞，提防着自己的天敌。天一擦黑，便会小心翼翼出来进食。蟹类是独行客，从不拉帮结派。

每到四月，我就跟着我爸去河滩照蟹。我们穿着水鞋，戴着旧白线手套，我爸把几条废轮胎用铁丝捆紧，淋上点汽油，做成火把。我是没资格拿火把的，我负责抓蟹。嘟噜蟹怕光，光束打到它身上，它立即就像被点了穴位，动弹不得。只要我爸火把一指，说"抓"，我便立即弯腰，用大拇指和食指捏住蟹背两端，丢到水桶里。如果不讲捏法，被蟹钳夹到手，甩都甩不掉。河堤两岸到处是照嘟噜蟹的人，一束束光明明灭灭，忽远忽近，游龙一般，绵延不断。一会儿工夫，我爸手里的水桶就装满了。回到家，我俩的脸被轮胎的黑烟熏得乌黑，鼻子里一股烧焦的橡胶味。

二十世纪七八十年代，我所居住的小城，被大片大片望不到边际的芦苇荡所环绕。芦苇面积在六七千公顷。尤其是大洋河两岸，芦苇长得任性而恣肆，青纱帐一般，一直延伸到天边，几天几夜也走不到头。

在这广袤无垠的芦苇荡里，其实，嘟噜蟹只是个门童的角色，每年春天，它只是负责掀开了芦苇荡苏醒的一角。重要的角色，自然是鸟类。

其中，就有苇莺。

二

苇莺的外貌着实太普通了，棕褐色的背羽显得土里土气，如果和秋天的芦苇混在一起，很难辨认。嘴巴也没有新鲜的亮色点缀，连最丑的野鸡的毛色和花纹都比它的好看。苇莺以多为贱，个头小又飞得促急，引不起摄鸟人兴趣，我和同伴也很少拍它。但就其盎然生机、伶俐口齿以及高超的营巢能力而言，它无疑是活跃于北方芦苇荡环境中的鸟类佼佼者。

三四月，鸻鹬类鸟儿已在鸭绿江湿地掀起铺天盖地的鸟浪，而苇莺们还跋涉在迁徙的路上。五月，苇叶舒展成半剑长短，大街小巷漾着苇叶的清香，你会猛然惊觉，耳朵不知何时已被鸟声灌满了。主唱当然是苇莺。我们这边最常见的是大苇莺，个头比麻雀稍大一点点，尾巴就比麻雀长多了，而苇茎已足够柔韧，恰可承担它小小的重量。它可以稳稳地站在苇茎或蒲棒草上，骄傲地亮起歌喉。那些野鸭子、白骨顶鸡、鸻鹬类鸟儿，体形比苇莺大，在苇秆上完全站不住脚，更没有在苇茎间筑巢的能力，自然也就无法在芦苇荡内部安家落户。它们会在周边的灌木丛、草丛、石堆、土坎处寻找相对平坦和隐蔽的地方砌巢。

鸻鹬类鸟儿举止稳重，不随意亮嗓，自带优雅派头。而苇莺是典型的话唠，不挑听众。苇莺的叫声有时像水田地里的青蛙，"嘎，嘎，嘎"，似乎腹部运着一股气，不吐不快；有时则是响亮而急促的"吉，吉，吉"，像鸡雏斗嘴，搬弄是非。故此，我们当地人都把苇莺叫作嘎吉。还有一种很聪明的苇莺，像一个天生的歌王，会模仿其他鸟类的声音，有时抑扬顿挫，有时铿锵奔放，时而简约，时而委婉，嘹亮又抒情，欢快又有耐性，像绵绵细雨，直将苇叶从鲜翠的浅绿洗成沉郁的深绿。令人刮耳。

苇莺到来不久，芦苇的叶子就变得宽厚而润泽，端午节恰在这个时节。我妈会在我上学时递给我一个布袋，喊一句，放学打一把苇叶回来。我妈说的一把，就是让我自己掂量着多少的意思。苇叶太多了，小的薄的我都瞧不上，专打那些又大又宽的。只一会儿，布袋子就撑起来了。我妈包粽子的时候，会一边捋着煮得油亮的苇叶，一边夸赞说，多好的苇叶啊。粽子总是连夜包好，第二天早晨四五点钟，我妈就开始盖上大锅，烧起木柴，一直要煮到左邻右舍都闻到了粽子的香气。那是木柴香煮出的黏米混合着苇叶独有的香气。粽子是一定要分给邻居品尝的，每家每户都是如此。这些年我到过很多地方，尝过各种各样的粽子，芭蕉叶包的，箬竹叶包的，柊叶包的，簕叶包的，粽巴叶包的，槲叶包的……我一直偏执地认为只有我们这里苇叶包的粽子才叫作粽子，吃起来也最香甜。现在，很少有人打苇叶了，我有一阵子不知道到哪里能打到又宽又亮的苇叶。

苇莺总是会找到芦苇荡，找到最坚韧的芦苇茎营巢。在我看来，苇莺身怀劳动者的技巧，它们先用干枯的苇叶或植物的茎叶将几支苇秆（有时是蒲草秆）绕扎起来，再用草茎、苇叶、花梗、植物的根及纤维编成一个水杯似的深巢，内用干草叶、细草茎、植物须根或鸟掉落的羽毛等做巢垫，将鸟巢悬挂在离地面一米左右的苇茎之间。被围扎起来的苇茎看起来并不稳固，苇莺的巢却总能安然无恙。一个疑问伴随了我很久，为什么苇莺从不担心自己的卵掉下来呢？这是苇莺带给我的些许惊奇与神秘。

三

约翰·巴勒斯说，鸟的悬巢含有某种品味与深意。细想，巴勒斯此言也含有某种品味与深意。最显而易见的是，巢关乎爱，不然怎么会有"爱巢"一说，即便是最粗糙最简陋的巢也关乎爱。雏鸟甫一出生，感受到的便是带着亲鸟体温的巢的温暖，以及巢带给它们的安全感。回溯人类的建筑史，上古时期，始祖有巢氏便教人们构木为巢，抵御野兽的侵扰。前人早就发出"覆巢之下，安有完卵"的慨叹，于今，鸾巢令人艳羡，空巢令人感伤，窝巢令人不齿。巢之引申义，不胜枚举。不可否认，鸟类除了是天生的歌唱家、飞行家，也是天生的美学家、数学家，更是天生的哲学家。

不管怎么说，看着苇莺的寓所在苇茎间随风摇荡，不禁还是要感叹一句，苇莺真算得上鸟类中的建筑高手了，而芦苇有一种天生的母性力量，无比柔软又无比坚硬，为苇莺的爱巢提供了最优质的建筑材料和最适宜的居所。

苇莺主要以昆虫为食，比如苇虫、蚁类、甲虫、水生昆虫、蜘蛛、蚂蚱、蜻蜓以及蜗牛，有时也食草籽儿。我常常想，这小小的鸟儿，是怎样抖动它那赭色的小翅膀，七八天连续飞行，不眠不休，施出浑身解数，飞跃一万多公里山水，凭借着勇气与毅力，战胜无数的黑夜、雨雪与严寒，每年五月如期来到鸭绿江口湿地的？

五月末，一些苇莺经过休整和体能补充，会继续北飞至西伯利亚或阿拉斯加繁殖地。还有一些苇莺贪恋我家乡的美食和气候，会滞留到秋天，养足精神后原路返回新西兰和澳大利亚。当然，也有对此地湿地情有独钟的苇莺，选择将这里作为它们的返真之地。这些既不返回也不北上的苇莺，此时要开始孕育后代，殊不知，繁殖的过程异常艰辛而又凶险百出。

危险首先来自人类。在我家附近闲逛的那些男孩子，听到苇莺清脆的歌声，便像得了某种号令一般，打着呼哨，成群结队地钻到芦苇荡中寻乐。处于繁殖期的亲鸟本就敏感多疑，伫立在苇茎顶端望风的雄性苇莺很快就发现了这些入侵者，它不停地鸣叫，以提醒不远处正在孵卵的雌性苇莺。苇莺通常每巢产三四枚卵，我见过最多的一巢有六枚卵，蓝绿色，比鹌鹑蛋大一点点，带有灰褐色的小斑点。雄苇莺声色俱厉又焦急恐惧的尖叫听在小孩子们的耳中，简直无异于"此地无银三百两"。苇莺的巢常常很快就被小孩子们发现，苇莺蛋便成为这些小侵略者的战利品，苇莺蛋不仅小，而且味道土腥，并不好吃。

另一重危险来自杜鹃（又名布谷鸟、子规、杜宇）。少时，"杜鹃啼血猿哀鸣""又闻子规啼夜月"的诗句烂熟于胸，对望帝杜宇失国身死，魂魄化为杜鹃的典故叹惋不已。望帝一片春心化成的杜鹃，成了一种诡计多端又懒惰无比的巢寄生鸟。这一度让我百思不得其解。难道地域差异改变了鸟的习性？后来查资料才知道，全球已知的140种杜鹃中，只有百分之四十的杜鹃具有巢寄生行为。纽约州的杜鹃自己营巢并哺育后代，而我们这边的杜鹃却踏上了巢寄生的进化之路。杜鹃体形比苇莺大，无法在苇茎或蒲草上立足，只能活跃在芦苇荡周边，在碎石、土块或蓬蒿间腾跃，算是苇莺的伴生鸟。

我有一个摄影家朋友，给我看了一组照片。他在一个繁殖季，持续跟拍了一只大杜鹃"鸠占鹊巢"的全过程。那是一只长相凶猛的雌杜鹃，比鸽子稍长，翅膀暗灰色，白色的腹部有明显的黑色"海军条纹"。在寄生产卵前，它隐蔽在芦苇荡周边的一片灌木丛中，密切监视着苇莺筑巢、产卵期间的一举一动。杜鹃的监视范围可覆盖二三十个苇莺家庭。每一个被它盯上的苇莺都几乎难逃魔爪。有一只苇莺产下了四枚卵，当天下午，杜鹃便瞅准苇莺短暂离巢的间隙，飞进苇莺的巢中，将一枚苇莺卵推出巢外，在五秒之内将自己的卵排到了苇莺巢中。狡猾的杜鹃在每个寄主巢穴只排一枚卵，以便鱼目混珠。繁殖季的大杜鹃，最多可寄生二十多枚卵，产卵量是苇莺的四五倍。

朋友拍到的这只大杜鹃的卵继承了母亲的谋略和残忍，它比寄主的卵早一步出壳，趁寄主鸟不注意，杜鹃幼雏用自己还未长出羽翼的身体，将苇莺巢中的三只卵拱出巢外，接着运用声音诡计，迷惑寄主鸟，它模仿苇莺幼雏饥饿时发出的"啾啾啾"的快节奏乞食声，使苇莺心甘情愿哺育它。看着苇莺将辛苦衔来的小虫子，喂到比自己体形大得多的杜鹃幼雏嘴里，怎么说也觉得违和。在进化之路上，苇莺显然还需要进化出相应的防御力，增强识别外来卵和外来幼雏的能力。

四

芦苇荡里鸟类驳杂，也有很漂亮的鸟。我们曾经拍到过一只棕头鸦雀，比麻雀还小，头顶至背上棕红色，翅尖是深红棕色，尾巴长长的，体形短而瘦。还有一种鸟也十分常见，我们叫它油鹬（并不是鹬鸟），黑色的我们叫黑鹬，麻色的我们叫麻鹬，带褐灰色暗花纹的我们叫花鹬。东北有句歇后语专门说它的，"油拉鹬子卡前——全靠嘴支着"，形象地突出了这类鸟嘴长的特点。它们以昆虫、水生小动物等为食，河里的小鱼小虾、蝲蛄都是它们的盘中餐。现在知道，"油鹬"其实是老百姓对一些外形相似的鸟类，比如林鹬、滨鹬、斑尾塍鹬、大杓鹬等的统称。

我表哥用缝衣针，他会在坝埂上放一条长线，在长线的一头穿一根缝衣针，把一只蚂蚱、蝲蛄或蜻蜓之类的小诱饵穿在缝衣针上，针要穿在昆虫的非关键部位，保证昆虫不会死去，如此，挣扎的小昆虫很容易引来觅食的油鹬。油鹬一口抽下猎物后，针就会卡在它的嗓子眼里，疼痛难忍的油鹬只能束手就擒。这种计谋能得逞的缘由之一是油鹬比较懒，觅食相对被动，即便在海边，也很少逐浪掘食，大多等退潮后，发挥大长嘴优势，不费吹灰之力便可酒足饭饱。我们当地人给它起了个外号叫"穷等"，也算贴切。

我师范大学毕业后，分配在小城最西边的一所初中，紧邻学校操场的是小城唯一的造纸厂，绕着厂区的苇垛高大密集，建筑物一般，成为小城的标志之一。每到秋冬季，芦苇进入成熟期，金黄色的芦苇被割下来，装上大车成捆成捆拉到造纸厂去。芦苇被割完以后，剩下的小苇秆和苇叶就是县城百姓一年的烧柴。

有一年冬季十二月下旬，县里宣布开塘，我非闹着要跟父母一块去苇塘搂草。父母最终同意了，我们三个带着玉米饼子，推着板车，拉着竹耙子，跟着大部队从最大的入口马车桥一股脑拥入一望无际的芦苇荡，大家在苇塘里抢划疆域，比谁搂草快。我年纪小，搂了一会儿就觉得又冷又饿。好不容易挨到傍晚，我已经浑身冰冷，蜷成一团。从马车桥向西曼延数里，排满了拉苇草的手推车，几天后，每家每户都迅疾堆起了或大或小的新草垛。那次之后，我再也不跟着父母去苇塘搂草了。九十年代末，我从初中调离时，造纸厂也黄了铺，旧址上很快建起了一个超大的农贸市场。不知从何时起，再也见不到有人到芦苇荡搂苇草了。

五

这个春天，苏醒的其实不仅是苇塘，也有记忆。我想起我小时候，每天下午只要放学早，就先要钻到芦苇荡里玩闹一番。我同桌会用新鲜的芦苇叶子编成蟋蟀、小狗，她还会用芦苇叶做风车，让我们又羡慕又嫉妒。那时候，我们喜欢随意扯一棵芦苇，小心拨开外层的苇叶，抽出里层的苇芯，再把最外层苇叶卷成筒状，中间稍微留点空隙，放在嘴边吹。

我其实只想吹出一种曲调，但是不知是我技艺不熟，还是每片苇叶的形状不同，我每次只能让苇叶在我的唇边，使苇塘弥漫出不同的曲调。那种曲调似乎一律都带有某种青春的忧伤。

我不久前收到了女友给我发来的我们曾拍摄的苇塘照片：一群耕海人沿着养蛏带呈一字形排列到视力不及处，他们用钢耙子刨开松软的泥土，采收一些蛤目贝类。他们穿着连体水裤，戴着五颜六色的胶皮手套，女的一律包着头巾，只露出眼睛。

　　——只是，在他们头上不远处，一群群的海鸥飞来飞去，鸟与人群形成平行的两条活动带。鸟们已学会了随着环境变化调整自己的活动区域，而在我们的照片中，人与鸟看起来是一类物种。

刊于《黄河》2022年第3期

我为盲人讲电影的五年

武慧敏

"盲人还能看电影?""盲人怎么看电影啊?"自从我从事给盲人讲电影这个工作以来,有太多人在问我这样的问题,这其中有很多是我的同学、老师。我是学电影的,无论是上学期间还是毕业之后,身边都是一些非常懂电影的人,唯独关于盲人看电影他们知之甚少,当然,自己在从事这份工作之前,对于盲人看电影这件事也从未听说。

"给盲人讲电影",更规范的名称应该是"口述影像",就是将电影"说"给盲人听。给盲人讲一部电影需要经过选片、撰写脚本、现场讲述等环节,如果要制作成为无障碍电影数字资源的话,除选片和撰写脚本之外,还需要完成录音、后期制作等工作,这样才能够将专门为盲人录制的无障碍解说音轨与电影原片合成,最终形成可供盲人欣赏的一部无障碍电影。

我国有1700万盲人,他们由于视力缺失,无法像正常人一样领略电影画面中的那些光影流动,正因为这样,他们对于影视作品才更加渴望。我工作的地方叫中国盲文图书馆,这里有一间电影院是专门给盲人讲电影的,每周二上午9点,都会有一名专业的口述影像讲述员给盲人现场讲述一场电影。这间电影院存在的意义其实非常简单,就是让喜欢电影的盲人在这里完整、开心地看一部电影,为他们的生活添那么一点点"色彩"。

这间电影院是我们图书馆最受欢迎的地方,对于盲人来说,这样一间电影院的存在就好像二十世纪二三十年代上海人最开始走进影院看一部好莱坞影片一样，是一件令人愉悦还伴有仪式感的事情。盲人来这里不单单是欣赏一部电影，更是在进行一场社交，在这里他们可以见见老朋友，和兴趣相同的人聊聊天，这对于出行不便的盲人来说是一件幸福的事。自由出入这件在我们看来的普通小事，对于盲人而言，却需要克服心理上的障碍，同时还需要专业的技能训练。

除了在这里给盲人讲电影，我还定期去首都图书馆、西城区第一图书馆等地做志愿者，这些图书馆没有专职的口述影像讲述员，但都在努力开展口述影像活动。

尽管已经讲了很多场电影，但我讲的第一场无障碍电影给我印象最深刻。那一场，我选的电影是《嫌疑人X的献身》，之所以选择这部电影是因为我看过东野圭吾的原著，我想这样会容易些，撰写脚本时在文本上也可以有些参考。准备过程中，脚本修改了很多遍，也对着电影试讲了很多遍，还到电影院为部门的同事们讲了一小段，算是接受他们的检阅，同事中有盲人，还有从事口述影像多年的前辈，待他们检验合格后我才正式上岗。

第一次尝试撰写无障碍电影脚本就让我深深感到，这件事没那么简单。一个好的无障碍电影脚本必须具备客观性、适当性和艺术性。客观性是说脚本要客观描述电影画面中的信息，不可主观臆断，也不可推测剧情，以免误导观众。适当性指的是讲述内容和讲述的密度要适当，做到详略得当、情感适度，不可过满，也不可大面积遗漏画面和信息。艺术性是升华无障碍电影脚本高度的重要方面，要将无障碍电影看作是与电影相当的艺术作品，因此脚本一定不是简单的画面解说文本，而是一种艺术表达或文学性文本，这都基于撰稿者对电影的解读能力以及对文字的把控能力。

现场为盲人讲述一场无障碍电影需要一气呵成。讲述员在不中断电影原片的基础上，在画面没有对白和其他声音提示的时候，插入关于正在进行的电影画面的解说，帮助盲人准确了解到画面信息，插入的讲解不可干扰原电影对白。我现在已经记不清自己当时是如何完成那一场电影口述的了，估计免不了卡壳、口误。当我说出电影结束的提示语后，在场的盲人都为我鼓掌，这对于我来说是莫大的鼓励。电影散场后，有位老先生走到我身边，他说："我在家里也看过这部电影，但是没有看懂，很多时候突然听不到任何人说话，再说话时情节就连不起来了，今天我终于看明白了，很感谢你，你的声音很好听。"在这一场电影里，我们互相成就，我帮助他欣赏了电影，他为我建立了初入职场的信心。

五年后我回头看，我们这间电影院与社会上其他电影院大有不同，我把这种不同归结为人情味。普通电影院里，观众悄然坐下，散场后各自散去，观众与电影院的连接仅是那一场电影，换场之后又开启新的一篇。在这里，每周二的观众与现场的讲述员、与同场的观众都熟悉。每场电影开始前，讲述员都会向观众介绍自己，有时还会介绍自己今天的衣着发型等。固定的场所，常年陪伴的讲述员让观众和这里有了更深的连接。经年累月，他们听声音就可以辨别出今天是哪位讲述员。一段时间有哪位讲述员没有出现，还有观众会问上一嘴，谁谁谁去哪里了，怎么最近没见他啊，诸如此类。这种连接很单纯，也让这间影院有了温度。

我在这家专门为盲人服务的图书馆工作了近五年，接触了很多盲人观众，也有很多盲人同事，我一直试着站在他们的角度做一些工作，也慢慢了解了他们。比如这部电影盲人会不会喜欢、怎样相处会让彼此如沐春风……

我以为已经非常了解他们，直到三天前，我走进图书馆的一间屋子——"黑暗体验室"。这是专门为前来参观图书馆的人体验盲人日常状态的地方。进入这间屋子，门关上，灯灭掉，眼前漆黑一片。尽管在开始体验之前，工作人员提示我，扶着左手边的那道墙往前走就可以顺利到达出口，我还是很不适应这样的环境。我开始扶着墙向前走，脚底下的地面被特意设置成高低不平的样子，我一只脚试探性地一点点迈出去，另一只脚慢慢跟上，整个过程没办法称之为行走，只能勉强算是挪动。途中，我在墙上摸到了一些树枝一样的东西，脚底下的路也不是原来的硬地板了，有些松软，我告诉自己这只是体验，不会有危险，硬着头皮继续向前走，不知怎的走偏了，左手边的墙也不见了。向前几步，我摸到了一道帘子，帘子后是木板，我很自信地以为那是一扇门，摸了半天摸不到把手，便没办法前进了。这时，我听到同行的人已经到达出口了，我开始有些慌张，东摸西摸怎样也出不去，后来一只手拉住了我，听声音是刚刚跟我一起出发的一位盲人朋友，那一刻我真有种得救的感觉，即便我从一开始就知道这只是一场体验。当门打开，灯亮起，我很诧异，这间屋子不过几平方米，里面只有一些还算工整的坡面和一些铺着干草的地面设置，一张简单的桌子和几把凳子，如果可以看到，从这里走出去可能仅需要两分钟，而在黑暗中，我摸索了近20分钟还无法独立走出去。这里跟马路上或是其他任何场所比起来，都是简单的、安全的。从这间"黑暗体验室"走出去，我表面与同行的朋友平静地说着话，但内心被震撼到了，我意识到自己过去以为的那些"了解"太过草率。

虽然身在黑暗中，但身边的盲人都闪着光。我们部门有三位盲人，一位是我们的主任，同时也是中国盲人协会副主席，他在信息无障碍领域深耕20年，致力于通过信息化手段帮助盲人实现自由，领导团队开发盲用软件，推动盲人实现多元就业；另外两位是"90后"，也是软件工程师，他们在写代码的同时还跟我一起做了一档播客节目，后期部分全部都由他们来完成。其中一位还被选为北京2022年冬残奥会火种采集手，成为冬残奥会的场外选手。本次冬残奥会火种采集共分九路，从英国的曼德维尔到我国的北京、延庆、张家口，从大运河到八达岭、黄帝城……九路圣火在天坛汇聚。我所在的中国盲文图书馆被选为"希望之火"的采集地，我的盲人同事张军军和另一位从事盲文校对的同事被选为"希望之火"的火种采集手。仪式上，他们在放大的盲文板上共同刻录盲文"一起向未来"。红色的盲文凸点与光纤连接，触发电子烟花，从而点燃这团"希望之火"。仪式后，张军军接受媒体采访时说"知识就是盲人心中的希望"，我想这正是中国盲文图书馆被选为"希望之火"采集地的原因。

我已经为盲人讲电影五年了。每个周二，我和他们一起度过一部电影的时间，声音和文字，连接着我和我的盲人朋友。中国盲文图书馆建馆十年的采访中有这样一个问题，"设想一下自己未来的十年"，我想未来十年我还在做这件事——为盲人讲电影。

刊于《文艺报》2022年3月11日

后　记

2022年的散文年选终于编辑完了。当然不是最终的结果，还将经过出版社的三审，付印后，才算告成。

每年都会得到文友们的大力支持，将个人最满意的作品传过来，由于看稿工作量大，而且不能保证最终结果，所以不能也不好及时回复。望予谅解。

特别感谢报刊的编辑朋友，每年都推荐各期优秀作品，使得年选有着充足的选取空间。

再次强调一下，由于出版程序以及时间的限制，每年选用上一年十月到当年十月发表的作品，有些作品事先得到了报刊的用稿通知，可以放宽到当年年底。请各位作家及报刊社编辑，在八九月份即可传来满意的作品。在此之前，由于尚未启动编选工作，还望不要通过微信和邮箱提前传稿，以免遗失。再次感谢各位文友。

王剑冰

2022年10月

2022年选系列封面绘图画家介绍

文瑶 1996年就读于广西艺术学院美术系油画专业。现为广西艺术学院美术学院副院长，副教授，硕士研究生导师。中国美术家协会会员，广西美术家协会理事，广西青年美术家协会常务副主席，漓江画派促进会理事。

《平流层》 文瑶 70cm×80cm 2019年

文瑶画作短评

　　文瑶的画有野兽主义的气度，也有印象主义的灵动。大块的坚定运笔，有味道的经营布局，再加时不时的一些小点缀，使文瑶的画透出自己的独有韵味，画面效果既有装饰趣味又不缺油画的厚重。

　　…… 文瑶的语汇里还有着贴近他性情的逗乐与调侃式的把玩心态，他总是不按常规地强化出对象的某种特殊的形貌状态，无论是画人物或者风景，他的处理总会有一些让人眼睛一亮的闪光点出现。这样的能力来源于他对现实对象的独特体察与概括性的整体把握，尊重事实而又能跳出常理的束缚。

—— 黄菁（广西艺术学院教授）